ヴィルヘルムの唇で大きく口を割られ、初めから喉奥が痺れるほど舌を根元から吸い上げられた。

竜《りゅう》王《おう》子《じ》の天《あま》翔《か》ける花《はな》

戸《と》田《だ》環《たま》紀《き》

ILLUSTRATION：小《お》山《やま》田《だ》あみ

竜王子の天翔ける花

LYNX ROMANCE

CONTENTS

竜王子の天翔ける花

道の窪《くぼ》みに足を取られて、梧桐《あおぎり》ルカは前のめりになってよろけた。

（これから……どうしよう。失業保険は出るって言ってたけど）

ルカが勤めていたのは高校三年間アルバイトをし、卒業後そのまま就職をしたフランチャイズのコンビニエンスストアだ。

最終勤務を先ほど終えて、それからバスに乗って田舎《いなか》道を揺られること十分と少し。躓《つまず》いたのはバスを降りた直後で、アパートまでの道すがらだった。

二月の夜気は骨身に沁《し》みる。

社員にならないかと声をかけてくれたときのオーナーを思い出すと鼻の奥がツンとした。中々就職が決まらず焦っていたときで、何度も頭を下げて礼を言ったことを今でもまだよく覚えている。

先行きの見通しが立ったことは当然ながら、望まれて雇ってもらえたことが何にも増して嬉《うれ》しく、そうであればこそ深夜シフトにも喜んで入ったし、休日でも「欠勤が出た」と連絡が入れば二つ返事で走って行った。

コンビニの本社が他社に吸収合併され、オーナーの店の閉店が決まったと告げられたのは半年前のことだ。のちに、他の従業員から実は一年も前から決まっていた話だと教えられたが、ショックを受けこそすれオーナーを責める気持ちにはならなかった。

昨年児童養護施設を出てからというもの、働いて食べることの大変さをルカは体で学んできた。だからこそ、どんな紆余曲折《うよきょくせつ》があったにせよ、仕事をくれたオーナーには心の底から感謝をしていた。

少なくとも一年近く食べられたのだ。たとえ今どれだけ途方に暮れていたとしても。

先のことを考えると気が沈み、つい溜息《ためいき》を零《こぼ》してしまった。この半年というもの他業種も含めて就職活動をしていたのだが、今のところいい結果は得られていない。

失業を理由に施設に戻るという選択肢もあったが、

できることならそれは避けたかった。

生まれてすぐ乳児院に、それから十八になるまでグループホームに世話になった身としては、施設に逆戻りしてまた誰かに迷惑をかけたくなかったのだ。

もちろん、施設の職員から「迷惑だ」と言われたわけではなく、ルカ自身が肩身の狭さを拭えなかっただけだ。

施設というと孤児が大半なのだろうと誤解をしている人もいるが、現在は入所しているほとんどの子供に保護者がいる。ルカのようにまったく身寄りのない捨て子というのは少数で、大抵がなんらかの理由で保護者と暮らせなくなった子供たちなのだ。

確かあれは六歳の頃だったと思う。

他の子供たちが抱えている事情を知る由《よし》もなく、そのときのルカは父母の訪問を受けている子供たちがただ羨《うらや》ましくて仕方なかった。

どうして自分には誰も会いに来てくれないのだろう。みんなには、お父さんやお母さんが会いに来てくれるのに。

何かしらの理由があって施設に預けられたのだとは聞いていたが、まだ捨てられたという事実を聞かされていないときで、いつかは自分にも父母が来てくれるのだと、そう信じて少しも疑っていなかったのだ。

——先生、どうしてぼくのお母さんは来てくれないの。

何度目かにそう訊《き》いたとき、職員は優しい声音でこう説明してくれた。

——私たちもまだルカくんのお父さんとお母さんに会えていないんだ。だから、もう少しだけ待ってみようか。

もう少し待つというのが、今にして思えばルカに打ち明けるのをまだしばらく待つという意味だったのだが、そのときは待っていれば会えるのだと、ただ嬉しく思ったに過ぎなかった。

以来、それまで以上に父母のことを、待って、待

って、待ち続けた。

それでも、待てど暮らせど誰も来ない。

――お父さん……お母さん……。

いつしか親を呼んで辺り構わず泣くようになった。六歳だというのに夜泣きが始まり、昼間は職員の裾を掴《つか》んで「なんでなんで」と繰り返すようになった。

誰もが我慢をしていたのだと思う。ある日、一緒に暮らしていた十七歳の少年の口から、その鬱憤《うっぷん》は悲惨な形で噴出された。

――うるせえ！　黙れ！　毎日めそめそ泣きやがって。いいか、俺もお前も親にいらねえって捨てられたんだよ。だからどれだけ呼んだって親なんか来やしねえ。いらねえ人間ならせめて黙って大人しくして、他人の邪魔になんじゃねえよ！

怒鳴られたショックで涙が一度に引っ込んだ。続いて、捨てられたという言葉に喉がぐうっと絞められていった。

――せんせ……ぼく、すてられたの……？

――………。

心臓が痛くて全身が痙攣《けいれん》して、悲しくて、怖くて、声を出さないように布団を被《かぶ》って一人で泣いた。

ぼくはいらない子供だったんだ。だから誰も来なかったんだ。

ぼくは、誰かの邪魔になっていたんだ。

「……っ……」

ぶるっと身震いして首に手を当てた。あのときのことを思い出すと喉が絞められたように苦しくなる。

「あし、た……ハローワーク、行こ……」

ルカの感傷を嗤《わら》うかのように、前方から襲った突風がダウンのフードを跳ね上げた。

遠雷が聞こえて空を見上げると、夜闇よりも更に真っ黒な雲が押し寄せてきている。この分だと、今夜は嵐になるかもしれない。

ルカは寒さで強張《こわば》っていた足を叱咤《しった》し、アパートまでの道のりを急いだ。

大丈夫だ。まだ帰るところがある。待っていてくれる風太《ふうた》もいる。

　アパートの一階の部屋に着いて鍵を出していると、中からドアを引《ひ》っ掻《か》くかりかりという音が聞こえてきた。それだけで凍えていた心が温まり、頬《ほお》の筋肉も緩んでくる。

「ちょっと待って。すぐ開けるから」

　ドアが開くなり愛犬の風太が飛びついてきて、千切れんばかりに尻尾を振った。

「風太、いいこにしてた？　先におしっこ片付けて、それから散歩に行こうね」

　後ろ手にドアを閉め、ワンショルダーバッグを上がり框《かまち》に下ろしながら風太に話しかける。

　柴犬《しばいぬ》の血を引いていると思われる風太は、今日も全身でルカの帰りを喜んでくれた。

　身を屈《かが》めると風太が顔を舐《な》めてくるので靴が脱げないが、それすら愛《いと》おしい。首を傾《かし》げて見上げてくる姿が可愛《かわい》らしく、茶色のふわふわとした冬毛を撫《な》で回してしまう。

　犬だけど、いや、犬だからこそ、風太はルカを迎えてくれる唯一の家族だ。ふとした瞬間に感じる一人の淋《さび》しさも、風太がいるから堪えられているようなものだ。

　友人でもいればよかったのだが、アパートと職場の往復ではこれといった出会いもなく、元来人見知りをする性質ということもあり、中々作ることができずにいた。

　高校のときはそれでも親しくしていた友人が一人いたのだが、彼は大学進学のために上京してしまい、互いの生活リズムが変わり、電話で話す内容がどんどん噛《か》み合わなくなって、いつしかどちらからともなく疎遠になってしまっていた。

　しみじみと風太の温《ぬく》もりを感じていると、先ほどよりも近くで雷の音がした。

「雨が降ってきそうだから、今日は先に散歩行こうか」

　壁のフックに掛けたリードを取ると、それだけで分かるのか、風太は待ち切れないように飛び上がった。

「梧桐さあん。さっき帰って来たでしょ。ちょっと顔出してくれる」

突然きんきんと響いた男声に振り向くと、続けざまに叩《たた》かれるせいでスチールのドアが休みなしに揺れていた。

居留守を使うことはできなかった。隣に住んでいる彼はルカの帰りを待っていたはずだし、何よりこのアパートの大家なのだ。

震える息を一つついてから、ルカは少しだけドアを開けた。隙間《すきま》から見えた男の目に緊張がいやまし、冷たいノブから手を離せない。

「なん、でしょうか」

「なんでしょうかじゃないでしょ。犬、さっさとなんとかしてくんないかなあ。今日も一日中鳴いててさ、俺昼間寝なきゃなんないのに全然眠れなかったんだよね」

「す、すみ……ん。でも、前の……さんは、ペット、飼っても……って」

「あ？　前も言ったけどさあ、何言ってるか全然分かんないんだけど」

声が小さいと指摘されるのは初めてではない。

コンビニで働いていたのだから出そうと思えばそれなりに声は出せるし、風太が相手であれば普通に話せるのだが、初対面の人や威圧的な人の前では喉が詰まったようになってしまう。

「あの……前の大家さんは、ペット、飼ってもいいって言ってくれて……」

「だーかーら、バアさんはよかったかもしんないけど、俺は駄目なの、うるさいの。犬を手放すか出て行くか、さっさと決めてくれる？」

そこで地面に唾を吐くと、男は続けてこう言った。

「それにさあ、あんたが働いてる間その犬ひとりなんでしょ。かわいそうだと思わないわけ。淋しいから鳴いてるんじゃないの」

ノブを摑む手に力が籠《こ》もる。言い方は横柄だが男の言っていることは正しいような気がした。それはルカもこれまで何度となく考えながら、未《いま》だに答えを出せていないことだったからだ。

　自分といる限り風太は長い時間をひとりで過ごす。そうやって淋しい思いをさせるよりも、もっと一緒にいてくれる飼い主を探してあげた方がいいのではないか。それに、餌代《えさ》だけではなく、ゆくゆくは病院代などもかかってくるだろうし、経済的な面も含めて、自分は本当に風太の面倒を最後まで見てあげることができるのだろうか。

　道端に捨てられていた風太を見つけたのは、アパートに入居をした翌日のことだった。

　可愛いからといって決して安易に拾ったわけではなく、確か小一時間はその場で悩み続けていた。

　結局ダンボールに入っていた子犬をどうしても放っておくことができなかった。

　ひとりで震えていた。まだ生まれて間もないようだった。

　就職も無事に決まっていて、気持ちが上向いていたことも背中を押したと思う。当時大家だった望月《もちづき》に電話をかけて相談すると、彼女は幸いにもすぐに快諾してくれた。

　子犬を見るなり望月は頰擦りし、わざわざ買いに行ってくれた犬用粉ミルクを二袋もくれた。望月の笑顔や手の中で丸まる小さな温もりに、そのときは正しいことをしたと、自分の選択は間違っていなかったと思ったのだ。

なのに。

「黙ってないでなんとか言ったら」

　男が苛立《いらだ》った声で急《せ》かしてくる。

「あの、なんとか、します。でも、すぐには」

　ルカだってできることなら今すぐにでも引っ越したい。しかし、無職となってしまった今、やすやすと次のアパートが見つかるとは思えなかった。

　考えていると、風太が鼻先をドアの隙間から外に出した。散歩に行きたいのだ。

「風太、駄目。中に入って」

風太に話しかけたことが男の癇《かん》に障ったらしい。いきなりドアを押し開けられ、ルカはその反動で後ろに倒れた。

「じゃあいつできんのよ。それまで俺が寝らんないのはどうしてくれんの。ていうか話してんのにまともに顔も見せないってどうなわけ」

「す、みませ……あ、風太！」

ドアから風太が飛び出したのは一瞬のことで、ふさふさと揺れる尻尾が見る間に小さくなっていった。

慌てて立ち上がって後を追ったが、風太はいつもの散歩道に向かって一目散に駆けて行く。

視界の隅に稲光が走る。大粒の雨が降り始める。天を切り裂く鋭い音に、先を急ぐ車のタイヤの音が重なる。

風太が金網の門扉から飛び出したのと、車が急ブレーキを踏んだのは同時だった。


小さな体が宙を舞う。

「風太！」

顔から血の気が一気に引いて、嘘《うそ》だ、嘘だとその言葉ばかりが頭を廻《まわ》った。

風太の隣にしゃがんだときには、車は去ってしまっていた。

街灯の真下に横たわる風太の脇腹には、汚れとも傷ともつかない赤黒い染みが広がっている。

「風太っ……風太……」

風太に伸ばした指先が震える。息はしているが口の隙間からは血に塗《まみ》れた舌が垂れていた。

どうしよう、どうすればいい。病院へはここから車で三十分もかかる。

風太はそれまで堪えてくれるだろうか。もしも間に合わなかったらどうしよう。

「で、電話……」

舌を縺《もつ》れさせながらタクシーを呼んだ。そうしてしまうと他にできることはなく、せめて雨に濡《ぬ》れないように、ジャケットを開いて風太に覆い被さった。

風太の濡れた毛と血の匂いが鼻を衝《つ》いてくる。間近で感じる呼吸が途切れ途切れになっていく。

なぜこんなことになってしまったのか。やはり自分が間違っていたのか。自分が拾いさえしなければ、風太が苦しむこともなかったのか。

「……れ、か」

雨に打たれた背中がぞくっとする。

風太が死んでしまうと思うと体が崩れていく気がした。

「誰か、助けて……誰か……！　なんでもする、なんでもする、から」

顔を上げて腹の底から声を絞った。今までこれほどがむしゃらになって助けを求めたことはなかった。

誰でもいい。なんでもいいから風太を助けて。助けてくれるならなんでもする。

「誰か……！」

黒雲が突然ルカに向かってきたのはそのときだった。雲が落ちてきたとしかいえない異様な光景に息を呑《の》む。

ルカの周りを覆ったかと思うと、雲はすぐさま激しく旋回を始めた。だが、なぜかルカに風が吹きつけてくることはなく、それどころか雨までがぱたりとやんでしまっている。

「な……何、これ……」

竜巻だろうか。まさかその目の中に飲み込まれた？

動転しながらジャケットを握り締めると、突如雲の中から男の声が聞こえた。

「えっ」

空耳か、それとも自分と同じく竜巻に飲まれた誰かが助けを呼んでいるのだろうか。

手を伸ばせば風に巻かれてしまいそうで動けずにいると、また声が聞こえてきた。

風の切る音が邪魔をしてよく聞き取れないが、助けを求めているような声ではない。

雲が螺旋《らせん》を描いてルカに巻きついてきたのはその直後だった。混乱したのも束《つか》の間《ま》、急激な睡魔が襲いかかってくる。

この激しい眠気はなんなのか。少しも瞼《まぶた》を開けていられない。

眠っている場合ではない。竜巻に飛ばされてしまう。何より風太を病院に連れて行かなければ。誰か。助けて。風太を。

そう思えども、睡魔は抗《あらが》いがたい強さでルカを引き摺《ず》り込み、遠くなる意識の中、ルカはただ護《まも》るように風太の体を包み込んだ。

瞼に降り注ぐ柔らかな陽射しと、清涼な香りがルカの意識を揺すぶった。

明るい光にいざなわれて目を開けると、すぐ傍らに人が立っているのが見える。

「えっ」

剛健そうな中年男性と目が合い、ルカは驚いて半身を起こした。その拍子にもう一人、茶色い癖毛の小柄な青年が足元に立っているのに気がつく。

二人とも日本人には、少なくとも東洋人には見えない容貌だ。

「殿下をお呼びして参ります」

青年は流暢《りゅうちょう》な日本語で男性にそう告げ、素早く木製の扉から出て行った。花と野生動物が躍動的に彫り込まれたその扉は、まるで生きた動物の皮のように湿り気を帯びて底光っている。

（ここ……どこ？　風太は……？）

しばたたきながら周りを見渡すと、自分が煌《きら》びやかな天蓋つきのベッドにいることが分かった。だが、壁に掛けられた油絵といい、猫脚の家具といい、豪華な内装のここがどこなのかはさっぱり分からない。

「あの……」

恐る恐る口を開くと、中年の男性が親しげな笑みを返してきた。

瞳と、そして肩まである波打つ髪がルカと同じ黒なだけで、男性の顔立ちも骨格も大作りな西洋人のそれだ。

彼が羽織っているのは濃い紫色のゆったりとした上衣で、内側に着ている立て襟の服には黒糸で細かな刺繍《ししゅう》がされている。胸元には金の台座に嵌《は》め込まれた紫色の宝石が光っており、織りの見事な細い腰帯の下には、どうやら長い腰布を巻いているようだ。

「無事に目覚められて何よりだ。気分はいかがですかな」

「え……あっ……」

声を上げてしまったのはその容姿に似つかわしくない滑らかな日本語のせいでもあるが、何よりも、その声に聞き覚えがあったからだ。

「あの、あそこにいた方、ですよね。風太……ぼくと一緒にいた犬を知りませんか？」

　あのときは掠《かす》れていたが、彼の声は間違いなく雲の中から聞こえてきたものと同じだった。

　風太は無事なのだろうか。抗えずあのまま眠ってしまったが、あれからどれくらい時間が経《た》っているのだろう。

「あの犬でしたら貴殿の望み通り助けて差し上げた。じきに侍従が連れて来るでしょうから、何も心配することはござらん」

「風太のこと助けてくれたんですか？　本当に？」

　男性が頷《うなず》くと、驚きに続いて胸にじわじわと喜びが込み上げてきた。

「よかっ……た。風太……」

　こらえ切れずに涙ぐんだ。泣き声が漏《も》れないように下唇を噛んで男性を見つめた。

　きっとこの人は竜巻を目撃し、気を失っていたルカと風太のことを助けてくれたのだ。

　ルカは身分証明書のようなものを持っていなかったから、困った末に彼の私邸にでも連れて来てくれたのだろう。民族色の濃い服装をしているから、どこかの国の大使ということも有り得る。豪華な造りの部屋も要人宅だと思えば納得だし、日本語が流暢なことも然《しか》りだ。

「あの、ありがとうございます。ぼくと犬のこと助けてくださったんですよね。ご迷惑をおかけして本当にすみませんでした」

　そうであれば長居をしても迷惑なだけだろうと、目元を拭ってそそくさとベッドから下りようとした。しかしすぐに自分の格好に気づいて目を瞠《みは》ってしまう。

（……何、この服）

　ダウンジャケットとジーンズを身につけていたはずなのに、今着ているのは襟ぐりの広い白い服と、男性と同じような長い腰布だ。

あの暴風で汚れてしまったのだろうか。確かにひどく濡れはしたが。

戸惑いながら首元に施された刺繍から視線を上げると、男性が鷹揚《おうよう》に頷いた。

「なに、迷惑なことなど一つもないゆえ、心ゆくまで休まれたらよろしい。申し遅れたが私はオーティス。貴殿の名をお尋ねしても？」

その瞬間、不躾《ぶしつけ》だと知りながらも、違和感からオーティスと名乗った男性の口元を凝視してしまった。

「あ——梧桐、ルカ、です」

「では、ルカ殿とお呼びしても？」

「……」

どくん、どくんと心臓が高鳴っていく。見間違いではないようだ。ルカの耳に聞こえてくる日本語と、オーティスの口の動きが異なっている。

（どういうこと？　この人が話してるんじゃないの？）

えもいわれぬ焦燥が湧《わ》き起こってくる。助けてもらったのに申し訳ないが、着替えさせられている服といい、なんだか様子が色々と妙だ。

「あのっ……本当にありがとうございました。ぼく、もう失礼しますので、風太に会わせてもらっていいですか。後でお礼は必ずします」

オーティスから逃れるようにベッドを下り、自分の服を探していると、不意に暖かな風に頬を撫でられた。

開いた窓の外の青空を見るなり、更に強い違和感が胸を叩いてくる。

今は二月の終わりのはずだ。来週には関東一帯に大雪の予報が出ていたくらいに寒くて。それなのに、どうしてこれほど吹き込む風が暖かいのか。

「ルカ殿」

はっとして窓からオーティスへと視線を移した。先ほどと変わらぬ微笑がなぜか空恐ろしい。

「ケメルマイデン王国へようこそいらっしゃった」

ようこそ来た、の前になんと言ったのかはうまく聞き取れなかったが、不穏な響きであることだけは感じられた。

「すみません。今、なんて……」

問いかけると、「ケメルマイデン王国ですよ」とゆっくりと繰り返された。

（王国？　ケメルマイデンって……国の名前？）

怪訝《けげん》な思いに眉根が寄ってくる。

ルカはパスポートすら持っていないのに、どうすれば他の国に来られるというのだろうか。

（それとも、その国の大使館に連れて来られたってことなのかな）

季節が変わってしまうほど遠い大使館に？

考えるほどに混乱してしまい、知らず識《し》らずのうちに目が扉を求めた。一人ならば今すぐこの部屋から飛び出しているところだが、風太を残して帰れるわけもない。

そのとき、ノックの音とともに扉が開いて、先ほど部屋から出て行った青年が入って来た。その腕の中に風太が抱かれている。

「風太！」

ルカを見るなり青年の腕から飛び下り、尻尾を振って走って来た風太を力いっぱい抱き締めた。顔を滅茶苦茶に舐められる。

風太だ。生きていてくれた。本当に助かったのだ。

（風太……よかった）

そう思ったのも僅《わず》かの間、すぐに風太をまじまじと見下ろしてしまった。

可愛らしく出された綺麗《きれい》な舌と穏やかな呼吸。体を撫でても風太が痛がる様子はない。車に撥《は》ねられて怪我《けが》をしたはずなのに、一つの傷もないというのはどういうことか。

唾をごくりと飲み込むと、深みのある艶やかな声がルカの顎《あご》を弾《はじ》いて上げた。

「叔父上、その者が無事に目覚めたら宮にお帰りになるという約束でしたね。叔母上とリディアも私の部屋で待っております」

異様な状況で混乱していたにもかかわらず、ルカはこちらへ歩いて来る男性に目を奪われずにいられなかった。

白皙《はくせき》の上で完全な左右対称を成す美術品のような目鼻立ち。一つに結われたまっすぐな銀の髪と、聡《そう》明《めい》さが窺《うかが》える滑らかな額。

立て襟の服も上衣も白銀に煌めき、肩から下げられた金細工には淡い青色の宝石が幾つも贅沢《ぜいたく》に嵌め込まれていた。しかし何よりも彼自身が、自ら光を放っているかのように眩《まぶ》しく輝いている。

ルカよりも十歳は年上だろうか、長身の体躯《たいく》は堂々としており、水の流れる紋様――流水紋の描かれた裾のさばき方は美しくかつ隙がなかった。

容姿も、声も、立ち居振る舞いもすべてが、優美でありながら甘さを削《そ》ぎ落とした、男性はまさしく美の理想を具現化したような姿をしていた。

（いるんだ、本当にこんな……男の人なのに見蕩《みと》れちゃうような人……）

峻烈《しゅんれつ》な男性美に圧倒されてしまい、いっそ苦しいほどの速さでルカの鼓動が打ち始めた。

「フェリクス、改めてご挨拶《あいさつ》を。梧桐ルカ殿だ」

オーティスの声で我に返った。銀髪の男性はルカから少し離れたところで足を止めている。

動悸《どうき》を鎮めるべく風太を運んで来た青年を見やると、なぜだか彼は銀髪の男性の背中に窺うような目を向けていた。

「叔父上、私の侍従に勝手に命じないでいただきたい。フェリクス、彼にご挨拶を」

叔父上と呼んではいるが、男性の物言いは殺伐としている。彼の放つ剣呑《けんのん》な雰囲気に呑まれ、ルカの動悸は次第に緊張を孕《はら》む重苦しいものになっていった。

「はい、殿下。仰せのままに」

男性の指示に、裾の長い腰布を纏《まと》った青年がルカの前に歩み出て来る。そして、片膝《ひざ》をついて右手を胸に当てると、ふわりとした優しい微笑《ほほえ》みを満面に浮かべた。

「フェリクス・シェーファーと申します。ルカ様の身の回りのお世話をするよう仰せつかっておりますので、なんなりとお申しつけくだされば幸いに存じます」

「……っ」

　返事をすることができなかったのは、何も恭しく傅《かしず》かれたからでも、言葉と口の動きがちぐはぐだったからでもない。

　裾から覗《のぞ》いた彼の足に、言葉をなくしてしまったのだ。

　なぜ彼はこんな爬虫類《はちゅうるい》のような奇妙な足をしているのか。いや、足ではなく変わった形の靴なのかもしれない。でもそれなら、なぜわざわざ革で編まれたサンダルなどを履いているのか。

　体に比べてアンバランスなほど大きい足は、光沢のある黄緑色の鱗《うろこ》のようなもので覆われていた。前方に三本、内くるぶしに一本ある太い指からは鉤爪《かぎづめ》が生えていて、映画か何かの特殊メイクなのだろうが、鱗の照り具合といい爪の透け感といい、本物の生き物の足かと思うほどに生々しい。

（なんだか変だ……）

　季節外れの暖かな風、不思議な方法で交わされる会話、美麗な衣装を纏った異国の人々に、事故に遭ったとは思えないほど元気な風太。そして、爬虫類のような足をした青年。

　これらはいったいなんなのだろうか。この、どこから見ても異常な状況は。

「す……すみませ……。ぼく、帰ります。帰らせて、ください……」

　風太を抱き締めながら後じさると、青年が不安そうな顔になって立ち上がった。

　オーティスが肩を揺らし、喉奥で笑ったように見える。

「生憎《あいにく》とそれはできかねますな。帰るなどということは、そうですな、この際忘れた方がよろしい」

「ど、どういうことですか？」

今度こそオーティスは口角を上げて笑った。

「せっかく貴殿をお連れしたというのに、私が帰すとお思いかな？」

（せっかくって、それじゃぼくをここへ連れて来ることが目的だったみたいだ）

偶然助けてくれたと思っていたのに違うのだろうか。あのとき雲の中から声をかけてきたのは、まさかルカをここへ連れて来るためだったとでも？

そこではたと思い当たった。精々《せいぜい》数刻ほど寝たつもりでいたが、もしかしてあの道で倒れてから、実は途轍《とてつ》もなく長い時間が経っているのではないか。

一ヶ月なのか半年なのかは分からないが、そうであれば風太の傷が治っていることにも、季節が変わり、最悪異国にいることにも納得がいく。

「あ、あの……ぼくはどのくらい寝ていたんでしょうか」

オーティスがルカにゆっくりと近づいて来る。

「そうですな、ルカ殿が寝ていたのは鐘一つ分ですから、ほんの二時間ほどですか」

「二時間？」

首を傾げずにいられなかった。

「そんな……だって、それだけで風太が治るわけ……」

「それは私が助けたからですよ」

どう助ければあの傷がたったの二時間で治るというのか。

「そ、そんなのおかしい、です。風太は大怪我をしてたんです。それが二時間で治るわけないし、こんな、季節が全然違うところに来られるわけがないし」

「季節が違っているのは当然のことでしょう。ここは貴殿のいた場所からは遥《はる》か遠い国なのですから」

「し……信じられません」

必死に反論すると、強引に肩を抱かれて窓辺へ連れて行かれた。

「信じられないのであれば、王都ケメルスブルクをご覧にいれましょうか」

オーティスがそう言ったのと、窓の外に広がる景色にルカが驚愕《きょうがく》したのはどちらが先だったか。

見事に刈り込まれた灌木《かんぼく》の庭園は、まるで大きな迷路のように見えた。その中心には正円形の池があり、水の溢《あふ》れる瓶《かめ》を肩に載せた女性の像が置かれてある。芝生は果てに見える石塀まで敷き詰められていて、その中を白い煉瓦《れんが》道が門に向かって一直線に延びている。

ルカがいる建物は高台にあるようで、門の向こうに続く林も、その先にある大きな街も眺望できた。

（王……都……）

三つの尖塔《せんとう》を擁する巨大な建造物が目に飛び込んでくる。その前には青い花畑と虹のかかる大きな湖があり、そこを中心にして放射状に延びる道の両側に、豊かな樹木と三角屋根の家屋が模型のように連なっている。

「これで貴殿がケメルマイデンにいると分かっていただけましたかな」

遠方には峻険《しゅんけん》な山脈が白く霞《かす》んで見えている。少なくともそれらは、見慣れた日本の景色からはほど遠かった。

「なんで、こんな……。どうしてぼくはこんなところにいるんですか」

「それは私が連れて来たからですよ」

耳元で囁《ささや》かれて、ルカは身を捩《よじ》って抗った。

「な、なら帰してくれませんか。風太を助けてくれて感謝してますけど、ぼくがここにいる理由はないと思うので……」

だが、オーティスは逃がさぬとでもいうように、ルカの両肩を強く摑んで見下ろしてきた。

優しさの消えた瞳が恐ろしい。彼の意図が少しも読めない。

「理由がないとは心外ですな。この通り私は貴殿の望みを叶《かな》えて差し上げた。そしてあのとき貴殿はこう言ったはずだ。助けてくれるなら、なんでも――」

「叔父上」

短いゆえに、ひときわ厳しい声だった。

「今すぐお帰りいただけないのであれば、私は使いたくもない権力を行使して叔父上を力ずくでここから出すことになりますが、それでも？」

「ヴィルヘルム、ヴィル。可愛い甥《おい》よ。何をそんなにかっかとしているのだ。お前らしくもない」

オーティスはルカから手を離し、男性に向かって大きく両腕を開いた。

「ザシャ」

「ここに」

ヴィルヘルムと呼ばれた男性が低く声を発すると、扉の外から男の張りのある声が返る。

「ザシャの腕は叔父上もよくご存じですね」

一瞬ヴィルヘルムと見合った後、やれやれといったように首を振り、オーティスはようやく扉に向かって身を翻した。

「まあよい。要の目的は果たした。今日のところは帰るといたそう。ルカ殿、それではまた」

怖いと思っていただけに、オーティスが帰ると聞いて胸を撫で下ろさずにいられなかった。しかし、遅れず放たれたヴィルヘルムの声もまた、ルカを硬直させるほどに寒々しかった。

「叔父上、私がこの者の召喚に賛成していないということだけはお忘れなきよう。約束通り、私が納得するまでこの者の身は私が預かります」

話の全貌は摑めなかったが、ルカは思わず瞬《またた》いていた。

「預かる」ということは、やはりルカをすぐには帰すつもりがないということか。

「ヴィル、言葉を慎め。王が許した召喚ぞ」

鼻白んだ様子でそう言い残して、オーティスは部屋から颯爽《さっそう》と出て行った。

僅かな沈黙ののち、溜息をついたヴィルヘルムに真っ向から見つめられ、ルカは怜悧《れいり》な視線を受け止め切れずに風太にそっと目を落とした。

「ルカ、といったな」

　唐突に名を呼ばれ、肩を跳ねさせながら顔を上げた。

「……はい」

　やはり射抜くように鋭い視線だ。身振り手振りがない分、オーティスよりもいっそう底知れぬ迫力がある。美しいには違いなかったが、通っている血は冷たいように感じられる。

「何か必要なものはあるか。それと、疑問があれば聞くが」

　しかし、彼の口から出たのは思いがけない気遣いの言葉だった。怖そうだと思ったのはルカの早合点だったのだろうか。

「あの……を助けていた……たお礼に、できる限りの……」

「聞こえぬ」

　容赦なく遮られてみっともなく体が竦《すく》んだ。威圧するように近づいて来るヴィルヘルムが怖くて堪《たま》らない。それでも、これだけはなんとしてでも訊いておかなければならなくて、逃げたいのをこらえてルカは勇気を振り絞った。

「犬を、助けていただいたお礼に、できる限りのことはします。でも、それは日本にいたらできないことなんでしょうか。その、ぼくはいつ帰れるのか……」

　しかし、ヴィルヘルムの返事はにべもなかった。

「叔父上が帰すまでは君は帰れない」

　散々オーティスにも言われたことだったが、納得できずに食い下がった。

「ど……どうしてですか。もしかして日本から遠いからですか？　あの、本当にここはどこなんでしょう……」

　ヴィルヘルムはそれまで以上に苦々しく顔を顰《しか》めた。

「召喚の術によって呼ばれた者は、術を執《と》り行った者にしか帰すことができないのだ。君をこの国に召喚したのは叔父上ゆえな……。王の勅令があれば叔父上も従うしかないが、その王が召喚に賛成ときている」

「しょうかんの術って……」

「召喚とは時空を越えた場所から人を行き来させる術のことだ。だからケメルマイデンがどこにあるのかと問われても、私も『君のいたところからは遠いところ』、もしくは『他の星だ』としか答えられない」

　説明してくれたのかもしれないが、まったく意味が分からなかった。時空？　他の星？

「他には」

　矢継ぎ早に言われて首を横に振ると、真意を探るように冷然と見据えられた。質問したいことは山ほどあるが、少しも考えが纏まらない。

「……そうか。それでは私は行くが、入り用なものはなんでもこのフェリクスに命じたらよい。王宮の中は自由に出歩いて構わぬが、門の外には決して出ぬように。ではフェリクス、あとは頼んだぞ」

　ヴィルヘルムが背を向けたことで、高く結われた髪が腰近くまであるのが分かった。毛先だけが砂金をまぶしたような金色をしていて、後ろ姿までが幻夢のように美しい。

　本当に幻を見ているのかもしれなかった。幻覚という、考えるだけで恐ろしい夢を。

「ルカ様、何かお召し上がりになりますか。湯浴みの仕度も整っておりますが」

　ヴィルヘルムを見送ったフェリクスが、ルカの傍《そば》に戻って来る。素直そうな太い眉も、赤味を帯びた頬も、幻覚というにはあまりに生き生きとしている。

「いえ、しょ、食事とか何も……本当に……」

　得体の知れない足元が気になってちらちらと見てしまったが、フェリクスが気にする様子はなかった。

「殿下が仰った通り、必要なものはなんなりとお申し付けください。もう少しお休みになられるようでしたら、昼食の刻に改めて参りますので」

（昼食……今、午前中なんだ……）

頭がいっぱいで正直食事どころではなかったのだが、午前中と聞いて日々の習慣を思い出した。

こんな状況の中頼みごとをするのは心許《もと》ないが、背に腹は代えられない。

「あの、フェリクスさん、でしたよね」

大人しく抱かれ続けている風太を見下ろした。

自分はおなかが減っていないけれど、でも。

「どうぞフェリクスとお呼びください」

頭を下げてお願いした。

「すみませんけど、このこ……風太に水と、何か食べるものをいただけませんか。まだ夕食を……ごはんをあげていなかったんです」


肉の入ったごはんをはぐはぐと食べている風太を見ているうちに、僅かではあるが張っていた気が緩んでいった。異国に連れて来られたにしても、風太が一緒にいてくれることが唯一の救いだ。

とはいえ、それもオーティスが風太を助けてくれたからではあるのだが。

（この国に連れて来られて、風太を治してもらって……でも帰れない……他の国だって言われて……）

幾ら考えてもどうしたらいいのか結論が出るどころか、余計に袋小路に入っていくかのようだ。

「やはりフータ様はおなかがすいていたのですね。水はあげていたのですが、食事までは気が回らず失礼をいたしました」

「そ、そんなことありません。こちらこそ、こんな立派な食事をいただいてしまって……」

「喜んでいただけたなら幸いです。どうぞ、ルカ様のお茶もご用意いたしましたので、ご無理でなければお熱いうちにお召し上がりください」

八人掛けの丸テーブルの上にはティーカップと焼き菓子が用意されていた。

固辞するのも大人げない気がして椅子《いす》に座ると、すぐカップに湯気を立てたお茶が注がれる。柑橘《かんきつ》系の甘酸っぱい匂いがおいしそうだ。

「クレイスのお茶でございます。疲れがよく取れますし、気分もすっきりいたしますので」

　ルカが先ほど動転していたのが伝わっていたのだろう。ありがたくカップに指を伸ばしたが、フェリクスが立ったままなのが気になった。

「あの……フェリクスさんは座らないんですか」

　驚いたように首を振られた。

「とんでもないことでございます。どうぞ私のことはお気になさらず、ごゆっくりお寛《くつろ》ぎくださいませ」

　本当は一緒に座ってくれた方が落ち着くのだが、そういうわけにもいかなそうだ。

　ルカはひとくちだけお茶を飲むと、フェリクスの明るい瞳を見上げた。彼の物腰はあくまで柔らかく、言葉の端々からもルカを尊重してくれているのが分かる。

「フェリクスさん……ちょっと教えてもらいたいんですけど」

　これ以上一人で考えていても埒《らち》が明かない。訊くならこの人しかいないと思った。

「私で分かることでしたらなんなりと」

「ぼ、ぼく、自分の国に帰りたいんです。だから、どうやったら帰れるのか教えてくれませんか。無理なら、け、警察に連絡するとか」

　フェリクスは焦ったように返事をした。

「恐れながら、殿下のお許しなくルカ様を外にお連れすることは禁じられております。また、ご所望のケーサツというものもこの国にはございませんので」

　禁じられているなどと、まるで監禁でもされているかのようだ。いや、「いるよう」なのではなく、外へは出るなと言われた時点で監禁ではないのか。

「殿下って……さっきの銀の髪の」

　顔から血の気を引かせたルカとは対照的に、フェリクスは誇らしげに瞳を輝かせた。

「さようでございます。ロイヒテンヴァルト公ヴィルヘルム・フォン・ケメルメイア王太子殿下と、先だってお帰りになられましたのは陛下の弟君のアイゼンベルク公オーティス・フォン・ケメルメイア殿下であらせられます」

　何を言っているのかほとんど聞き取れない。分かったことはヴィルヘルムが王子で、その叔父のオーティスが国王の弟らしいということだけだ。

「王太子って……あの人、王子なんですか」

「畏《かしこ》くもマリウス国王陛下のご長子にして、王位第一継承者であらせられます」

　端整ではあるが、険しく顰められていたヴィルヘルムの顔がありありと浮かんでくる。ルカをここへ連れて来たのはオーティスのようだが、外に出るなと言ったのはヴィルヘルムで、彼がルカをここに閉じ込めていることになる。

　ここ——本当にここはどこなのだろう。

「あの……ここがどこなのか詳しく教えてもらえませんか。大陸とか、国の中のどの辺なのかとか」

　監禁されていると思うと震えがくるようだったが、怯《おび》えているだけでは何も解決できないと思った。

　ヴィルヘルムは他の星と言ったが、さすがにそれはないだろう。どれだけ地球が広くとも、日本からどれくらいの距離なのか、飛行機は飛ぶのか船は出るのか、それが分かれば帰る算段もつけられるかもしれない。

「我が国はアプラクサス大陸の北端に位置しております」

「アプ……」

　しかし目論見《もくろみ》とは裏腹に、聞いたこともない名前に目を瞠るしかできなかった。少なくとも地理の授業でも、世界史の授業でも出てきたことはない。

「あの、それってどこ……いえ、いいです。じゃあこの部屋は……ぼくが今いるここはどこなんですか」

　問い直したところで満足のいく返事がもらえる気がせず焦点を変えると、フェリクスは淀《よど》みなく教えてくれた。

「ここは王都ケメルスブルクにある王宮内の東翼で

ございます」

「王宮、なんですか？　とうよくというのは……」

「ヴィルヘルム王太子殿下の宮になります。この王宮内には南北に延びる陛下の主殿を中心に、その東西に翼を模《かたど》った東翼宮と西翼宮がございますので」

　宮というのは城のようなものだろうか。他の星というのはともかく、よりによって外国の王宮に連れて来られたとは思わなかった。

「そうなんですね……。じゃあ、この国に飛行機とか船はあるんでしょうか。その……国の外に出るための」

　気を取り直して訊いたが、フェリクスは微《かす》かに悲しそうな顔を見せた。

「ヒコーキというものは存じませんが、帆船でしたら河からも海からも出ております」

「あるんですね」

　そうであれば物理的にこの国から出る手段はあるということだ。どうやってそこまで行くのかも知りたかったが、フェリクスが悲しそうな顔をしたことが気に懸かって切り出せない。

　だが色々なことが少しずつ明らかになっているのは確かだ。

　希望の糸口を掴んだような気がして、ルカはもう一つ問いかけた。

「フェリクスさん、その、ぼくたち普通に会話してますけど、聞こえてくる声とフェリクスさんの口の動きが違うのはどうしてなんですか」

　この現象は彼にとっては至って当たり前のことなのかもしれない。もしそうならルカの質問は不可解なものに感じられるだろう。

　訝《いぶか》しく思われるだろうかと心配したが、フェリクスはルカの疑問を掬《すく》い取るように、自らの右耳に手を持っていきながら答えた。

「それはルカ様がエルエフをつけていらっしゃるからです」

「エルエフ？」

フェリクスに倣って右耳に触れると、耳の縁に何か小さな固いものがついている。

　引っ張って取ってみれば、それは金色のイヤーカフのようなもので、一センチくらいの筒状をしており、縦に細い切れ込みが入っていた。

「な、何これ」

　ルカにアクセサリーをつける習慣はなく、不審に思ったところでフェリクスが口を開いた。

　しかし、彼の声が聞こえてくるにもかかわらず、今度はまったく理解できなかった。口の動きと声とが完全に一致しているので、この方が理にかなっているのだとは思うが。

　フェリクスは一礼をして、イヤーカフをルカの耳に元通りに装着した。

「恐れながら、ルカ様がお休みになられている間にこのエルエフをつけさせていただきました。装着された方は言語を問わずに会話ができるという術が込められておりますが、この通り外れてしまうと会話ができなくなってしまいますので」

　また「術」かと思ったが、小型の通訳機らしいこれがないと会話ができないことがよく分かった。

「他に何か気懸かりなことはございますでしょうか。ルカ様がご納得ゆくまで、どうぞなんなりとお尋ねくだされば幸いに存じます」

　笑顔で言ってくれるフェリクスに、彼は本当に親切な人なのだと思った。

　オーティスやヴィルヘルムのように仰々しくないし、会話もとてもしやすい。ただ、爬虫類のような足が唯一解《げ》せないだけだ。

「あの、じゃあ……フェリクスさんは、どうしてそんな足をしてるんですか」

　フェリクスは不思議そうに小首を傾げた。

「今は春先でございますので、騎士以外の宮仕えの者はみな、この編み靴を履いておりますが」

「いえ、サンダルじゃなくて、どうしてその鱗みたいな足をしているのかなって」

フェリクスはしばらく何かを考えるようにルカを見つめた。

「恐れながら、ルカ様は竜人族をご覧になるのは初めてでございますか」

「りゅうじんぞく？」

それはなんなのだろうか。今まで一度も聞いたことがない。

「はい。ケメルマイデン王国は竜人族、竜の民の国でございます。王族や封建貴族の御方は自在に竜体になることができますし、私のような平民も変化こそできませんが、みな体のどこかに竜の印を持って生まれますので」

フェリクスが何を言っているのか分からず、ひたすら何度も瞬きした。

「りゅう」といえばあの「竜」しか思い浮かばないが、まさか彼は自分の足をその竜だと言っているのだろうか。

口調は朗らかでも彼の表情は至って真面目《まじめ》だ。おおかたこの通訳機が不具合でも起こしたに違いない。

「すみません、うまく訳されていないみたいで、よく分からないんですが……」

フェリクスはゆっくりと片膝をつくと、膝頭に掛かっていた布を肌蹴けた。

「お見苦しい失礼をお許しください。私はこのように膝下から鱗が生えていて、足首から下は完全に竜の姿を残しております。一例ではありますが、このような民なのだとご理解いただけますでしょうか」

露《あら》わにされた彼の足を見て、堪らず息を呑んでしまった。

白い膝頭にうっすらと血管が浮いている。それが少しもずれることなく、皮膚《ひふ》と鱗の分かれ目へと繋《つな》がっている。

鱗の生えた足には血が通っているのだ。

「な……なん……」

唇が震えてそれ以上言葉が続かない。

もしや「りゅうじんぞく」とは「竜の人の族」な

のか。

ルカの異変を感じてか、フェリクスが焦ったように立ち上がった。

「そ、それほど驚かれるとは思わず大変失礼をいたしました。ルカ様、どうぞご安心ください。私はこのような鉤爪を持ってはおりますが、ルカ様を傷つけることは決していたしませんので」

「……っ」

彼の鉤爪が凶器になるなんて考えもしなかったが、言い換えればフェリクス以外はルカを傷つける可能性があるということか。

他の人間――オーティスやヴィルヘルムが。

「ぼ……ぼくっ……」

背中に汗が噴き出てくる。

竜人族とはなんなのだ。

「ルカ様、もしよろしければ王宮の中をフータ様とご一緒にお散歩されませんか？　天井壁画も見事でございますし、庭園もそれはそれは綺麗でございますよ」

「い、いいです。あ、危ないから」

「王宮の中に危険になるような場所はございませんし、何かありましたら衛兵も大勢おりますから」

「ほ、本当にいいです。紐《ひも》がないと、さ、散歩できないので」

椅子から立ち上がって部屋を歩き回っていた風太に駆け寄った。護るように抱き上げた拍子に、つけていたはずの首輪が外されていることに気がつく。

「フータ様につける紐でございますね。ではすぐにお持ちしますので、しばらくお待ちいただけますでしょうか」

フェリクスが出て行ってしまうと、部屋が急に静まり返った。

今見たものはなんだったのだろう。混乱しすぎていてすべてが夢のように思えてくる。

一人取り残されてしばしの間呆然《ぼうぜん》としていたが、やにわに先ほどのフェリクスの言葉が思い出された。

ケメルマイデン王国——竜の民の国。

ここが日本ではない異国なのだとしても、竜人がいるだなんて到底信じられるはずがない。

だが、一つだけ確かなのは、ルカがここに監禁されているということだ。

（逃げ……なきゃ……）

足音を忍ばせて扉に向かった。

扉を開けてみると長い廊下には誰の姿もない。

逃げるチャンスはきっと今だけだ。

居ても立ってもいられず部屋の中に視線を走らせ、目についたシーツを剥《は》ぎ取り風太をぐるりと包み込んだ。

そもそも彼らの言葉を鵜呑《うの》みにする必要はないのだ。フェリクスの足だってルカの目の錯覚ということも考えられる。外に出ればきっとすべてが明らかになる。無事に日本に帰れる可能性だってあるのだ。

「風太、お願いだから静かにしてて」

脇目も振らずに廊下を小走りで行った。裾が纏わりつく上に裸足なので、思うように走れないのがもどかしい。

途中には吹き抜けがあり、階段を挟んで向こう側の廊下へと続いていた。

ルカがいたのは三階だったようで、転ばないように注意しながら地上階まで一気に下りた。そこにはモザイクタイルが張られたホールがあり、中心に何かの像が飾られている。

翼を広げた恐竜のような、二つの頭を持つ異形の像だ。

鋭い牙《きば》と鉤爪に慄《おのの》き、巨大な扉に向かいかけていた足をはっと止めた。部屋の窓から見た限り、この扉の向こうは庭園だった。あの整然とした中を行ったら容易に見つかってしまうかもしれない。

他の出口を探していると、左右にある廊下の一方から女性たちの笑い声が聞こえてきた。

急いで反対側の廊下に入ると、そこには幾つかの扉が並んでいたが、その先は外廊下になっているのか、明るい外光が燦々《さんさん》と射し込んでいる。

外廊下の両側には青々とした芝生の庭が広がっていた。窓から目にした庭園の反対側を見ると、多くの人々が行き交っている。歩きながら話している少年もいれば本を読んでいる少女もいて、服装も上着を羽織っていたり半袖だったりとまちまちだ。

不意に木陰に座っていた青年と目が合った。逃げて来た手前、捕まるのではないかと怯えたが、青年は自然に視線を逸《そ》らす。

その仕草に、ここにいる人々はルカのことを知らないのだと思った。希望的観測だが、今はその勘に頼るしかない。

腹を括《くく》って庭へ出てみると、出口はすぐに見つかった。こちら側と外界とを高い石塀が隔てているが、そこにある木の門から四、五人の青年たちが出て行こうとしている。

門の両脇に槍《やり》を携えた衛兵が二人いるが、彼らは開閉をするだけで、出て行く青年たちの顔を逐一確かめている様子はない。

次に誰かが出て行くときに、なんとか一緒に出られないだろうか。焦れば怪しまれるだろうが、ゆっくり歩いて当然のように振る舞えば、もしかしたら或《ある》いは。

庭の中ほどまで進み出て、門へ向かう人々の後ろをなるべく堂々とついて行った。

先を歩く集団が門の前に着くと、衛兵が何も言わずに閂《かんぬき》を外して門を開ける。一人、二人と立ち止まることなく外へと出て行き、いよいよルカの番が近づいてきた。

（もう少しだ。あとちょっとで外へ出られる）

衛兵がルカの前に立ちはだかったのは、いざ門を通り抜けようとしたときだった。

「失礼ですが、お見受けしない異国の御方と存じます。御名と学舎を頂戴してもよろしいでしょうか」

禿頭《とくとう》の大男に見下ろされ、心臓が口から飛び出しそうになった。男は右手に槍を持っているばかりでなく、左腰には鞘《さや》に入った剣を差している。

（どうしよう……どうしよう……）

頭が真っ白になって何も言えないでいると、煙たげに睨《にら》みつけられた。

「……お召しになっているのは寝間着かと存じます。それにその包み……。失礼ながら拝見します」

男の手が風太を包んだシーツにぬうっと伸びてくる。

「おいっ」

もう駄目だと思った瞬間、もう一人の衛兵が声を上げた。

「控えろ！　この御方、エルエフをつけていらっしゃるぞ！」

「えっ」

短いやりとりを終えるなり、二人の男は緊張した面持ちで腰から体を折り曲げた。

「こ、国賓の方とは知らず大変失礼をいたしました。しかし恐れながら、侍従も連れずによろしいのですか。急ぎの御用がおありでしたらすぐに馬車を……」

「い、いいんですっ」

ルカの耳の通訳機はどうやら客人の証《あかし》のようだ。

衛兵が都合よく受け取ってくれたのを幸いに、急ぎ足で門をすり抜けた。

（やった！　出られた！）

あとはできる限り遠くへ逃げるだけだ。

方向の見当がつかないので、先に出て行った集団の後ろを追いかけて行く。林道に入ったところで風太を腕から下ろし、シーツを引き裂いて即席の紐を作った。ルカ自身も走りやすいように、裾を捲《まく》り上げて腰紐に挟み込む。

「風太、行こう！」

無我夢中で走っていると、いつしか林を抜けていた。石橋の架かる川と尖塔のある建物が見えてきて、ほっとすると同時に裸足で駆けて来た足裏の痛みを自覚する。

だがもう少しの辛抱だ。街中に入れば隠れられる場所があるだろうし、少しくらいは休めるはずだ。

しかし、橋の袂《たもと》を過ぎた辺りでルカはやむなく足を止めた。前方から巨大な鳥のような生き物がぐんぐん近づいて来る。

大きな蝙蝠《こうもり》のように見える骨ばった二つの翼、真っ黒な肉厚の胴体から伸びる長い首と猛々《たけだけ》しい尾。蜥蜴《とかげ》のような顔、頭から生えた二本の角、獲物を摑むために歪曲《わいきょく》した、鋭い鉤爪。

その生き物が頭上を飛び越えて行くと、ルカは大きな影の下敷きになった。

「りゅ……竜!?」

真下から見上げた生き物は、子供の頃絵本で目にした西洋の竜にそっくりだった。

まさかすべては本当なのか。竜が実際に存在していて——自分はその国へ連れて来られたというのだろうか。

腰を抜かしそうな身を立て直して、ルカは転がるように走り始めた。

(おかしい……やっぱりこの国はおかしい！)

橋からまっすぐに続いていた大通りではなく、脇道に入って身を隠せるところを探した。膝はとうに笑ってしまっているし、風太もはあはあと舌を出している。

煉瓦が敷かれた小路に入って足を止め、家の裏らしい壁にもたれて座り込んだ。止まった途端に足が痛み出し、見ればまめが潰れて血が滲《にじ》んでいる。

「痛……」

恐怖に駆られて出て来てしまったが、せめて靴くらい調達してくれればよかった。

靴ばかりでなく水も食べ物もお金だって少しもない。そもそも貨幣が流通しているのかも知らないのだ。

それにあの竜らしき生き物。王宮から逃げれば安全だと思っていたのに、あんなのがいるだなんて反則だ。襲われたらどうしよう。

(やっぱりここ……地球じゃなくて他の星なのかな)

信じがたいし信じたくもないけれど、そうとでも思わなければこれまでのことに説明がつかない。痛む足にすべては現実なのだと教えられる。

この痛みや不安が幻であるはずがないのだと。

（これから……どうしよう）

まだまだ王宮から出たばかり、弱音を吐いている暇なんてないのに、先のことを考えると心細くなってしまう。

たとえ他の星だろうと喉も渇くし腹も減るが、しかし今の自分は何も持っていない。自力で日本に帰れると思ったのは浅はかだったのだろうか。

（ぼく、どこにいてもこんなだ）

情けなさが込み上げてきて膝を抱えた。

普通に暮らしたいだけだ。特別に広い部屋も贅沢な食事だって必要ない。働いて、風太と遊んで、そういう人並みの暮らしがしたいだけなのに、どうしてうまくいかないのだろう。

喉の渇きを覚えて膝の間に顔を埋《うず》めると、気持ちを察したように風太がぺろりと手を舐めてくれた。

はっはっと荒い息を吐きながらもぴたりと体を寄せてくれる。風太の目にあるのはルカに対する揺るぎない信頼だ。

その瞳にこれじゃ駄目だと鼓舞された。

何があっても風太の面倒を見ると決めた。どうしようではなく、風太のためにこれからどうするかを考えるべきだ。

「水が飲めるところ、探してみようか」

立ち上がり、足を庇《かば》いながら歩き始めた。

怖がってばかりではどこへも進めないし、ぼやぼやしていたら捕まってしまう。

小路の陰から大通りの方を見てみれば、そこには陽光に映し出された不思議な街並みが広がっていた。

軒を連ねる建物の多くは赤茶色の三角屋根で、石造りの壁は砂糖菓子のような淡い黄色やピンク色に塗られていた。幾つかの家は巨木のうろに包まれていたり、木に食い込むようにして建てられている。

出窓には花の咲き零れる植木鉢が置かれていて、リスのような小動物や、鮮やかな色の小鳥たちが行き交っていた。

（ここが王都……。あの竜が危害を及ぼすとか……そういうことはないみたいだ……）

　往来を歩く人々の顔は一様に朗らかで、この界隈《かいわい》の暮らしが豊かであることが伝わってくる。

　フェリクスと同じような足や尻尾を出している人もいるが、顔立ちはみな西洋系で、男性はきちんとシャツとズボンを着ているし、女性も袖口の膨らんだ可愛らしいワンピースを着ている。

　たちまち、土埃《つちぼこり》で汚れた自分の足が恥ずかしくなった。着ているのは寝間着のようだし、この格好であの中に入ったら悪目立ちしてしまいそうだ。とはいえ、服を手に入れる方法があるわけもなく、ルカは身を小さくしながら大通りへと足を出してみた。

　思った通り、道行く人がルカをちらちらと横目で見てくる。興味本位という程度だが、これでは落ち着いて水飲み場を探せないし、誰かに訊いてしまった方が早いかもしれない。

「あの、すみません……」

　話しやすそうな若い女の子を見つけ、思い切って呼び止めたところ、ぎょっとしたように上から下まで見下ろされた。裸足もさることながら顔をじっと見られたので、この国ではルカのような人種の方が珍しいのだろう。

「な、なに？」

「その……ちょっと教えていただきたいんですが、近くに水が飲めるところはありませんか。水道とか、井戸とか……」

　それでも応じてくれた女の子に乞《こ》うように尋ねた途端、今度はあんぐりと口を開けられた。

「あなた、なんで言葉と口の動きが違うの？」

「あ……」

　驚かれたからにはエルフは巷《ちまた》に出回っているものではないのだろう。ルカ自身も仕組みが分からないので簡単に通訳機の存在を伝えると、彼女は解せない顔をしながらも、「あそこに泉があるよ」と教えてくれた。二十メートルほど先に、こんこんと水の湧き出ている噴水が見える。

「あの水が飲めるんですね。ありがとうございます」

一礼して去りかけたが、すぐに他のことも教えてもらえないだろうかと思い直した。

「すみません、あともう一つ……。この国から出るには……船に乗るにはどこに行ったらいいんでしょうか。あと、お金がどのくらいかかるのかも、もし知っていたら教えていただきたいんですが」

「海だったら王都を出て北に行くか、東に向かえば河から帆船も出てるよ。自分の国に帰るの？」

「は、はい、まあ……。あの、王都からは誰でも自由に出られるんですか？　塀で囲まれていたり衛兵がいたりするんでしょうか」

王宮の窓から見ただけでは、王都の造りがどうなっているのか分からなかった。もしも王宮と同じように塀で囲まれていたら厄介だ。

ルカにとっては大問題だったが、この問いは女の子の不信感を煽《あお》ったようだった。怪訝そうな瞳に微かな好奇心が見え隠れする。これ以上話しても益々《ますます》怪しまれるだけかと不安になったが、女の子は思いがけずルカが来た方向とは逆を指差した。

「こっちの方角へ行くと門があるから、商人じゃなければそこから自由に出られるけど。でも、もしかしてその格好で森へ入るつもり？」

軽装のことを言われているのだと分かり、ルカは軽く眉を寄せた。何かを具体的に考えてきたわけではないので、森と聞いて怖気《おじけ》づいてしまう。

「無理でしょうか……？」

女の子は苦笑して肩を竦めた。

「海までは最低でも馬で五日、河までだって三日はかかる。畑を歩いている間はなんとかなるかもしれないけど、水袋も寝袋もなしに行くだなんて無謀だな」

行き先によって船の運賃は変わるので分からないが、ドゥカートという貨幣が流通していることは教えてもらえた。ということはやはり、何をするにしても先立つものが必要なのだ。

女の子と別れてとぼとぼと泉へ行き、風太と二人してたっぷり水を飲んだ。泉というだけあって透き通っていておいしく、疲弊していた体と心が生き返るように潤っていく。

「取り敢《あ》えず門の位置を確認しようか。もし誰かが追いかけて来たらどのみち出なくちゃいけないんだし」

どれだけ無謀だろうと他に方法がなく、立ち上がって女の子が教えてくれた方へと足を向けた。

後方から騒がしい物音が聞こえてきたのはそのときだ。

振り返ってみると屈強な男たちが束になって駆け回っている。

手に持たれた長槍、左腰に差された剣、肩が出たぴったりとした上衣とズボン。彼らは王宮にいた衛兵たちとまったく同じ装いをしていた。

（もう追いかけて来たんだ！）

追われるかもしれないとは思っていたが、想像していたよりずっと早い。

風太の紐をしっかりと握り、王都の門を目指して走り出した。衛兵たちはルカに気づかなかったようだが、ここにいれば捕まるのは時間の問題だ。

連れ戻されたらそれこそどんな罰が待っているか分からない。

先ほどの女の子が口を開けてこちらを見ている。

「門は、門はどっちですか⁉」

必死に声を上げると左の小路を指差された。

左に曲がるともうもうと上がる砂塵《さじん》の向こうから何かが勢いよく駆けて来る。

「どけどけ、どけっ！」

「うわあっ……！」

馬の鼻頭が正面から突進して来て、危うくぶつかる直前ルカは脇に転がった。

馬がヒヒンと嘶《いなな》いて前足を上げ、それに合わせて何かがルカの上にばらばらと零れてくる。

「ああっ、俺の荷が！　お前、何してくれんだ！」

「う……」

男の怒鳴り声が聞こえたが、転がった衝撃で目を開けることもできなかった。

「何してくれんだって言ってんだ！」

「ひっ……」

馬から降りた男に腕を摑まれて立たされる。

そして、男の顔を見上げるなり、恐怖に体が竦み上がった。

「どうしてくれんだ、ああ？」

鷹《たか》そのものの嘴《くちばし》を動かして男が言う。

摑んでくる手も言葉も人間のものなのに、男の首から上は大きな鳥の姿をしていた。

「……み、ま……」

謝らなければいけないのに、あまりの事態に歯の根が合わなかった。

「これじゃあもう売り物にならねえ。きっちり弁償してもらおうじゃねえか」

ルカたちの足元には大豆に似たものが大量に散らばっていて、ぶつかりそうになった拍子に男の馬の荷から零れたのだと分かった。

「すみ、ませ……おか、お金は、なく、て……」

乱暴に襟首を持ち上げられた。唸《うな》り声を上げていた風太が男に向かって激しく吠《ほ》え始める。

「ないじゃねえだろう。出すもん出せって言ってるんだ。あ、なんだお前、こいつぁ金か？」

男の視線がルカの耳に止まる。

エルエフを奪われるというのはこの国での生命線を失うことを意味していた。

「や、やめてくださ……こ、これだけは……」

それだけは取られるわけにいかなくて腕を振って抗うと、男は余計に激昂《げっこう》した。

「なんだと!?」

怒声に煽られてか風太が男のズボンに食いかかる。男が風太を蹴るような動きを見せたので、咄嗟《とっさ》に風太に覆い被さった。

「大人しくその耳のを渡すんだな。さもなきゃお前の耳ごといただくまでだ！」

物騒な物言いに顔を上げると、男はいつの間にか腰の鞘から剣を抜いていた。

風太を抱いて後ろにいざりながら、こんなの夢だとかぶりを振る。

鳥の頭をした男に剣で耳を切られる？

そんなことが信じられるはずがない。

「たす……け……」

男が大きく剣を振り上げ、ルカは目を瞑《つぶ》って蹲《うずくま》った。

誰かの腕の中に抱き締められたのは、頭上で金属同士がぶつかる音がした直後だった。

「その方、我が国にて交易したくば、このような乱行を働くことは二度と許さぬ」

力強い腕、厚い胸、肩に降り乱れる銀の髪。

ルカのことを抱き寄せていたのは、王太子のヴィルヘルムだった。

「今日のところは見逃してやるが、即刻ファルキニアに帰るがよい」

「ま、まさか……で、殿下っ!? お許しをっ」

ヴィルヘルムに剣を遮られた男が土下座すると、その周りを衛兵たちがあっという間に取り囲んでいく。

「まったく……だから外には出るなと言ったのだ」

何が起こったのかすぐには理解できず、数度目を瞬かせる。

向き合ったヴィルヘルムに溜息をつかれて、ルカは我に返って肩を跳ねさせた。

まさか王太子自ら追いかけて来るとは――。

新たな恐怖が襲いかかってくる。

危ないところを助けてもらったようだが、ヴィルヘルムに捕まってしまったことに変わりはなく、目の前が真っ暗になった。どんな罰を受けるのか、それを思うと震える体を止められない。

「……すみま、せん……」

　掠れた声で謝ると、ヴィルヘルムが突然身を寄せてきた。そうするつもりはなかったのに、怯えが先立ってのけ反ってしまう。

「案ずるな。声が小さいゆえ近くに寄ったまでだ」

（え？）

　思いがけず聞こえたもの柔らかな声に目を上げると、すぐ間近にヴィルヘルムの美貌があって驚いた。吸い込まれるように見て初めて、彼の眉と睫毛《まつげ》が毛先と同じ金色であることに気がつく。

　瞳はヴィルヘルムの胸の宝石と同じ淡青《たんせい》で、その中には輝く金の雫《しずく》が幾つも鏤《ちりば》められていた。

　剣を向けられた衝撃がまだ収まらないのか、心臓がそれまで以上に高鳴っていく。

「す、すみません、ぼく……」

「謝らずともよい。君の気持ちも分からなくはないのでな。怪我はなかったか？」

　気遣いが意外すぎてうろたえながら頷いた。

　逃げたことを怒っていないのだろうか。王宮ではあんなに怖い顔をしていたのに。

「あ、あの……」

「どうした？」

　ごくりと唾を飲み込みながら、彼の瞳をおずおずと見つめた。

「怒って……ないんですか？　ぼく、逃げたのに」

「知らぬところに突然連れて来られたのだ。怒られるべきは君ではなくてこちらだろう。だが、王宮の外はこのように危険がなくもないゆえ、帰るまでは東翼に……私のところにいるのが最も安全だと思うのだが」

「日本に帰してもらえるんですか？」

　期待を込めて訊いたが、頷きは返らなかった。

「必ずと約束することはできない。だが、私は君を元のところに戻したいと思っている。そのためにできる限りのことをすると誓うが、それだけでは足りぬだろうか」

　丁寧に説かれて心が揺れた。

　本当に怒ってはいないようだが、この人をこのまま信じてしまってもいいのだろうか。

　確かに彼はルカを鳥の男から助けてくれた。帰したいとも言ってくれている。それに、王都にはあの竜や鳥の男がいることを考えると、大人しく王宮に戻った方が安全だという気もしてくる。

　そこで俯《うつむ》けていた顔を上げた。果たしてあの黒い生き物はどこへと飛んで行ったのだろう。

「あ……あの、ここに来る途中に、竜みたいな生き物を、見て」

「うむ」

　驚かず、訂正もしないということは、やはりあれは竜だったのだ。

「あれは、王宮にはいないんですか？　その、人を傷つけるようなことは……」

　ヴィルヘルムは少し目の下側を持ち上げ、「私も竜になる」と言った。

「え？」

「私も竜になると言ったのだ。フェリクスから『竜人族に驚いて逃げたようだ』と知らせを受けたが、そのときに王族は竜に変わると聞かなかったか？」

　唖然《あぜん》として淡青の瞳を見上げてしまう。聞いた気もするが、正直あのときは何を言っているのかよく分からなかった。だが、鳥の頭の人間を目にした今では、竜に変わる人がいると言われれば頷くしかない。

「竜になったところで人としての自我が消えるわけではない。人間体であろうと竜体であろうと、故なく他者を傷つける者は罰せられる。竜に変わるというだけで、君が我々を恐れる必要はないと思うが」

　ルカは唇をきゅっと引き結んだ。

　そう言われるとあとはヴィルヘルムの言葉を自分が信じるかどうかだけだ。

出会ったときは冷たそうだと思ったが、今の彼は穏やかな眼差《まなざ》しをしている。また、ルカがヴィルヘルムを疑って逃げてしまっただけで、王宮でひどい扱いを受けたわけでもない。

あとは本当に、竜が怖くないというのを素直に受け入れればいいだけなのだが。

「言葉だけでは足りぬというなら、今ここで私が竜体となっても構わぬが」

揺れ動いていた心が完全に彼に傾いたのはそのときだった。

「い、いいです。大丈夫です」

「やはり恐ろしいか？」

「ち、違います。あの、うまく言えないんですけど、あなたの……殿下のお気持ちは分かりましたから」

言葉だけでなく、行動で示そうとしてくれたことに彼の誠意を感じずにはいられなかった。

ヴィルヘルムを信じてみよう。

きっとこの人はルカを日本に帰してくれる。

「ルカ、私と帰ってくれるのか？」

窺うように訊かれたとき、背中にヴィルヘルムの腕の熱が蘇《よみがえ》った気がした。

「……はい」

安心したように微笑まれて、なぜだか胸がトクンと打った。

「では早速参ろう。あの馬車だ」

停《と》めてあった馬車に早々に促される。風太の紐を引いてヴィルヘルムの後をついて行ったが、不意に鳥の男のことが気になった。

衛兵たちはもう取り囲んでいないが、男はヴィルヘルムに頭を下げたまま固まっている。その周りに散乱した豆を見ると、たちどころに申し訳なくなった。

乱暴を働かれたことは事実だが、そもそもはルカがぶつかりそうになったことが原因だ。

「どうかしたのか？」

「あの、ぼく、あの人とぶつかりそうになって……

豆の弁償をしないといけないんですけど、お金を持っていないので……」

このまま立ち去るのが心苦しくて言うと、ヴィルヘルムは怪訝そうに眉を寄せた。

「君に剣を向けた男だぞ？　それに、ここは本来馬が入ってはいけない道だ。君に責はない」

「そ、そうなんですか？　でも、ぼくも走って角を曲がってしまったので……。あの、ど、どうすればいいか……」

規則違反をしたのかもしれないが、彼にだって生活があるだろうし、きっと本当に困っていると思う。かといって自分に購《あがな》える金品があるわけではないので、どうすればいいのか判断がつかなかった。

「ザシャ」

「ここに」

ザシャというのは名前だったようだ。打てば響くという速さで、ヴィルヘルムの後ろについていた男が答えた。

「あの男に代わりの荷を用意してやれ」

「仰せのままに」

すぐに鳥の頭の男の方に行き、崩れた荷を調べ始めたザシャを見ながら思った。

もしかしたらルカが知らないだけで、ヴィルヘルムは優しい人なのかもしれない。

「あ……ありがとうございます。すみません、ぼくのせいで、余計なお金を……」

「構わぬ」

ルカが馬車に足を掛けたとき、ヴィルヘルムが腰紐に巻き込んでいた裾を直してくれた。

「足を怪我したのだな。宮に戻ったら治して……いや、フェリクスに薬を塗ってもらったらいい」

ヴィルヘルムは必要以外のことは言わないようで、それから王宮に着くまで一度も口を開かなかった。

隣に座る彼から淡い香りが漂ってくる。

正直なところ、ヴィルヘルムといるのはまだ緊張するし、これからどんな生活が待っているのかも分からない。

しかし、なぜなのかもう足元が崩れるような不安は感じず、ルカはヴィルヘルムがそこにいるのを確かめるように、ただずっと瞳の端に彼の姿を映し続けた。


王宮に戻ったルカとヴィルヘルムを待ち受けていたのはルカを召喚したオーティスだった。

その腕にはぐったりとした若い女性が抱かれていて、心配のあまりオーティスに対して感じていた警戒心すら薄れてしまう。

「叔父上、まだいらっしゃったんですか」

ホールに据えられていたのは金色の双頭竜の像で、その隣に立ったヴィルヘルムは遠慮もなしにそう言った。

「帰ろうと思ったらルカ殿がいなくなったと知らせがあったのではないか。無事に見つかったからよかったようなものを、これでは先が思いやられる。いかがですかな、ルカ殿、私の宮に一緒に来られては。逃げたいなどとは思わぬほど、盛大に歓迎いたしますぞ」

「ルカは納得の上で私のところに戻って来たのです。そうだな？」

ルカの代わりに答えてくれたヴィルヘルムに慌てて頷いた。ルカを連れて来たオーティスにまだ訊きたいことはあるが、今は気力も体力も残っていない。

「さようですか。それは真《まこと》に残念だ。しかしルカ殿も酷なことをなさる。哀れフェリクスは責を問われ、減給になったというではありませんか」

「えっ」

笑いながら、しかしねめるような目で見られて愕《がく》然《ぜん》とした。

ルカの疑問に親切に答えてくれたフェリクスの顔が浮かんでくる。彼に責任は一つもないのに、ルカが逃げ出したせいで減給になっただなんて。

「そんな、ぼくのせいで……」

「君のせいではない。しきたりだ」

ヴィルヘルムが言った「しきたり」という言葉が肩に重くのしかかってくる。この国ではルカの行動如何《いかん》で、少なからぬ迷惑を被《こうむ》ってしまう人がいるのだ。

「で、でも……」

押し問答が続きそうな空気を読み取ってか、オーティスが間に入った。

「ルカ殿、この通り娘のリディアの体調が優れぬゆえ、私どもはこれで失礼させていただきますぞ。リディア、ルカ殿にご挨拶ができるか？」

フェリクスのことが気懸かりだったが、オーティスに抱かれたリディアに力のない目を向けられ、彼女と視線を合わせた。

体調が悪いというのは顔色からも分かるが、金髪に縁取られた儚《はかな》げな顔は相当に綺麗だ。

「リディア、と申します。お目に、かかれて……」

「梧桐ルカといいます。よろしくお願いします」

途中で挨拶を遮るのは無礼に違いなかったが、あまりにもリディアが苦しそうで見ていられなかった。

気遣いが伝わったのか、オーティスがリディアの代わりに一礼した後、自分の後ろへ目を配る。

「これは妻のソフィアと申します。ソフィア」

オーティスの後ろにいた女性はふっくらとしたスカートを左手で抓《つま》み、右手を胸に当てて軽く頭を下げてきた。妻だと紹介されなくとも、顔立ちからリディアの母だと容易に分かる。

「ソフィアと申します。王族の一人として、また大神官として、ルカ様のご到着を心より歓迎いたします」

「よ、よろしくお願いします」

挨拶を返しながらも、歓迎するというソフィアの言葉が引っかかった。

ここがどこなのか、どう帰れるのかということばかりに意識が向いていたが、そもそも自分はなぜこの国へと連れて来られたのだろうか。知らないのは当の本人のルカばかりのようだ。

訊いてみようかと思ったが、具合の悪いリディアを引き止めることは気が引けた。後でヴィルヘルムに訊けばいいし、フェリクスのことも心配だ。

「ヴィル、いつでも宮に顔を出してくれ。他の誰でもなくお前の来訪をリディアは待っているのでな」

ヴィルヘルムに話しかけながらも、オーティスの視線はリディアに向けられていた。

意外な言葉に少し驚く。

ヴィルヘルムの口振りから勝手にオーティスとは仲が悪いのかと思っていたが、そうではないのだろうか。

オーティスの意を汲《く》むようにヴィルヘルムはリディアの手を取ると、ごく優しい仕草でその指先にくちづけた。

ヴィルヘルムの顔が思いのほか苦しそうで、見ているルカまで苦しくなってくる。

オーティスたちが帰ると、ヴィルヘルムは元いた部屋へとルカを連れて行った。入るなり、フェリクスが涙を浮かべて片膝をついてくる。

「ルカ様、大変申し訳ありませんでした。私が足などお見せしたばかりに驚かせてしまい、本当に、なんとお詫《わ》びを申し上げたらいいか……」

「ま、待ってください、フェリクスさんのせいじゃありません。あの、お願いですから立ってください。ぼくが……ぼくが悪かったので」

ルカも頭を下げて謝った。逃げたこともフェリクスの足に驚いてしまったことも、今では心の底から申し訳なく思っていた。

馬車に揺られながら考えていた。この国では竜の印を持たないルカの方が異形であるのかもしれない。それなのに、フェリクスはそんな素振りを見せることなく、あんなに親切に接してくれたのだ。

「いいえ、いいえ……」

減給になったというのに、ルカを責めるどころか懸命に謝罪してくるフェリクスに罪悪感が募っていく。逃げたことに対する罰が怖かったのは事実だが、フェリクスが代わりに罰せられるなんて耐えられない。

「あの、お願いがあります。フェリクスさんの減給を取り消してもらえませんか。ぼくが勝手に出て行っただけで、フェリクスさんが悪いわけじゃないので」

ヴィルヘルムに訴えると、フェリクスが驚いたように立ち上がった。

「ル、ルカ様、とんでもないことでございます！」

ヴィルヘルムが感情の読めない顔で見下ろしてくる。

もしかしたら呆《あき》れているのかもしれなかった。確かに、鳥の頭の人の荷を肩代わりしてもらい、その上フェリクスをも、というのは虫がよすぎる話だろう。それでも、このまま見過ごすなんてできるはずがない。

「あの、お、お金だったらぼくがここで働きます。さっきの豆の分もあるし、後で必ずお返ししますから……」

「その分では他の侍従に代えるというのにも反対なのだろうな」

思いもかけない言葉にうろたえた。

「代えるって、フェリクスさん以外の人にするってことですか？　そ、そんな必要ありません。ぼくは、あの、フェリクスさんがいいです……」

「ルカ様……」

僅かな時間をともに過ごしただけだが、フェリクスは一緒にいるのも楽なら、話もすこぶるしやすかった。人付き合いの苦手なルカからすれば、それはかなり珍しいことだ。

ヴィルヘルムは思案するように黙っていたが、しばらくしてから「そうか」と言った。

「君が働く必要はない。だがその心意気を汲み、此《こ》度《たび》のフェリクスの減給は取り下げることにしよう。これでよいか？」

「は、はい！　ありがとうございます」

　難色を示されるのではと危ぶんでいただけに、彼の返事に安堵《あんど》と嬉しさが込み上げた。緊張が解けて自然と笑顔を零すと、途端にヴィルヘルムが驚いたような顔をする。こんな場で不謹慎だと思ったのかもしれない。

　さっと笑顔を引っ込めると、ふいと視線を逸らされた。

「疲れているだろうから、食事と湯浴みを終えたら休んだらよい。では、何かあったらフェリクスに言うように」

　それから先般と同じようにヴィルヘルムは素っ気なく出て行ったが、もう彼のことを怖いなどとは思わなかった。

　優しいかもしれないどころではなく、彼はとても、とても優しい人だ。

「ルカ様、ありがとうございます。なんとお礼を申し上げたらよいか……」

　フェリクスがふたたび頭を下げてきた。

「お礼なんてそんな……。ぼくの方こそご迷惑をおかけして本当にすみませんでした。フェリクスさん、あの、もう逃げたりしないので、これからよろしくお願いします」

「どうぞフェリクスと気軽にお呼びください。ルカ様、私はルカ様にお仕えできて幸せです」

　迷惑をかけた手前、大仰な言葉がこそばゆかったが、ルカも近くにいてくれる人間がフェリクスでよかったと思った。歳《とし》も近そうだし、彼とならいい関係を築けるかもしれない。

「じゃあ、あの、フェリクス……」

「はい！」

　フェリクスが笑顔を見せてくれたことで、ようやく強張っていた肩がほぐれた。

「フェリクスは、幾つなの」

　なんの気なしに訊くと、彼は身を乗り出して説明してくれた。

「十九になります。若く見られますが、昨年試験に受かって、侍従としてきちんと登用していただきましたから」

　百七十二センチのルカよりも低い身長と童顔のせいか、幾つか年下だと思っていたので同い年と聞いて驚いた。

「フェリクスの年齢を疑ってるわけじゃないよ。ただ歳が近そうだと思ったから訊いただけで。ところで、フェリクスはその、ぼくがなんでここに連れて来られたのか知ってる？」

　彼の表情は如実に否定を物語っていた。

「お役に立てず申し訳ございませんが、私はお仕えするようにと仰せつかっただけで、他には何も」

「そっか……あ、いいんだ。えっと、じゃあ、お風呂借りてもいいかな」

　立て続けに申し訳なさそうな顔をさせてしまったことが心苦しく、ルカはすぐに話題を変えた。実際上から下までひどい有様だ。風呂に入れるならありがたい。

「仰せのままに！」

　水を得た魚のように返事をしてくれたフェリクスに、彼とあのまま別れていなくてよかったと、心から思った。

フェリクスに頼んでヴィルヘルムを部屋に呼んでもらったのは、ケメルマイデンに着いてから四日目のことだった。

「王宮で働きたい？」

　ヴィルヘルムは書き物机の椅子に腰掛けているが、ルカはその前に立ったままだ。もう怖くはないけれど、相手が王太子だと思うと緊張する。

「働く必要はないと言ったはずだが？」

「でも、申し訳なくて……」

「申し訳ない？」

　不思議そうに問い返してくるヴィルヘルムに、睫毛を伏せて頷いた。

「その……食事とか色々、よくしていただいてありがたいんですけど、それで何もしないっていうのが、慣れてなくて」

　贅を尽くした食事、暇を慰める弦楽四重奏、断らなければ湯浴みを手伝おうとしてくるフェリクスに、一人では着られない後ろボタンの衣服。

　実のところ、この数日受けた貴族かというような待遇に、ルカはすっかり戸惑ってしまっていた。

　目覚めたときこそ寝間着だったが、今着ている白い服の裾にはヴィルヘルムと同じ流水紋が刺繍されている。

　上衣は袖先の広がった長袖で、胴には菫《すみれ》に似た花と蔓《つる》草が銀糸で刺繍されており、花芯には一見水色の、微かでも揺らぐと虹色に輝く小粒のガラスビーズが縫いつけられている。

「王太子として、君の意思を尊重せずこの国に連れて来てしまったことに責任を感じている。ゆえに、何不自由なくと思ったのだが、却《かえ》って気詰まりだったのだろうか」

「気詰まりというわけじゃ……」

　王宮から逃げたにもかかわらず、こんな生活をさせてもらっているのはとてもありがたい。

　だが、無駄飯を食べているようで落ち着かないのだと、どう言えば分かってもらえるのだろうか。

少なくとも働いていれば、自分でも誰かの役に立っていると思うことができる。しかし、こんな風に理由も分からないまま衣食住のすべてが与えられると、ここにいること自体が申し訳なく思えてくるのだ。

「だ……駄目でしょうか」

何かを考えるような沈黙が流れた。

「ならぬというわけではない。君がそうしたいのであればそういたそう」

「あ……ありがとうございます！」

言うなり立ち上がったヴィルヘルムに礼を述べた。話が終わったから帰るのだろう。きっと王太子はルカの想像もつかないほど忙しいのに違いない。

だが、ルカの予想に反してヴィルヘルムは出て行かなかった。

「フェリクス、侍従長のところへ行き、審議を鐘一つ分遅らせると伝えてくれ。ルカ、東翼を案内するゆえ、何かしたいことが見つかったら言うように」

言われた言葉を理解した途端、胸が跳ね上がった。

「はい……！」

申し出が受け入れられたばかりか、どうやらヴィルヘルムが案内してくれるらしい。それを思うと素直な喜びが湧き起こってきた。それは、ルカを帰したいと言ってくれた彼といられる安心感からだろう。

扉へ向かうヴィルヘルムの後を遅れないようについて行った。無邪気に追いかけて来る風太がかわいそうだが、今は置いて行くしかない。リードなしで連れ回して、迷子にでもなったらおおごとだ。

「すぐ戻るからいいこで待ってて。布を噛んだら駄目だよ」

扉の手前で風太を宥《なだ》めていると、ヴィルヘルムが振り向いた。

「その犬の名はなんだったか」

「風太、です」

「フータか。フータ、来い」

風太がヴィルヘルムの元に尻尾を振って駆け寄る。

彼は数十秒も風太の頭を撫でたかと思うと、はっとするほど神妙な声で訊いてきた。

「なぜ……『なんでもする』などと言ったのだ」

意味がすぐには分からなかったが、考えた末に風太を助けてもらったときのことを言っているのだと分かった。

あのとき確かにルカは口にした。瀕死《ひんし》の風太を胸に抱いて、「なんでもするから助けてくれ」と。

「なぜって、本当になんでもしようと思ったからです。ぼくにとってこのこは家族で……風太のことが、何より大事だったから」

他に言いようがなくて正直に打ち明けた。

「何よりも大事だったから、か」

ヴィルヘルムの目は風太ではない、どこか遠くを見ているようだった。

「この犬は幸せだな。君のような者の手にあって」

そして、ヴィルヘルムがそう呟《つぶや》いた瞬間、彼の瞳の金の雫が、それまで以上にきらきらと輝いて見えた。

「あ……」

ありがとうございますと言いたかったのに、喉が詰まって言葉が出なかった。

ヴィルヘルムが風太は幸せだと言ってくれた。ルカと一緒にいて、この犬は幸せだと。

「置いて行くのが忍びないなら、連れて行っても構わぬが」

「い、いいんですか？　あ……でも、紐……」

足のまめがひどかったこともあり、これまで風太の散歩はフェリクスにしてもらっていた。

その痛みも落ち着き、折りしも今日からはルカが連れて行こうと思っていたのだ。風太も部屋の外に出たいだろうし、フェリクスに紐を頼んでもいいだろうか。

「ただ今持って参ります」

返事にほっとしていると、すぐヴィルヘルムが付け加えた。

「東翼の紐もつけてやれ」

　フェリクスは少し驚いたようだったが、遅れず部屋から出て行った。

　つられるように部屋の外に出てみて、廊下の壁際に一人の男が直立していたのに気づいた。

　王都でヴィルヘルムの後ろにいた衛兵だと分かったが、改めて見れば他の衛兵たちとは様相が異なっている。

　肩が大きく出ている上衣は同じだが、ズボンもブーツも全体的に仕立てがよく、色目に艶があった。

　左の上腕には双頭竜の浮き彫りがされた金の腕輪が巻かれていて、右肩にはたっぷりとした群青色の布が典雅な風情で掛けられている。布はうまい具合に腰に巻かれているので、動くのに邪魔になるという風でもない。

「いいなあ……」

　男の服装につい本音が零れた。

　ルカの服は上質なものなのだろうが、実のところ腰布の下に何も身につけていなかった。下着をつけない文化を否定するつもりはないが、せめてズボンであればもう少し収まりがいい気がする。

「紹介がまだだったな。近衛《このえ》のザシャだ。ザシャ、客人のルカだ」

「お目にかかれて光栄です。王宮近衛騎士副団長ならび、東翼騎士団長のザシャ・ヘルマン・ハインリヒと申します」

　近衛騎士というだけあり、ザシャはヴィルヘルムよりも僅かに背が高かった。その長身を腰から折り曲げ、ルカに頭を下げてくる。

　だが、フェリクスがしてくれたときのような親しみは感じられず、どこか慇懃《いんぎん》無礼な感じがする。ヴィルヘルムよりも幾つか若そうだから、二六か七だろうか。

「よろしく……お願いします」

　前髪が立ち上がった黒い短髪も一文字の眉も凛々《りり》しいに違いないが、動かない表情のせいで近寄りがたい印象すらある。眦《まなじり》の下がった二重瞼はせっかく愛嬌《あいきょう》があるというのに。

　ルカが型通りの挨拶をし終えたとき、フェリクスが革紐と、青と金の糸でできた紐を手に戻って来た。

「その青と金の紐って何か意味があるの？　ぼくの腰のと同じだし、フェリクスも同じのしてるよね」

　風太の首に紐を結わきながら、フェリクスは嬉しそうに微笑んだ。

「はい。この紐は東翼の一員であることを意味しております。この紐があれば一目でヴィルヘルム殿下の庇護《ひご》下にあると分かりますから、王宮内で身元を問い質《ただ》されることはございません」

「殿下の庇護下？」

「さようでございます。こうしてフータ様が首紐をしていれば、万が一にも迷い犬と間違えられることはございません。ヴィルヘルム殿下がお護りになっている犬だと、王宮内のすべての者が分かりますから」

　いってらっしゃいませ、とフェリクスが輪にした革紐の端を持たせてくれる。

「では参ろう」

　準備が整うなり歩き出したヴィルヘルムの背中を見て、急に泣きたいような気持ちになった。

（風太がぼくの家族だって、分かってくれたんだ）

　東翼にいるのが一番安全だと言ってくれたヴィルヘルム。彼はルカばかりでなく、風太も護ってくれようとしているのだ。

「わ……」

　フェリクスが言っていた通り、廊下の天井には精緻な白竜が見事な筆致で描かれていた。円い天窓にはステンドグラスが嵌められていて、白壁にそこからの光が鮮やかな色相で映り込んでいる。

　部屋の扉にある口輪を咥《くわ》えた竜頭はノックのためのものだろうか。扉の隣には大理石の四角柱があり、その上に銀作りの豪華な燭台《しょくだい》が置かれている。

「すごいですね……」

逃げたときに通ったはずだが、あのときは必死で周りを見ている余裕がなかった。

感嘆するルカの後ろをザシャが無言でついて来る。緋《ひ》色の絨毯《じゅうたん》に足を取られるルカに気づいてか、途中からヴィルヘルムが歩く速度を緩めてくれた。

吹き抜け部分から手すりを摑んで上を見ると、ホールの丸天井からガラスを透かした青い光が落ちていた。

ヴィルヘルムの頬の上で、そのまろやかな光が淡湖のように揺れ動く。

「この階は客間と饗応《きょうおう》の間、それから私の寝所と執務の間があるだけだ。今は誰もおらぬゆえ、厨房《ちゅうぼう》などがある下階に参ろうと思う。中階に侍従の間と近衛の間があるが、その二つは些《いささ》か君には荷が重いと思うのだがどうだろうか」

その言葉に驚かずにいられなかった。働きたいとは言ったが、自分ができることなど精々草むしりか皿洗い程度だろうと思っていたのだ。

侍従や近衛など、どう考えても今のルカにはできない仕事なのに、ルカの意思を無視することなく誠実に尋ねてくれたことが嬉しい。

「はい、ぼくもそう思います。あの、殿下……ありがとうございます」

先ほど言えなかった分も含めて礼を伝えると、ヴィルヘルムが優しげに目を細めてくれた。

地上階に下り、双頭竜の像に目を取られたルカに気づいて、ヴィルヘルムがそちらに足を向けた。

二つの顔を眺めていると、ヴィルヘルムが「竜になる」と言ったことが思い出される。

（どんな……竜に変わるんだろう）

先が分かれた角も猛々しい牙も、竜の姿は以前と少しも変わっていない。それなのに、こうして落ち着いて見れば、恐怖心は湧いてこず、堂々としていて立派だとすら思えてくる。

形こそ少し違うものの、日本で竜といえば神獣だ。きっと、ヴィルヘルムも美しい竜になるのに違いない。

「まずは庭に参ろう」

　正面扉の先には石柱で支えられた張り出し屋根を持つ馬車寄せがあった。門まで続く白い煉瓦道の両側には、波型を描いて様々な花が競い合うように咲いている。

　ヴィルヘルムは芝生の庭を進み、植木の根元にしゃがんでいた人に声をかけた。

「ライナー！」

　麦藁《むぎわら》帽子を取って立ち上がったのは、ヤギのように真っ白な髪と髭《ひげ》をした男性の老人だった。目が隠れるほど眉が長く、鷲鼻《わしばな》で、頬がこけるくらい痩《や》せている。

「これは殿下、ご機嫌麗しゅうございます」

　老人が帽子を胸に当てて頭を下げると、鱗の生えた先の尖《とが》った耳が何度か動くのが見えた。

「ルカ、彼は庭師のライナーだ。ライナー、こちらは客人のルカ」

「客人のルカ」と紹介されるのはこれで二度目だ。

　実際破格のもてなしを受けてはいるが、なぜ自分がここに連れて来られたのかまだ訊けていない。今尋ねる時間はあるだろうか。

　頭を下げたルカに、ライナーも頭を下げ返してくれた。まだ言葉を交わしてもいないが、この整然とした庭の手入れをしているのかと思うと敬意の念が生まれてくる。

「他にも庭師はいるが、この東翼の庭はすべてライナーが管理をしている。温室のローゼンが見事に咲いているから、後でライナーに見せてもらうといい」

　植木の向こうにはガラス張りの温室があり、その脇の噴水からさやかな調べが流れていた。

「ライナー、場合によってはルカが庭仕事を手伝うやもしれぬ。そのときは面倒を見てやってくれ」

「かしこまりました」

　青々と晴れ渡る空は美しく、春光が庭の中を無邪気な様子で戯れていた。

「よ、よろしくお願いします」

この中で働けたらと思うとわくわくして、ルカはライナーに向かってふたたび頭を下げていた。

「庭のことは委細このライナーに訊けばよい。では次は厨房に参ろう。その後は書庫、厩舎《きゅうしゃ》もある」

ライナーと別れ、ヴィルヘルムについて元来た方へと戻って行った。

（今……訊いてみようか）

広い背中を追っているうちに、そんなことを思いついた。忙しそうだから、王宮を案内してもらった後に話している時間はないかもしれない。

「あの、殿下」

ヴィルヘルムは立ち止まってくれた。

「きゅ、急にすみません。一つ訊きたいことがあって」

「なんだ」

「その、ぼくはどうしてこの国に連れて来られたんでしょうか。お客なんて呼ばれてますけど、何か理由があるから連れて来られ……」

たちまち険しくなったヴィルヘルムの顔に、気圧《けお》されるように唇を結んだ。

訊いてはいけないことだったのだろうか。言葉にせずとも彼が機嫌を損ねたのが分かる。

うろたえて目を泳がせていると、ヴィルヘルムに昂然と言われた。

「君は知らなくていい」

冷たい声音に心臓が縮み上がった。

怯えた心に疑問が渦巻き、結んでいた唇を誤って噛んでしまう。

連れて来られた張本人なのに、ルカがその理由を知らなくていいとはどういうことなのか。

なぜ教えてくれないのだろう。ルカに言えないことなのか？

ヴィルヘルムを頼っているのに、無情にも彼の方から境界線を引かれた気がする。

「すみ……ませ……」

不安が押し寄せてきたが、ルカはつい謝っていた。

ごねればもう口をきいてもらえないかもしれない。嫌われてしまうかもしれない——。

話は終わったとばかり、ヴィルヘルムはふたたび歩き始めた。急いで後をついて行く。

歩調が速まったと感じるのは気のせいだろうか。まるで先ほどの話から早く離れ、ルカから遠ざかりたいとでも言っているかのように。

(怒ったのかな……やっぱり訊いたらいけなかったのかな)

できることなら時間を巻き戻したい。

ヴィルヘルムがこんなに嫌がると知っていたら、理由なんか訊かなかったのに。

外廊下の脇には品よく木立が植えられていた。

強い風が吹いてそれがざわめき、青い若葉がいたずらするかのようにヴィルヘルムの髪に絡みつく。

「殿……」

つい手を伸ばしてしまったのはきっと、ヴィルヘルムに立ち止まって欲しかったからだった。

「ルカ様、失礼をお許しください。しかし殿下に触れることはなりません」

ルカの喉元に何かが当てられたのと、ヴィルヘルムが振り向いたのは同時だった。

「——っ」

突然のことに声も出せなかった。左手に風太の紐を持ち、右手をヴィルヘルムに伸ばしたまま固まってしまう。

喉に当てられたのが槍の持ち手なのだと気づいた瞬間、一気に手足が冷たくなった。

「ザシャ、収めよ。私が気づくのに遅れたほどだ。お前もルカから殺気を感じたわけではあるまい」

(殺気って……ぼくが、どうして)

諫《いさ》めるという風ではなく、ごく落ち着いた声でヴィルヘルムが命じると、ザシャはすぐに槍を収め、何事もなかったように一歩下がった。

それでもルカは少しも動くことができなかった。

持ち手の感触がまだ皮膚の上にありありと残っている。

（ぼくが殿下に触ろうとしたから？）

渇いた喉になんとか唾を送ったところで、ようやく何が起こったのかを理解した。

ルカがヴィルヘルムに触れようとしてはいけなかったのだ。

なぜなら彼は、ヴィルヘルムは王太子なのだから。

「すみ、ません……。ぼく、し、知らなくて」

ようやく引っ込めた手を腹の前で固く組み合わせる。

もしも自分が客でなかったのなら、突きつけられていたのは持ち手ではなく刃先の方だったのだろう。

「伝えておかなかったこちらがいけない。失念したとはいえすまなかった。それで、どうしたのだ」

ヴィルヘルムが失念するほど、それはこの国では当然の掟《おきて》、或いは法なのだろう。

「か……髪についていた葉っぱを、取ろうとして……」

彼は数度頭を振ったが、飛ばされてしまったのか若葉はもうどこにも見当たらなかった。

俯くと、こちらを見上げる風太の首紐と、自分の腰に巻かれた揃《そろ》いの紐が目に入る。

東翼の一員という言葉に嘘はないのだろう。ヴィルヘルムは王太子として、臣下たちを護っているのに違いない。

だが近衛であるザシャは違うのだ。彼が護っているのはヴィルヘルムただ一人だけ。東翼の者であろうと客であろうと、ヴィルヘルムに許可なく近づく輩《やから》はザシャにとっては敵でしかない。

王太子だと頭では分かっていたつもりだが、認識が甘かったことを認めないわけにはいかなかった。

彼はルカがやすやすと手を伸ばしていい相手ではなく、恐らく二度目は許されない。たとえこの先何があっても、それを決して忘れてはいけないのだ。

「ルカ、参ろう」

ヴィルヘルムが気遣うように右手を差し出してくるが、それは先を促しているだけで、親しくその手を取れという意味ではない。

「ぼ、ぼく、ライナーさんのお手伝いしてきてもいいですか？　あの、お忙しいところ本当にすみませんでした」

　怖かったし、恥ずかしかったし、心細くて仕方なかった。

　ヴィルヘルムがいれば大丈夫だと安心していたが、それに全面的に寄りかかってはいけなかったのだ。ましてやヴィルヘルムはこの国の王太子、気安く頼ろうとした自分がそもそも間違っていたのだろう。

「ルカ……」

　ヴィルヘルムの声が聞こえなかった振りをして、ライナーのところへ走って戻った。

　こらえろ。誰かが自分を特別気にかけてくれるなんて、そんなこと今まで一度だってなかったじゃないか。

　ライナーの元へ着いても、ヴィルヘルムが追いかけて来ることはなかった。

「ラ、ライナーさん。あの、草むしりか何か、やることがあったら、お手伝いしたいんですけど」

　先ほどと同じように植木に向かってしゃがんでいた背中に声をかけた。

　しかし、淋しい気持ちをこらえて言ったにもかかわらず、ライナーは返事どころか振り向いてもくれなかった。

　心が軋《きし》んで壊れるかと思った。ヴィルヘルムにもライナーにも突き放されたような気がした。あのときライナーが面倒を見ると頷いてくれたのは、ヴィルヘルムの手前の社交辞令だったのだ。

　打ちのめされた気分で東翼へ向かった。外廊下を抜ければルカが王宮から逃げるときに通った中庭に出る。あそこならば人もたくさんいたし、ルカ一人がいたところで邪魔に思う人もいないはずだ。

　あちこちに連れ回しているのに、大人しく風太がついて来てくれるのがありがたかった。

中庭に着き、大樹の根元の花壇を見つけてしゃがみ込んだ。花壇は完璧に整えられていて、ルカが手を加えるところなどどこにもないように見える。

恐らく王宮の中は何もかもがこうなのだろう。専門家がたくさん揃っていて、ルカが働ける場所などきっとどこにもない。

役に立てない不要な存在。どこにも、この世界にも、ルカがいていい場所はない。

——いらねえ人間なら、せめて大人しくして、他人の邪魔になんじゃねえ——。

潰れそうな胸を押さえながら、抜いても抜かなくても分からないような小さな草を、ルカは必死に涙をこらえて、日が暮れるまで引き抜き続けた。


中庭にある太い列柱に支えられた石造りの建物は、古い時代の遺跡を髣髴《ほうふつ》とさせた。屋根は中心から端に向かって緩やかな傾斜を描いており、天井は高いが平屋であろうと思われた。

正面扉の両側には大きく刳《く》り抜かれた窪みがあり、その中には賢者であるのか、片手に本を抱えてもう片手で天を指す像、もう一つにはコンパスのような道具を持ち、地を指す像が据えられている。

中から微かに聞こえてくるざわめきにさえ、定められた韻律があるかのようだ。

ヴィルヘルムに王宮を案内された翌日、その建物の前の花壇の草を、ルカは黙々と抜いていた。傍らの木に繋いである風太は、すやすやと気持ちよさそうな寝息を立てている。

ふと、小さな子供の声が聞こえてきて隣を振り仰いだ。

威厳漂う遺跡然とした建物とは対照的に、そこには円い造りの小さな建物が二棟建っていた。二つの棟は少し離れており、形は二段重ねのショートケーキのように見える。

いちごの代わりに竜の像が載せられているが、物々しい顔もサイズが小作りだからか可愛く見えてくるから不思議だ。

　窓にはオレンジや黄色のステンドグラスが嵌められていて、子供の遊び場かなと思っていると、案の定、中から小さな子供たちがわらわらと出て来るのが見えた。

　二十人くらいいる。みんな五歳から六歳くらいの男の子だ。

「さあ、じゃあ剣を配るからみんな取りに来て」

　最後に出て来たルカと同年代の女の子――頭に鹿のような角が生えている――が呼ぶと、子供たちが彼女の前に集まった。女の子が木製の剣を配っていく。

　何が始まるのだろうか。何よりも気になるのは女の子の腰に下げられている金属製の鞘だ。あの中の剣も木製なのだろうか。

　柄《つか》も大きさも本物の剣のように見え、王都で剣を向けられた記憶とザシャに突きつけられた槍の柄の感触が蘇ってくる。

　理由もなく彼女たちが切りかかってくることはないだろうが、一度体で感じた恐怖を忘れることは難しく、怖気づいてしまうのも仕方がない。

　あまりじろじろ見ても失礼だと思い、花壇に目を戻した。

　ふたたび無心になって草を抜いていると、背中をリスが駆け上がって来たり、腕に鳥が止まって来たりする。

　初めは驚いたけれど、午前中いっぱいそんなことが続くとさすがに気にならなくなった。この国の動物はとても人懐こいようだ。

　風太とフェリクス以外はまともに話す人がいない中、小さな生き物たちの存在は、癒しにもなったし励みにもなってくれた。

　昨日庭で別れてからというもの、まだヴィルヘルムとは一度も会っていない。無論、会いたくないわけではなく、彼への感謝の気持ちが薄れたわけでもなかった。

　触れることを禁じられたとはいえ、鳥の男の豆を手配してくれたり、フェリクスの減給を取り消してくれたりと、ヴィルヘルムに恩があることに変わりはないのだ。

　やってもやらなくても同じかもしれないが、せめて世話になっている分くらいは働かなければいけないし、働きたいとも思う。それに、帰る方法も連れて来られた理由も分からないならば、今はルカにできることをやるしかない。

　一つ幸いだったことに、「庭仕事をしようと思う」とフェリクスに告げたところ、麦藁帽子と動きやすいズボンとブーツ、そして長袖の服を用意してもらえた。首のところで編まれた紐を緩めるだけで脱ぎ着できるので、随分気楽だ。

　木と木がぶつかる音がしてまた振り向くと、いつの間にか子供たちが二人一組になって剣を打ち合っていた。

　女の子は金属製の剣を振り上げ、なんと子供の一人と向き合っている。

　女の子も子供たちも剣遣いは巧みで、剣の前で成すすべもなく蹲ってしまったルカとは雲泥の差だ。

（すごい、あんな小さな子が……）

　夢中で見ていると一人の子供が近づいて来て風太の前にしゃがんだ。他の子たちと年頃は同じだが、剣は持っていない。

「アーベル、気になるの？　可愛いわんちゃんね」

　子供について来た五十歳くらいの女性がルカに笑いかけてきた。恰幅《かっぷく》がよく、陽に幾らか焼けているが、元々褐色の肌なのだろう。コイルのように強く巻いた癖毛も真っ黒だ。

　ルカが会釈を返している間に、アーベルと呼ばれた子供がおもむろに風太の頭に触れる。

　風太がぱちっと目を開けて鼻を持ち上げたので、ルカは風太の腹を軽く押さえた。風太が今まで誰かに怪我をさせたことはないが、突然だったので少し心配になったのだ。

「ごめんね。触っても大丈夫なんだけど、何かあるといけないから」

咎《とが》めたつもりはなかったが、アーベルが固まってしまったので焦った。

（どうしよう、傷つけちゃった？　そのまま触らせておけばよかったのかな）

返事もせず、ルカと目を合わせるでもないアーベルにあたふたとしていると、女性が話しかけてきた。

「エルエフをつけていらっしゃるのに草むしりですか？」

王宮を出るときにも衛兵に言われたが、やはりエルエフは客人、しかもそれなりの身分を示しているようだ。

落ち着いている風太から手を放し、ルカは立ち上がってお辞儀した。

「は……初めまして。あの、ぼくは確かに他のところから来ましたけど、その、偉い人とか、そういうわけじゃないので……」

相変わらず要点を得ていないなと思うが、分かるだけで直せるなら誰も苦労していない。

「そうなんですか？　お名前は？」

「あ、梧桐ルカといいます」

「アオ……ギリルカさんというのね。初めまして。私はこの幼稚舎で師範をしているララといいます」

「幼稚舎って、この円い建物が学校なんですか？」

王宮の中に学校があるだなんて予想外だ。目を見開いたルカにララが明るく笑った。

「こちらにいらっしゃるのは初めてなんですね。そうですよ。この二つが幼稚舎で、あちらの学舎に初等舎から高等舎が入っています。西翼には大学舎もありますよ」

ララが大きな建物を指差してくれたお蔭《かげ》で謎《なぞ》が解けた。中庭を歩いている少女や青年はなんなのだろうと思っていたが、彼らは学生だったのだ。

「そうなんですね。驚きました」

「驚いたのは私の方ですよ。アーベルが何かに興味を持ってくれるなんて……」

微笑んではいるが、アーベルを見つめるララの瞳が曇ったのが分かった。アーベルはしゃがみ込んだままぴくりとも動かない。

「その子は幼稚舎の子ですか？」

そうならば、なぜこの子だけが剣の練習をしていないのだろう。

ララは頷くだけで、それ以上何かを話そうとはしなかった。

当然だろう。学校の関係者でもないルカに、子供の事情を話せるわけがない。

ララは不意にルカの向こうに視線を投げ、突然大きく手を振った。

「ライナー！　剣の稽古が終わったらおやつにしましょう」

振り向くと、ライナーがこちらに向かって歩いて来るのが見えた。手に二つの琺瑯《ほうろう》のカップを持っている。

無視されたことが尾を引いていて、彼に無断で花壇を触っていたが、叱られてしまうだろうか。

ルカの前まで来たライナーが、手にしていたカップの一つを差し出してくる。

「水じゃ」

「え？」

見れば、カップの中にはなみなみと水が入っていた。昼食から二時間くらい経っていると思うが、そういえばそれから一度も水を飲んでいない。

心配してくれたのだろうか。昨日は無視をしたのに？

戸惑いつつ、おずおずとカップを受け取った。

「あ、ありがとうございます」

すると、ララがふふと笑いを零した。

「アオギリルカさん、余計なお世話かもしれませんけど、そんな小さな声じゃライナーには聞こえませんよ」

「えっ？」

咄嗟にライナーを見てしまった。もしや老人のライナーは耳が遠いのだろうか。まさか昨日も聞こえなかっただけなのか。

「ラ、ライナーさん、ありがとうございます！」

しっかりと聞こえるように、今度は大きな声で礼を伝えた。

「なんの、大したことではないわい。殿下が自由にさせてやってくれと仰ったもんで放っておいたがの、水も飲まなんだら倒れてしまうで」

ほっほっと陽気に笑うライナーを見るなり、胸に熱いものが込み上げた。

「そうだったんですね……」

「なんと？」

「そうだったんですね！」

なんてひどい思い違いをしていたのかと、先ほどまでの自分を蹴飛ばしたくなった。疑心暗鬼から、彼のことを誤解していたのだ。

「授業と授業の間におやつの時間があるんですよ。いつもライナーも一緒に休むんですけど、よかったらアオギリルカさんもいかがですか？」

「いいんですか？　あ、あの、梧桐は苗字《みょうじ》なので、ルカで構いません。それに、敬語も必要ないので、本当に普通に話してもらえると嬉しいんですが……」

「そうですか？　じゃあ、そうしましょうか」

「はい、お願いします！」

一気に周りが賑《にぎ》やかになって、それまでの淋しい気持ちが綺麗さっぱり吹き飛んでいく。

おやつまではまだ時間があったようで、そこでいったん散り散りになった。

そして、一時間ほど経って剣の稽古が終わるやいなや、まず子供たちがルカと風太に駆け寄って来た。

「犬だあ！」

「ほらほら、ご挨拶は？」

「こん、にち、はー！」

子供たちが声を揃えて挨拶してくれる。懐かしくてつい以前やっていたように手を伸ばすと、一人の子供がためらいなくルカの腕に飛び込んで来た。

「あら、若いのに子供に慣れてるの？」

すんなりと抱き上げたルカに、ララが驚いたような顔を見せた。

「あ、はい……」

言葉を濁してしまったのは、この場で養護施設育ちであるのを話すことが憚《はばか》られたからだ。

長いことグループホームで子供たちと一緒に暮らしてきたので、実をいえば子供の相手はとても慣れている。

子供といた方が怖くなかったし、誰かの役に立たなければという思いもあった。そして、小さな子供たちに自分と同じような辛《つら》い経験をさせたくないと思えば、子供の世話を手伝うようになるのはごく自然な成り行きだった。

心に傷を抱えて塞ぐ子供も多かったが、ルカも同じ気持ちだと分かるのか、懐いてくれる子も少なくなかったように思う。

（子供抱っこするの久しぶりだけど……やっぱりいいな）

さらさらとした髪の匂いに自然と微笑みが零れた。抱きつかれると必要とされているようで嬉しいばかりでなく、単純にルカは子供が好きだ。

ふくふくとしたほっぺたを見ているとつつきたくなるし、青い白目や小さな手足も可愛い。

「ララ先生、おやつの用意できました。ええと、お客様ですか？」

先ほど剣を振るっていた女の子がやって来たので、子供を抱いたままルカは会釈した。

「幼稚舎のもう一人の教諭のミーナ先生よ。ミーナ先生、こちらはルカさん、おやつを一緒にしてくれるのよ」

そばかすが愛らしいミーナがスカートを抓んで挨拶してくれる。フェリクスの足を見たときは驚いたが、この数日他の平民の竜人たる姿を幾度も目にしてきた。ほっそりとした竜の角が、今では彼女の個性なのだと思える。

「じゃあ中に入っておやつにしましょうか」

「はーい！」

ララの掛け声に合わせて子供たちが一斉に幼稚舎に向かう。ライナーは、と周りを見るといつの間にか来ていて、既に風太の紐を木から外してくれていた。

「トーマス、じゃあルカさんから下りましょうか」

抱かれたままだった子供が、「やだあ！　ルカ先生と一緒に行く！」と首にしがみついてくる。

「『ルカ先生』って呼び方いいわねえ。『ルカさん』より言いやすいし。じゃあトーマス、ルカ先生と一緒に行きましょうか」

先生だなんておこがましいが、不要な存在だと思っていた自分に居場所を与えてもらえたような気がした。

心なしか風太の足取りも軽く感じる。

子供たちと一緒に幼稚舎に向かいながら、ルカは降り注いでくる太陽の眩しさに目を細めた。

「この黄色い花はライオス、肥料をやらんでもよく咲くがの、水をやりすぎるとすぐに根腐れするから気ぃつけえ」

タンポポに似た小さな花びらがたくさんついた花を指差し、ライナーが教えてくれた。

「こっちのピンクのがエレンダじゃ。これには肥料がたんといる。じゃが、手をかけてやればほれ、この通り見事な花を咲かしてくれる」

エレンダはアネモネのような豪華な花弁をしていて、甘やかな香りがとてもかぐわしかった。

ララと会い、ライナーと言葉を交わすようになってから二日。その間にライナーは薔薇《ばら》と思われるローゼンの咲く温室を見せてくれ、植木や花々のことを詳しく教えてくれた。

「エレンダといえば、懐かしいのお」

幼稚舎の隣の花壇にしゃがみ、エレンダを見ながらライナーが呟いた。今日も幼稚舎からは賑やかな声が聞こえている。

「懐かしいって、何かあったんですか？」

皺《しわ》の刻まれた横顔には、幸せそうな微笑みが浮かんでいた。

「死んだばあさんに結婚のときにやったのがエレンダじゃった。子供が生まれたときには今度はばあさんが庭にエレンダを植えよっての。エレンダには『愛情』ちゅう意味があるでな」

　花言葉だ。そういったものを気にしたことはなかったが、ライナーの話は心をほんのり温めた。

「すごく……素敵ですね。ぼくにもエレンダをあげるような人が現れるのかな……」

　恋をしたこと――特別な恋愛感情を誰かに対して抱いたことはまだなかった。

　たとえば恋しくて夜も眠れないとか、その人のことを思って上の空になるとか、そんな切ない気持ちはこれまで一度も感じたことがない。

　恋をしてみたいと思わなくもないが、どうすればその相手と出会えるのか、いつ出会えるのかは、きっと誰にも分からないだろう。

「心配せんでも現れる。神様を信じて強く願っとったら、必ず伴侶と会わせてくれるよって」

　彼が言っているのは当然この国の神様のことだろう。名前も知らないのに、願ったりなどしていいのだろうか。

「そうですね……。あ、こっちの黄色いのにも何か意味があるんですか」

　さりげなく話題を変えた。

　好きな人だなんて、日本に戻る目処《めど》も立っていないのに夢のまた夢だ。

「そっちは『感謝』じゃな」

　さしずめ「ありがとう」だろうか。

　そのとき幼稚舎の中から鐘の音が聞こえてきた。

午後の一つ目の授業が終わり、おやつの時間が始まる合図だ。

　幼稚舎の小さな鐘の他に、この国には時刻を知らせる大きな鐘がある。昨夜、遠くから聞こえてくる規則的な音は何かとフェリクスに尋ねたところ、大聖堂の鐘の音だと教えられた。

　陽射しからの推測ではあるが、一日の始まりに打ち鳴らされる鐘一つが朝の四時頃、それから大体二時間おきに鐘二つ、三つと鳴らされていき、夜八時頃の鐘九つでその日は終わりとなる。

　半刻というのは至極大雑把に鐘と鐘の中間を指すようだが、それでなんの支障もないらしい。

　鐘七つと言われてもまだぴんと来ないが、時間の制約のある生活を送っているわけではないので、今のところは困っていない。

　とはいえ、いずれ帰るにしても早く覚えた方が何かと便利だ。鐘が鳴ったら注意深く耳を傾け、五つ鳴ったら昼の十二時、八つ鳴ったら夕方の六時と覚えている最中だ。

　不意に、肩に止まった鳥の囀《さえず》りが遠くなった気がした。

（……ぼく、帰れるんだよね。殿下も帰したいって言ってくれてたし）

　ヴィルヘルムに優しくされた記憶と、彼の冷たい声とが綯《な》い交《ま》ぜになって思い出されてくる。

　帰したいと言ってくれた言葉を疑うわけではないが、こう何日も会えないと不安を覚えずにいられなかった。

（王太子だから……忙しいんだろうな）

　ルカだけにかまけているわけにいかないのだと思うと、当然のことであるのに心細くなった。性懲りもなく頼ってしまった自分が歯痒《はがゆ》くて、頭をぶるぶると振って彼への依存心を追い払う。

「ちょっと訊いてもいいですか。ライナーさんはここで長く働いているんですか？」

　もしそうなら何か知っているかもしれない。

　ライナーやララ、子供たちと知り合ったことが嬉しくてうっかりしていたが、ヴィルヘルムに頼るばかりでなく、自分自身でも帰る手段を探していかなければ。

「そうじゃのう、もう五十年になるが、それがなんぞ？」

　思った通り、昔からここにいるライナーに期待が増した。

「ぼく、召喚とかいうのでこの国に連れて来られたんですけど、あの、分かりますか」

「他の国からかの？」

「他の国っていうか、他の星、らしいんですけど」

　夜になって見上げた空には、やはり月と見たこともない天の河が広がっていた。

　あの星のどれか一つが地球かもと考えると、本当に宇宙に放り出されたような気分になる。

　孤独だ、と思う。この果てしのない広大な宇宙の中で、自分は途轍もなく、どうしようもなく独りだ。

「ふむ、そういう術があるというのは聞いたことがあるが」

「そうなんですね。じゃあどうやれば帰れるかも分かりますか」

　身を乗り出したルカに対し、ライナーは申し訳なさそうに首を振った。

「術があることを知っとるだけで、詳しいことは何も分からん。王族や神官であればまだしも、わしのような平民はとても」

「そう、ですか……」

　王族と聞き、ヴィルヘルムとオーティスの姿が頭をよぎった。

　オーティスはルカを帰せる唯一の人間のようだが、どうにも帰すつもりはないようだ。彼の手を借りずになんとか戻るすべはないものだろうか。

　そう考えてはっとした。

（そうだ、あの人に訊けばどうしてここに連れて来られたのか分かるんだ）

　ヴィルヘルムは「知らなくていい」と言ったが、

オーティスはもしかしたら答えてくれるかもしれない。

「そうじゃな。おぬしはいつか帰るんじゃな……」

ぼそっと呟かれてライナーを見れば、彼は花壇に目を落としていた。淋しそうな横顔に、はっきり「そうだ」と口にするのがためらわれる。

そうだ。自分はいずれ帰るはずだ。

だけど、ここから去ってしまったら。

忽然《こつぜん》と生まれた思いがなんなのか摑めずにいると、一人の子供が風太のところに駆けて来た。アーベルだ。

無口な子なのかな、と話すのが得意ではない自分とつい重ねて見てしまう。

一昨日《おととい》も昨日も風太を触りに来たので、何度か話しかけたのだが返事が戻ってきたことはない。

「アーベル！」

息せき切ってこちらへ向かって来るララの様子から、アーベルが勝手にここまで来たことが分かった。

「本当にそのわんちゃんが気に入ったみたいね」

無言のまま風太を撫でているアーベルに、ララが困惑したような顔を見せた。風太も慣れたのか、白いおなかを上に向けている。

「す、すみません。もしかして風太が邪魔してますか」

子供の気を散らしているのだろうかと心配になったが、ララは「とんでもない」と目を丸くした。

「助かってるのよ。こんな風にアーベルが何かに興味を持つなんて一年振りだから。ルカ先生とフータが来てくれて、他の子供たちもとても喜んでるわ。アーベル、おやつの時間だからルカ先生とフータを呼びに来たの？」

ララが話しかけてもアーベルが答えることはない。最初はルカに対して人見知りをしているのかと思ったが、どうやら相手が誰であっても同じようだ。沈んだ顔つきは出会ったときから変わらず、瞳も物憂く光を失っている。

無口なのではなく、もしかしたら口がきけないのだろうか。

「じゃあ行きましょうか」

促されてルカは立ち上がった。

おやつの時間を子供たちと過ごすのは今日で三度目だ。少しずつではあるが子供たちの名前も覚えているし、ライナーやララからこの国のことも教えてもらっている。

まだアーベルは風太を触っている。

木に立てかけてあった梯子《はしご》が揺らいだのは、鳥たちが一斉に木から飛び立ったときだった。

「あぶなっ……！」

アーベルに向かって倒れていく梯子を見た瞬間、ルカは体を投げ出していた。アーベルに覆い被さった背中に木の梯子がぶつかり、呻《うめ》き声が漏れてしまう。

「ルカ先生っ！」

ララとライナーがすぐさま梯子を取ってくれた。


麦藁帽子を被っていたことも幸いして、大きな痛みは感じない。

アーベルを見ると、いつもは虚《うつ》ろな瞳がさすがに怯えて揺れていた。背中をさすりながら彼としっかり視線を合わせ、安心させるように声をかける。

「怪我はない？　怖かったね。もう大丈夫だから安心して」

すると、緑色の澄んだ瞳がルカを見上げ、愛らしい唇が何か言いたそうに開かれた。

「アーベル！」

しかし突然響いてきた大声に、アーベルは身を竦ませていつものように俯いてしまった。

声の方を振り返ると、こちらへと急いで来るヴィルヘルムとザシャの姿が見える。

「で、殿下……」

ライナーがその場で土下座し、その行動に何が起こったのかと慌てた。

ヴィルヘルムが気遣わしげにアーベルに向かって

手を伸ばしてくる。

　だが、アーベルはヴィルヘルムの手から逃れるように、ルカの胸へと顔を埋めて抱きついてきた。

　驚愕したように目を見開くヴィルヘルムに、ルカも困惑してしまう。

「殿下……申し訳ありません。わたくしめがこんなところに梯子を置きっぱなしにしたばかりに、アーベル様を危ない目に……」

（アーベル様？）

　ふたたびうろたえた。ララはアーベルのことを呼び捨てで呼んでいたが、今ライナーは「様」と敬称をつけて呼んだ。アーベルはヴィルヘルムと何か関係があるのだろうか。

　何にせよ、芝生に額をこすりつけるように土下座するライナーを見ていられなかった。

「は、梯子は鳥のせいで倒れたんです。梯子を片付けなかったというなら、ぼくにも責任があります」

　難しい顔をしていたヴィルヘルムだったが、ルカの言葉を聞くなり眉間の皺をすっと消した。

「アーベルを庇ってくれたのだな」

「え？」

　返答に詰まっている間に、ララが傍らで膝をついた。

「さようでございます。ルカ先生が庇ってくださったんです。殿下、アーベルの身を護るのはこの私の役目。ライナーに非はありません。お咎めならどうぞこの私に」

　ヴィルヘルムが怪訝そうに首を傾げた。

「ルカ先生？」

「お客人とは存じておりますが、子供たちはよく遊んでくださるルカ様のことを先生と呼んで慕っております」

　ララがそう告げると、ヴィルヘルムが長い溜息を漏らした。

「ライナー、面《おもて》を上げよ。ララもだ。私は誰のことも咎めるなどと言っていない。アーベルに大事がなく何よりだった。さすれば、ルカ」

「……はい」

　何を言われるのだろうと身を竦めていると、ヴィルヘルムがアーベルのことを見つめながら言った。

「アーベルを助けてくれて感謝している。ときに、アーベルはいつから君にそのような態度を取っているのだろうか」

「そのような態度、というと……？」

「君に親しく触れるような態度ということだ」

　これが親しみからくるものなのかは分からないが、なんであれアーベルがルカに触れてきたのは今が初めてだ。

「その、今が初めてです。三日前にぼくがここで草をむしってたら、この子……アーベル様が風太を触りに来て、それだけだったんですけど」

「なるほど……」

　ヴィルヘルムの視線がルカにまっすぐ当てられる。

　何かを心に決めたような、強い意志の感じられる瞳だった。

「ルカ、君さえよければ、午後の間幼稚舎を手伝い、アーベルがどんな様子であったか毎日私に知らせてはくれぬだろうか」

「えっ、ど、どうしてですか」

　思いがけない申し出に声が裏返った。

「アーベルは私の弟で、このケメルマイデンの第二王子なのだ。間に二人の姫がいるゆえ、王の子としては四番目だが」

「第二……王子……」

　思わずヴィルヘルムと腕の中の黒髪の子を見比べてしまう。

　愛らしい顔立ちをしているが、アーベルは目の色も髪の色もヴィルヘルムとは違っている。

「アーベルは一年前から一言も話さぬ……。何にも興味を示さず、誰の近くにも寄らず、私などはこの通り……触れさせてももらえない」

　重々しく明かされた事実に顔を上げた。

だからヴィルヘルムはルカに抱きつくアーベルを見てあれほど驚いたのだ。

ルカはそこでアーベルに回していた指先を強張らせた。第二とはいえ王子なのだから、アーベルはヴィルヘルムと同じ立場ではないだろうか。

「もしかして、アーベル様に触ってはいけなかったんでしょうか……」

ヴィルヘルムの背後にいるザシャを見てしまったが、彼が動く気配はない。

「いや、そのようなことはない。むしろ子供の時分は触れ合いを大事にし、存分な愛を注いでやって欲しいと思っている。成人してしまえば誰も迂闊《うかつ》には近寄れなくなるのでな」

一瞬淡青の瞳が翳《かげ》ったように感じたが、ヴィルヘルムはすぐにそれを掻き消した。

「どうだろうか、ルカ。突然連れて来た上にこのような申し出をするのは心苦しいが、私もアーベルについては万策尽きていてな。僅かの間でも、君がアーベルの支えになってくれればありがたい。報酬は望みのものを与えるゆえ」

「ほ、報酬なんていりません！」

咄嗟にアーベルのことを抱き締めていた。

たとえ王子であっても一人の子供であることに変わりはない。自分がアーベルの支えになるならできる限りのことをしたい。

「ぼくでよければもちろんお手伝いします。アーベル様が……少しでも元気になってくれるなら」

腕に力を込めると、背中に回された小さな手の力も強まった気がした。

「そうか。感謝するぞ」

ヴィルヘルムは表情を柔らげ、嬉しそうに続けた。

「アーベルで構わぬ。幼稚舎の師範は実の子と思って子供たちの面倒を見てくれているのでな。ルカ、晩餐《ばんさん》に呼ぶので部屋で待っているように。して、ライナー、ララ、いい加減に立ったらどうだ」

二人が立ち上がるのに合わせ、子供たちが待っていたかのようにヴィルヘルムの元に駆け寄って来た。

「殿下！」

足にしがみついてきた一人の子供を、ヴィルヘルムが慣れた様子で抱え上げる。

（わ……）

ルカはつい瞬きをしながら、そのたまさかな甘く眩しい一瞬に見蕩れた。

（殿下が……笑ってる……）

水平に凪《な》ぐ金の眉、惜しみなく注がれる温かい眼差し、陶器のように見えた頬は柔らかく融《と》け、上品に持ち上げられた口角には優しい窪みができている。

彼の笑顔からは子供たちへの溢れる愛と、深い慈しみが感じられた。

「殿下、ご機嫌はいかがですか？」

「おお、とてもよいぞ。お前たちの顔を見たから余計に気分がよくなった。今日は珍しい菓子を持って来たのだ。気に入ればよいが」

子供たちの澄んだ瞳からも、ヴィルヘルムを心の底から信頼していることが伝わってくる。

子供がヴィルヘルムの頬に小さな手を添え、瑞々《みずみず》しい唇を無垢《むく》にその頬に押し当てたときだ。

ルカは、それまでに見たどんなものよりも、このうたかたの刹那《せつな》を、美しく、尊く、そして清らかだと思った。


その晩ヴィルヘルムの部屋に行くと、そこにはアーベルの姿もあった。食事の用意が整えられた円卓を前に、ちょこんと座っている。

「よく来てくれた」

ヴィルヘルムがアーベルの隣に座ったのち、侍従らしき男性がルカを案内してくれた。

ヴィルヘルムの正面の席に座るなり、口を開けて改めて室内を見回してしまう。

透かし彫りのされた飴《あめ》色の調度品、一抱えもある陶器に生けられた花、三、四人は寝られるようなベッドの向こうには、王都の様子が描かれた壁を覆い尽くす巨大な精密画が掛けられている。

ルカのいる部屋も恐ろしく豪華だと思ったが、ヴィルヘルムの居室は比較もできないほど華麗だった。

「ルカ様、失礼いたします」

フェリクスがグラスに水を注ぎながら微笑んでくれる。部屋の中には他にアーベルの侍従らしき中年の女性がいて、慣れた手つきで給仕に取りかかっていた。

「ルカもどうだ？」

ヴィルヘルムが揚げた小振りのグラスの中から、蠟燭《ろうそく》の火を映した液体が黄金《おうごん》色の光を放つ。

「それはなんでしょうか」

「ケメル酒だ。ケメルという青い花の根からできる蒸留酒で、我が国の主産物の一つだ」

王太子の勧めを断ったら失礼だろうか。年齢の問題ばかりでなく、口にしたことのないアルコールを飲んで迷惑をかけてもいけない。

「すみません。この国ではどうなのか分かりませんけど、ぼくはまだ十九なので、お酒は……」

気分を害した様子もなく、「そうか」と頷いたが、その後ヴィルヘルムは不思議なことを尋ねてきた。

「十九に……なったばかりではないか？」

どうして知っているのだろうか。

ルカの誕生日、正確にいえば赤ん坊のルカが拾われた日が二月十八日だ。

この国の暦がどうなっているかは分からないが、少なくともルカが生まれたのが十九年と少し前であることに変わりはない。

今日までヴィルヘルムに年齢を、ましてや生まれた月を教えた覚えはないけれど——。

「そう……ですけど……」

グラスを置いたヴィルヘルムは、思案するように瞼を閉じた。

「やはり……二つ目の月の十五日か……」

それが独り言だということはルカにも分かった。

けれど、「二つ目の月の十五日」という日付に動揺せずにはいられなかった。

　大きくなってから養護施設の職員に確認したところ、ルカは生後三日ほどで捨てられていたようだと教えられた。

　まさかとは思うが、ヴィルヘルムはルカが拾われた日ではなく生まれた日を知っているのだろうか。

　もしそうだとしたら、ルカですら正確に知らないその日をなぜヴィルヘルムが知っているのか。

（何かの「術」とか……それで分かるのかな……）

「殿下……ぼくが生まれた日を知っているんですか……？」

「……いや」

　返事には妙な間があった。

「あの、もし知っているなら教えてもらえませんか。ぼく、実は――」

「ルカ」

　逸《はや》る心を窘《たしな》めるように遮られた。

「私は本当に君の生まれた日を知らないのだ。妙なことを口にしたせいで混乱させたならすまぬ」

　言葉は丁寧だったが、その声音からはそれ以上の追及を許さぬ断乎《だんこ》としたものが感じられた。

　この国に連れて来られた理由を訊いたとき、「君は知らなくていい」と言われたことを思い出す。

　あのときもヴィルヘルムは何かを隠していたが、ルカの年齢がこの国に連れて来られたことと関係しているのだろうか。それとも、ルカが生まれたこと自体が関係している――？

「ルカ……食事を続けてくれ」

「……はい」

　憶測ばかりが空回りし、結論に辿《たど》り着けないことがもどかしくて仕方ない。

　それ以上の動揺を顔に出さないように気をつけながら、この国に召喚された理由をやはりオーティスに確かめなければいけないと思った。

　なぜここに呼ばれたのかがはっきりすれば、自分の生まれについても何か分かるかもしれない。

アーベルのことを報告してくれと言っていたのに、ヴィルヘルムが尋ねてくることもなく食事は粛々と進んだ。

こちらから切り出すべきなのだろうかと肉を口に運びながら思っていると、ヴィルヘルムが話しかけてくる。

「フータは連れて来なかったのか？」

「え？」

ヴィルヘルムは既に肉の皿を綺麗にし、ケメル酒を傾けていた。

「フータもひとりでは心細いだろうし、君も一緒の方が何かと気安いだろう。明日からは連れて来たらよい」

確かに風太とはどこへ行くにも一緒だが、さすがに王太子の部屋に連れて来るのはためらわれた。

少しの時間だから問題ないだろうが、ひとりで置いておくのはかわいそうだし、一緒に来てもいいならありがたい。

「ありがとう、ございます……」

やはりヴィルヘルムはとても優しい。

責任感だけで風太の不在に気づけるものではないだろう。

「食事は口に合っているだろうか。もし望みのものがあれば作らせるが」

「いえ、これで十分です。ぼくには豪華すぎるくらいで……」

色目美しいハーブのスープ、もっちりとしたフレッシュチーズ、牛肉と思われる厚切りステーキに、鶏肉と野菜を詰めてきつね色に焼いたパイ。

帆立のような魚介からはオイルとにんにくの芳醇《ほうじゅん》な香りが漂い、コンソメゼリーの中には塩漬けにされた花と香草が閉じ込められている。

それ以外に数種のパンとサラダ、見たこともない緑色の果実。

ルカが口にしたことのない珍しいものばかりだったが、それらはどれも日本にもある食材で食べやすく、お世辞抜きにおいしかった。

「それならばよいが。ところで、あれからアーベルはどんな様子だっただろうか」

　ルカがナイフとフォークをテーブルに置くのを待っていたかのように、ヴィルヘルムが切り出した。

「はい、あれからすぐに落ち着いて、静かにおやつを食べていました。でも、おやつが終わるときに、ぼくのエルエフが取れてしまって」

　抱いていた子供が手を振り上げた拍子に落ちてしまったのだが、そこは端折《はしょ》って先を続けた。

「それで、みんなが探してくれたんですけど見つからなくて。どうしようかと思ってたら、アーベルが見つけてくれて」

「アーベルが？」

　ヴィルヘルムがルカとアーベルを交互に見た。

「はい。アーベルも他の子も、ぼくが身振り手振りで説明するのを一生懸命聞いてくれてました。みんなすごくいい子ですね」

　あのとき、ルカの話を聞いていたアーベルの様子から、彼がきちんと状況を理解していることが分かった。

　何にも興味を示さないと聞いたが、アーベルは風太が好きなようだし、ルカを助けてくれもした。

　一年前から話さなくなったということは、以前は普通に話していたのだろう。きっかけとなるような何かがあったのだろうか。

「そうか、そう言ってくれて安心した。やはり君にアーベルを任せてよかったようだ。だが、エルエフが取れてしまっては君もさぞ大変だっただろう」

「ぼくなら大丈夫です。アーベルが見つけてくれましたし。それに、ケメルマイデン語も勉強した方がいいかなと思えたので」

　ルカは先刻のことを振り返りながら伝えた。

「ケメルマイデン語を？」

「はい、またエルエフが取れてしまう可能性もありますし、それに、おやつの後の授業はケメルマイデン語だったんですけど、黒板に書かれた字が全然分からなくて。だから、いつ帰れるか分かりませんけど、幼稚舎を手伝うなら少しはできた方がいいのかなと思って」

それだけでなく、文字が読めるようになればこの国のことを調べられる上、子供たちに絵本の読み聞かせもしてあげられる。

我ながらいい考えだとルカは微笑んだが、ヴィルヘルムは顔を顰めた。

「すまない。君がすぐにでも帰れるように、私も連日叔父上を説得しているのだが」

「え？　いえ、そういうつもりじゃ……」

ヴィルヘルムの言葉に、昼間ライナーに「帰るのじゃな」と言われたとき以上に困惑した。

帰ることに対してなぜこれほど心が乱れてしまうのか。ヴィルヘルムがオーティスを説得していると聞いて、喜ぶべきなのに。

（ぼく、帰りたい……んだよね……）

この国に連れて来られて七日。

初めは怖くて不安で堪らず、元のところに帰ることばかりを考えていた。

だけど、元の場所に戻ってそれで？

あそこに何があったというのだろうか。

失ってしまった仕事、取り上げられそうな住まい、風太以外は家族どころか、ほとんど友人もいなかった。

「ルカ」

あの場所へ帰るということは。

「ルカ」

ここにあるものすべてと別れて行くということだ。

「あっ、はい」

顔を上げるとヴィルヘルムの静かな瞳とぶつかった。

もしも帰ってしまったら、このヴィルヘルムとも、もう二度と――。

「以前も言った通り、必ず君を帰してやると……安易に約束はできない。だが、これだけは忘れないでくれ。君を無事に帰したいと思っているのは私だけだ」

複雑な気持ちが湧き起こる。

言い換えれば彼だけは、ルカがこの国からいなくなっても問題ないということだ。

真摯《しんし》な言葉に反論できるはずもなく、ルカはただ小さく頷くしかできなかった。

食事が終わるとヴィルヘルムは立ち上がり、おもむろにアーベルの頭に手を伸ばした。

だが、アーベルはヴィルヘルムから顔を背け、全身で拒否するかのように体を固くしてしまう。

「アーベル……」

何度も繰り返されてきたやりとりなのだろう、ヴィルヘルムは驚く様子もなく、諦めの滲んだ苦笑を浮かべた。

彼は決して傷ついていないわけではない。一年もの間実の弟に拒絶されているのだ。深く傷ついていて、それでもどうにもならずに、きっと途方に暮れているのだろう。

ルカの視線に気づいてか、ヴィルヘルムが無言のまま見つめ返してきた。

頬が突然熱くなる。何も言えない、体が動かない。

「……しばらく外で待っていろ。よいと言うまで入らぬように」

縛《いまし》めを解かれたように外に出ようとすると、ヴィルヘルムに引き止められた。

「ルカではない」

フェリクスを含め、侍従たちは手早く円卓を片付け、すぐに部屋から出て行った。

銀糸の刺繍が美しいベッドに行き、縁に腰掛けたヴィルヘルムを不思議な気持ちで眺めてしまう。

（どうしたんだろう……。アーベルのことで何か話があるのかな）

「ルカ、アーベルをこちらに連れて来てくれぬか」

些か驚きながらも、アーベルのところに足を向けた。

「アーベル、ちょっと抱っこするね」

ルカに対しては嫌がる様子もなかったので、アーベルを抱き上げてヴィルヘルムの元に向かった。

彼の前に立つと、ヴィルヘルムが眩しそうに目を細めてくる。

「こうして見ると、アーベルとルカはよく似ているな」

ぽかんと口を開けてしまった。

「に、似てません。こんな可愛い子と……」

ルカとは髪の色が同じなだけで、色白で緑色の瞳のアーベルは実際天使のように愛らしいのだ。

ルカのどこを見てヴィルヘルムが似ていると言ったのか、まったく理解できない。

「いや、似ている。優しげな瞳も、小さな唇も、柔らかそうな頬の輪郭もそっくりだ」

優しげな瞳と言われてつい睫毛を伏せてしまった。

弟に似ていると言われただけなのに、彼に見られていると思うとひどく気恥ずかしい。

黙っていると、ヴィルヘルムがルカに向かって手を伸ばしてきた。

「ルカ、頼む。少しの間君の体を貸してはくれぬか。君に抱かれたアーベルを……私に抱かせて欲しいのだ」

切々とした訴えに、恥ずかしさも忘れてヴィルヘルムと視線を合わせた。

彼はルカごとアーベルのことを抱き締めさせてくれと言っているのだ。

「触れさせてももらえない」と言ったときの苦しげな顔が頭に浮かぶ。今の彼は王太子ではなく、弟を思う一人の兄なのだろう。

ヴィルヘルムにアーベルを抱かせてあげたい。彼の喜ぶ顔が見たい。

強くそう思いはしたが、ルカの一存で頷くことはできなかった。

どれだけヴィルヘルムとルカが望もうとも、アーベルが望まぬことをすべきではない。

「アーベル……ぼくと一緒に、殿下に抱っこされよう？」

本当は「されてもいいか」と訊いてあげたかったが、ヴィルヘルムの手前さすがにそうは言えなかった。

申し出を拒むように、アーベルがルカの首に手を回してくる。

なぜなのかは分からないが、アーベルがヴィルヘルムを避けているのは確かなようだ。

しかし、これまで様々な子供と接してきたから分かる。アーベルからは、ヴィルヘルムに対する嫌悪や恐怖は感じられない。

しばらく経ってからもう一度、「アーベルはぼくに抱っこされたままだよ」と優しく言った。これで駄目なら今日は諦めた方がいい。

辛抱強く待っていると、微かではあるがアーベルが頷いてくれた。

王太子のヴィルヘルムが弱味を曝《さら》け出すかのようにほっとした表情を隠そうともしなかったことが、なんだか無性に切なかった。

「ではルカ、アーベルを逆向きに……そうだ、背中を君に預けるように抱いてくれ。そのまま、私の上に……」

王太子の上に座るなど、本来であれば許されることではないだろう。しかしルカはためらいなくヴィルヘルムの上に座り、逞《たくま》しい胸に背中を預けた。

彼が抱こうとしているのはルカではなく、実の弟のアーベルなのだ。

ルカのうなじを吐息が掠める。大きな両手が腹の前に回ってきて、アーベルごとすっぽりその腕の中に包まれる。

「アーベル……これならよいな。私はお前に触れていない……」

ルカの腕に重ねられたヴィルヘルムの手に力が込められた。本当はルカを通さず直接アーベルを抱き締めたいのだろう。

アーベルに頬擦りするかのようにヴィルヘルムがルカの肩に頬をこすりつけてくる。ルカの手を、指を、アーベルの身の代わりに撫でてくる。

（すごく……大事なんだ……）

アーベルを思うヴィルヘルムの気持ちが痛いほどに伝わってきて、ルカもアーベルを抱き締める腕の中にありったけの思いを込めた。

ヴィルヘルムの気持ちが少しでもアーベルに伝わるように。これほど愛されているのだと、分かってもらえるように。

「アーベルは……幸せですね」

本音がぽろりと零れ出た。

「どうしてそう思う……？」

ルカを撫でていた手を止め、ヴィルヘルムが囁きかけた。

「こんなに大事にしてくれる……愛してくれる人がいて、幸せだと思います……。正直、羨ましいくらい……」

みっともないと思ったが、言葉を止めることができなかった。アーベルに愛を伝えたいと思う一方で、我が身を振り返らずにいられなかったのだ。

ヴィルヘルムが本当に抱き締めているのはルカではない。ルカが愛されているわけではない。

この手も、愛も、自分に向けられたものじゃない。

「君を……愛してくれた人は？」

迷うことなく首を横に振った。

親切にしてくれた人も助けてくれた人もいたけれど、ヴィルヘルムがアーベルを思うように愛してくれた人は、自分の人生にはいなかったと思う。

「ぼくは、生まれてすぐに捨てられたので……愛してくれた人は、たぶんいなかったんだと思います。生まれない方が……もしかしたら誰にも迷惑をかけない分、よかったのかもしれません。だから、本当のことをいえば、ぼくがいなくなっても困る人間はいないんです。向こうには、誰も……」

不意に苦しいほど抱き締められ、ルカは咄嗟に手を浮かせた。こんな力で抱いてはアーベルのことを潰してしまう。

「殿下？」

ヴィルヘルムは何も言わなかった。同情してくれたのかもしれない。

けれど、どんな気持ちからにせよ、このときだけはアーベルでなくルカ自身が抱き締められているような気がした。

（殿下の手……あったかい……）

ルカは寒さが苦手だ。覚えているはずもないのに捨てられたときのことを思って身が凍る。

会ってまだ間もない人。ルカを愛してはいない人。

それでも、ヴィルヘルムの温かな腕の中は、とても安心する。

とくん、とくんと胸に響いてきたのは、誰の心音だったのだろう。

ヴィルヘルムの腕がほどかれる直前、彼の唇が耳に触れたと思ったのは、気のせいだったに違いない。


「わしのことはじいちゃんと呼んでくれ！」

ライナーに手を握られながらそう言われ、ルカはぱちぱちと瞬いた。

ことの起こりはこうだ。

翌朝ルカが庭に出ると、昨日梯子が倒れたのはあくまで自分のせいだとライナーが言ってきた。そして、ルカがライナーを庇ったことに対して深々と頭を下げてきたのだ。

昨日ヴィルヘルムにも訴えた通り、あれはライナーのせいではなく事故だった。そんな風に謝られると却って申し訳ない、自分はあくまで事実を述べただけだと言ったところ。

「おぬしは今日からわしの孫じゃ。そうじゃな？　な？」

「えと……あの、はい……」

ライナーの手を握り返しながら頷いた。

体が咄嗟に動いただけで、ライナーを庇っただなんて言われると面映《おもは》ゆいが、じいちゃんと呼んでくれと言われて嬉しくないはずがない。

「じゃあ……ライナーおじいちゃん」

「ほっほ。そうじゃ、そうじゃ」

　ライナーの竜の耳が声を拾うようにぴくぴくと動く。それを見ていると国とか人種――彼らには竜の血が流れている――或いは外見とはなんなのかと思わずにはいられなかった。

　ルカとて言葉が通じなければまた印象が違ったのだろうが、フェリクスと親しくなることができ、ライナーがルカの「じいちゃん」になったのは、やはり気持ちの深いところで通ずるものがあったからだと思う。

　午前中だけと時間が限られたこともあって、これまで以上に懸命に庭仕事に取り組んだ。

　特別大変なことは一つもなく、寧《むし》ろ朝陽を浴びながら体を動かすのはとても気持ちがいい。

　昼食を摂《と》り、幼稚舎へ行くと、ララとミーナが改めて出迎えてくれた。

　今日の授業はお絵描きと歌だそうだ。歌は無理だがお絵描きなら手伝えそうだと考えていると、ララが文字の書かれた漉《す》き紙と羽ペンを渡してくれた。

「一週間の授業の一覧よ。言っていくから書いていってね」

　時間割だ。昨日の授業で目にしただけでは分からなかったが、ケメルマイデン語はアルファベットのような表音文字と、象形文字とで成り立っているようだ。覚えるのは大変だろうが、一種の漢字だと思えば親近感が湧いてくる。

　ダンス、粘土遊び、剣術、とララが教えてくれる通りにメモしていたが、「りゅうたいか」と言われてペンが止まった。

「りゅうたいか？」

「人間体から竜体になる稽古よ」

　つまり竜の体になる練習ということか。生まれたときから自在に竜になれるものだと勝手に思っていたが、訓練しなければなれないのだろうか。

「そんな稽古があるんですね。楽しみです」

　強がりではなくそれは本心だった。

　王都の石橋で竜を見たときは恐ろしいばかりだったが、何せ授業で竜になるのは子供たちなのだ。どんな姿になるのかと思うと今からわくわくしてくる。

　一週間はやはり七日間で、どうやら週の終わりに一日休みがあるようだった。紙には午前中の時間割も書いてある。

「朝に来てる子たちはもっと小さいですよね。三歳くらいですか？」

　庭仕事中に目にしていたので、午前に勉強している子供たちが午後の子供たちより幼いことは知っていた。もう一つの棟で勉強している女の子たちの姿もたまに見かける。

「そうよ。三歳と四歳。午後の子供たちが五歳と六歳ね。ちなみにアーベルは五歳になったばかりよ」

　ララがルカに説明している間、ミーナは紙と絵筆を子供たちに配っていた。子供たちは幾つかある丸机に数人ずつ分かれて座っている。

　ほとんどの子供たちが指示を待たずに絵筆を振り回しているのに、アーベルだけは俯いたままだ。

「アーベルは……ずっとああなんですか？」

　昨日の昼間はエルエフを拾ってもらい、夜には一緒にヴィルヘルムに抱き締められた。それをきっかけに何か変化が見られるかと思ったが、アーベルの瞳は相変わらず虚ろだ。

「ええ、そうね。話さないだけじゃなくて、自分からまず何かをしようとしないわ。以前は誰よりもよく笑う子だったのに……。だから昨日は本当に驚いたんだけど」

「何か……身体的な問題があるわけじゃないんですよね？」

「体は至って健康だと医師は言っているわ。体の問題じゃなくて、アーベルはあの日から……」

それきり口を噤《つぐ》んでしまったララに、やはり一年前に何かがアーベルにあったのだと思った。

特定の出来事を境に話さなくなったとして、それはもう治る見込みのないことなのか。

（何か……ぼくにできないだろうか）

ルカが頼まれているのは「アーベルの様子を報告してくれ」ということだけだ。

しかしせっかくこうして近くにいるのだから、できることがあるなら何かしてあげたい。

よく笑っていたというアーベル。

どうすれば笑顔を取り戻してくれるだろうか。

「ララ先生、今日の授業の後、もしできたら少し話せませんか。その、アーベルのことで……」

アーベルを元気にするためにも、塞ぎ込んだ原因を知っていた方がいいのではないか。

「そうね……。私もいつ話そうかと思っていたところよ」

持ちかけたルカに、ララはそう頷いてくれた。

「はい、じゃあ今日は好きなものを描きますよ。家族でも動物でも食べ物でも、好きなものをのびのびと描きましょう」

ミーナがよく通る声で言うと、子供たちが元気に返事をして絵の具を出し始めた。アーベル一人を除いて。

いつの日か、アーベルが好きなものを思い切り描いてくれたらと、彼の前の白紙を見ながら、そう願わずにはいられなかった。

「一年前、アーベルに何があったんですか」

授業の後、子供たちが座っていた丸机にララと向かい合って座った。

「ファルキニアという国を知っている？」

どこかで耳にしたような気もしたが、思い出せずに首を振った。

「いいえ」

「ケメルマイデンより大きな隣の帝国よ。大部分を占める先住民が鷹へと姿を変えるわ。ケメルマイデンの平民は変化をしないけれど、ファルキニアはすべての民が鷹になれる。動物の鷹より遥かに大きな鷹にね」

　説明されて思い出した。

　ルカが王都で会った鳥の頭の男が、きっとファルキニアの人間なのだろう。

「ファルキニアは英知の国と呼ばれていて、世界中から学びに来る人がいる反面、好戦的な国としても知られている。残念だけど英知が狡知《こうち》になってしまったのね。もう随分と前だけど、ケメルマイデンに戦を仕掛けてきたこともあるわ。勝利したケメルマイデンが許す形で、今は国交も回復しているけれど」

　ララの表情が曇っていくのが分かる。

　自らを落ち着かせるように、ルカは机の上で手を組み合わせた。

「アーベルは去年、そのファルキニアの民に攫《さら》われたの」

「攫われた？」

　ルカの眉間に力が入った。思っていたよりずっと深刻な話だ。

「ええ。西隣のリンデンブルクに遊びに行っていたときよ。護衛の者もいたけど、一瞬の隙をつかれたら誰も鷹には追いつけないから。その日のうちに助け出されたと聞いているけれど、でも戻って来たときには、アーベルは既に今の状態になっていた」

　鷹の爪に襟首を摑まれ、空中へと攫われていくアーベルの姿が頭に浮かんでくる。

　どれほど怖かっただろうか。今だって五つになったばかりなのだから、まだそのときは四つだったのだ。

「怪我とか……何かひどいことが……」

「幸いにというべきか、かすり傷一つ負っていなかった」

「じゃあ……そのときの恐怖が原因でアーベルは話さなくなったんでしょうか」

「そうだと思うけど、誰にも本当のことは分からないわ。アーベルが話してくれない限りは」

答えを知っているのはアーベル本人だけだ。もしかしたら、アーベルですら心の整理がついていないのかもしれない。

「ララ先生とミーナ先生が……これまでも色々と手を尽くされてきたんだと思います。でも、何かぼくに手伝えることはないでしょうか。攫われた怖さを……忘れさせてあげられるような何かが」

ララは優しげに目を細め、それからまた苦しそうな顔になった。

「私ではなく、あなたにならできるかもしれない」

「それは……」

どういう意味なのだろう。師範のララではなく来たばかりのルカならできるかもしれないとは。

笑うしかないといったように、ひどく悲しそうにララは微笑んだ。

「私はこの国の……ケメルマイデンの人間じゃない。私はファルキニアの民なの」

返す言葉がなかった。

「私は殿下に助けられてこの国に来たの。殿下が十九歳のときでいらっしゃるから、もう十一年前のことね」

「殿下って、ヴィルヘルム殿下ですか」

「そうよ。あのとき私は国境まで逃げて来たところだった。生まれたばかりの子を抱えて、翼だけ出して飛んでね。旦那に捕まりそうになって、死ぬような思いで叫んで、そのときよ、ちょうど国境警備の視察にいらしてた殿下が自ら飛んで来て助けてくださったのは」

「旦那さんから逃げて来たんですか」

考えるより先に立ち入ったことを訊いてしまっていたが、ララはためらう様子もなく答えた。

「ええ、暴力がひどくてね。逃げたら殺されると思ってずっとできなかったけど、子供が生まれたときに、この子だけは絶対に護らなきゃと思って」

養護施設で出会った子供たちの姿が次々と思い出されてくる。

両親がいながら同じような理由で施設に入って来る子供たちが、たくさんいた。

「どんな話し合いがされたのかは分からない。でも、殿下はすべての公的な手続きを取って、私と息子をこの国の中に入れてくれた。それだけでなく、こうして仕事まで与えてくれて……。私は殿下にどれだけ感謝をしてもし切れないわ」

（十九歳のとき……今のぼくの歳で、殿下はそんなことを……）

地位があるだけでできることではないだろう。どれだけ財力や権力を持っていても、他者を助けない人間はいる。

「殿下は……優しい方なんですね」

そう思うことはこれまで何度もあったが、改めてヴィルヘルムの懐の深さを見た気がした。

「あれほどお優しい方はいないわ。でも、私たちを助けてくれたのには、他にも理由があったんじゃないかと後で思ったけど」

「どういうことですか」

知らず机に身を乗り出していた。

彼のことをもっと知りたい。ヴィルヘルムがどんな人で、何を考え、どのような人生を送ってきたのか。

「殿下は高等舎の数年間をファルキニアで学ばれているの。素晴らしい師がいたとかで、恩義を返すために私たちを助けたと仰ったけど。でも……殿下はお生まれになってすぐにお母様を亡くされているのね」

「えっ」

驚かずにいられなかった。何不自由なく育ったように見えるヴィルヘルムが母親を亡くしている？

「ご逝去された直接の原因は流行《はや》り病だったそうだけど、元々お体が弱かったらしくて。殿下はご自身が生まれたせいで亡くなったのではないかと、随分気に病まれたと聞いているわ」

「そんな……」

弟のアーベルにあれほどの愛情を注ぐ人なのだ。自身が母の死の要因なのではと思ったヴィルヘルムは、いったいどれほど苦しんだだろうか。

「殿下は誰にでもお優しいけれど、女性と子供はとりわけ大事にしてくださる。もしも自責の念から私たち親子を助けてくださったなら……切ないわね」

ララはそこで軽くこめかみを押さえた。

「だから、私は殿下や子供たちのためにできることならなんでもしたい。もしもアーベルが私を……ファルキニアの人間を見るのも嫌なら、幼稚舎も辞めると言ったのだけど、殿下が『それは違う』と仰って」

「辞めるなんて言わないでください。会ったばかりのぼくにだって、子供たちがララ先生を大好きなのは分かります」

そこだけは語気を強めると、ララの目の際が微かに光った。

「ルカ先生は優しいのね。あなたが来てくれて本当によかった」

「ぼくも、ララ先生に会えてよかったです」

自分の意思で来たわけではなかったが、ルカもこの国の人々と出会えたことには素直に感謝をしていた。

「そう言ってもらえて嬉しいけど、あなたみたいに優しい子だったら、ご両親は首を長くして帰りを待っているでしょうね」

本当にそうだったらどれだけよかっただろう。

ルカは静かに首を振った。

「いえ、ぼくには親がいないので、待っている人はいません」

「亡くなられたの？」

「捨てられたんです。木の……真冬の木の下に。だからぼくは親の顔どころか、名前も知りません」

自分という存在がどこから来て、どこに根を張って育ったのか、それを知りたいと思うのは人間が持つ根源的な欲求だと思う。

　だからルカも親を知りたかった。会って訊いてみたかった。

　なぜ自分を捨てたのか。本当にいらなかったのか。捨ててからただの一度も、ルカに会いたいとは思わなかったのか。

　孤児だということを吹聴《ふいちょう》して回るようで近隣の人には訊けなかったが、インターネットを使って親探しをしていた期間は決して短いものではなかった。

　意を決してルカを拾ってくれた人を尋ねたのは、高校を卒業してすぐのときだ。

　どんな小さな手がかりでもいい、その人に会って当時の様子を聞けば、何か父母のことが分かるのではないかと思ったのだ。

　期待に胸を膨らませて行ってみると、珍しい『梧桐』という名のその彼は、既に数年前に老衰で亡くなっていた。

　自分の年齢の分だけ過ぎてしまった時間を思い知った。

　立ち止まっているのは自分だけなのだ。何もかもが刻々と風化してしまう。もう親を探すのはやめよう。きっとどれだけ探したところで、もう一生彼らに会えることはない。

　ルカはそうして親を知るのを諦めたのだ。命綱を断つような思いで。

「自分が捨てられたということに傷ついている？」

　正直にいえば「傷ついた」という生易しい言葉ではとても足りなかった。

　しかし虚勢を交えて「少しは」と答えると、手の上にララの手が重ねられた。

「なんの慰めにもならないだろうけど、自分のためにも言うわ。子供を護るために無言で子供を捨てる親がいる。実の親と引き離された方が、結果的には幸せに生きられる子も。子供自身がたとえ一生、そのことを受け入れられないとしても」

励ますように、縋《すが》るように握ってくる温かな手は、子供を護った母の手だった。

自然とその手が離れたとき、どちらからともなく席を立った。

「わっ」

外に出るなり驚いてしまったのは、扉の脇に人が立っていたからだった。

見上げるような長身。腰に差された幅広の剣。

そこにいたのはヴィルヘルムの近衛騎士、ザシャだった。

「待たせてごめんなさいね。すぐに用意するから」

ザシャに詫びたララに、ルカは慌てた。

「すみません、何かザシャさんと予定があったんですか？」

「たまに剣を教えてもらってるのよ。子供相手に手加減ばかりしてると腕がなまるから。ちょっと上から剣を取って来るわね」

（剣を教えてもらってる？）

ザシャを見上げると目が合ったが、槍の柄を突きつけられたことを思い出してつい逸らしてしまった。私情ではなく任務だったのだろうが、怖さが先立ってどう接すればいいか分からない。

「ルカ様、護衛中とはいえ先日は大変失礼をいたしました」

頭上から降ってきた声に驚いて顔を上げると、ザシャが右手を胸に当てて頭を下げていた。

相変わらずの無表情だが、よくよく見れば瞳に護衛中のような険がない。

「い、いえ、こちらこそご迷惑をおかけしてすみませんでした」

（もしかして……ぼくが怖いと思ってたのが分かったのかな）

身を正して頭を下げ返しながら、たぶんそうなのだろうと思った。

ザシャはきっとルカの怯えを感じて、だからこそ彼に非はないのにこうして謝罪をしてくれたのだろう。

そう思い至ると、目を逸らした自分が途端に恥ずかしくなった。

先日ライナーのことを誤解したばかりだというのに、今またザシャをも怖いと決めつけ、彼に挨拶の一つもしなかったのだ。

緊張しながらザシャを見ると、彼は自然にルカの視線を受け止めてくれた。

無闇に誰かを拒絶し、物怖《ものお》じばかりしていては駄目だ。ザシャがせっかく話しかけてくれたのだから、彼としっかり向き合わなければ。

「ザシャ、さん……あの……」

「なんでしょうか」

話しかけたはいいが、何を話せばいいのか思いつかない。

「こ、こんにち……こんばんは」

困った末にそれだけ言うと、ザシャが意表を衝《つ》かれたような顔を見せた。

「こんばんは」

ややあって、ザシャがおもしろそうに口角を上げる。

剣を携えたララが戻って来たのは、ちょうどそのときだった。

「さ、じゃあお願いするわね」

鞘から剣を抜いたララに、剣の稽古をしていた子供たちの姿が重なる。どの子も勇ましく、自分とは雲泥の差だと思ったものだ。

王都で鳥の男に剣を振り上げられたときは本当に怖かった。立ち向かうすべなどなかったし、ヴィルヘルムが来てくれなければ間違いなく耳を切られていただろう。

でも、と引き抜かれていくザシャの剣を見ながら思う。

仮に何かがあったとして、また助けてもらえる保障はどこにもないのだ。

もう二度とあんな目に遭いたくないし、王宮内にいれば安全だろうが、それでもこの国にいる限りは、刃《やいば》を向けられる可能性はゼロではない。

　ならば多少でも自分の身を護るすべを知っておいた方がいいのではないか。

　相手を倒せるほど強くなれなくても、せめて、剣を向けられても怯《ひる》まないくらいになれれば。

「ザシャさん」

　中庭の中心に向かって行く背中を呼び止めた。

「あの、ぼくも剣を教わることはできませんか？」

ルカを見下ろしてくるザシャの隣で、ララが「まあ頼もしい」と頬に手を当てる。

「殿下がお許しになれば」

　剣の練習には何か資格のようなものが必要なのだろうか。もしかしたらこの国の人間でないと教えてもらえないのかもしれない。

「じゃあ殿下に訊いてみます」

「私の方からも確認しておきます」

　頷いてくれるザシャを見ながら、強くなりたいのでやらせてもらえないかと今晩ヴィルヘルムに相談してみようと思った。

　しばらくララとザシャの打ち合いを見ていたが、夕食の時間が近づいて来たので、頃合を見計らって二人に声をかけた。

「あの、今日はどうもありがとうございました」

　ザシャと話せたことも嬉しくて二人に礼を言うと、思いがけずララに抱き締められた。

「ルカ先生、がんばりなさい。私もこの国に来てから剣を覚えた。今度こそ、自分の力で大事な何かを護れるように」

　本当に強くなりたい。

　自分の体ばかりでなく、ヴィルヘルムやララのように、いつかは誰かを護れるほどに。

　瞼を閉じてその背を抱き返しながら、ルカは力強く頷いた。

朱色に染まりゆく空を見上げていると、東翼宮の円いステンドグラスが端から仄《ほの》かに光っていった。廊下の蠟燭が灯《とも》されたのだ。

遅れず中庭の篝火《かがりび》にも火が入れられていく。

赤々と燃える篝火と篝火の間から、ザシャは二本の剣を携えてやって来た。

昨夜、アーベルとともに抱かれながら「剣を覚えたい」と相談すると、ヴィルヘルムは「気をつけるように」と言いながら許してくれ、そして五指を絡めてこう言った。

――剣を嗜《たしな》むのは構わぬが、この時間だけはなくさないでくれ。ルカ、よいな。私には君が必要なのだ――。

思い出すなり頬に血が上ってくる。

誰かにそんな風に、しかも至近距離で言われることにまるで免疫がない。ヴィルヘルムはアーベルのことを抱き締めたいだけなのに、あんな言い方をされたら勘違いしてしまいそうになる。

ルカそのものが必要とされているかのような、そんなおこがましい勘違いを。

もやもやとし始めた気分をかぶりを振って切り替え、ルカはザシャに挨拶した。

「よ、よろしくお願いします」

「おー、よろしく。ところでお前、剣を握ったことは？」

（お、お前？）

昨日のような丁寧な応答があるものとばかり思っていたので、砕けた口調に度肝を抜かれた。

「あ、あり、ません」

お前と呼ばれたところで一向に構わないのだが、それでも困惑していると、ザシャが鞘から剣を引き抜く。

「いいか」

ザシャの目つきが護衛中のものになり、ルカも気持ちを引き締めた。

「これは贋物《にせもの》じゃない。扱いを間違えれば腕一本が簡単に吹っ飛ぶ。剣を手にしたら一瞬たりとも気を抜くな。俺が言っている意味が分かるな」

　頷き、柄に飾りのないその剣を受け取ると、すぐさま稽古が始まった。

「右利きだな？　じゃあ右手の下に左手を添えて握る。剣を振るときは腕の筋肉じゃなくて胸と背中の筋肉を使え。足はこうだ」

　ザシャはルカから距離を取り、自らの剣を抜いてルカ同様に構えた。それから両足の爪先を三十度ほど外側に開き、左足を一歩前に出す。

「腰が引けてる。左足はもう少し前に。そう、そのまま十数えろ。その間に頭と体にその型を叩き込め」

　それから足の運びや幾つかの攻撃の型を教えられた後、ザシャと実際に剣を打ち合わせた。

「右足を踏ん張れ。剣を受け止める場所はもっと下だ。そう、そこで相手の剣を左に払ったらすぐに裏刃で防御する」

　言われたままやろうと思えど、剣を動かすたびに軸足がぶれてよろめいてしまう。稽古だから攻撃されないだけで、ザシャがその気になればルカなど文字通り瞬殺だろう。

　威勢のいい音など上がらず、鋼と鋼がぶつかる耳障りな音がするだけだ。

「よし、今日はこんなもんか。お前、ひょろっこく見えて割と筋いいわ。一年もやりゃサマにはなるかもな」

　間もなく息を上げてしまったルカに、ザシャは笑いながら剣を収めた。

「全然、そんな気がしないんですけど」

「お前な、男がハッタリ一つも言えねえのか。まあ、確かにこれで息切らしてるようじゃ先が思いやられるけどな。本当は走れりゃいいんだけど、そうすると剣の時間がなくなっちまうし」

「じゃあ朝走ります。この庭って走っていいんですか？」

　ザシャは頷くなり東翼宮へ足を向けた。

「いいけど無理するなよ。じゃ、殿下もお待ちだから行くか」

「もう待ってらっしゃるんですか？」

「まだ執務中でいらっしゃるが、お前を部屋まで送り届けたら報告するようにと言われている」

　焦りから前のめりになって歩き始めたが、湯浴みをする時間くらいある、と眉尻を下げて苦笑された。

　オーティスとその妻ソフィアに遭遇したのは、ホールに入った直後だった。

（オーティス……殿下）

　立ち止まったルカに、オーティスがどんどんと近づいて来る。

　彼に会ったら召喚の理由を訊こうと思っていたのに、突然のことに心の準備が少しもできなかった。

「これはこれはルカ殿、ご機嫌のほどは如何ですかな？」

「お、お蔭様で、元気です……」

　握手を求められて出した右手を両手で力強く握られる。すぐ離れるかと思いきや、手の平を上に向けられ憮然《ぶぜん》とした顔で凝視された。

「なぜ斯様《かよう》に荒れているのです？　私がお連れしたときには傷一つなかったはずですが」

　声には明らかな苛立ちが含まれていて、思わず手を引いてしまった。

　多少の手荒れがなんだというのか。王宮から逃げたときの足のまめの方がひどかったくらいだ。

「庭の手入れを手伝わせてもらっているんです。あと、今は剣の稽古もしたばかりなので……」

　オーティスは目を剝《む》いて声を荒らげた。

「剣の稽古ですと⁉　なんとけしからんことを！　大事な御身に何かあったらどうするつもりです」

　突然の叱責に萎縮してしまい、手の平を隠すように拳《こぶし》を握った。

　怒られるようなことを自分はしたのだろうか。「大事な御身」だなんて、王族でもないのに大袈裟《おおげさ》すぎる。

　オーティスはさも忌々しいとばかりに続けた。

「まったく……ヴィルは何をやっているのだ。幾ら我々が治せるとはいえ、やはりあれにはルカ殿を任せておけん。ルカ殿、実は今宵《こよい》私どもは御身をお迎えに参ったのです。庭仕事をさせられているなどと知っていたら、もっと早くに来ましたのに……」

「に、庭仕事も剣の稽古もぼくから頼んだんです。それに、ヴィルヘルム殿下には十分よくしていただいてます。でも、ぼくを迎えに来たってどういう……」

ルカが首を傾げると、オーティスは熱弁をふるった。

「我が宮にお越しいただくということですよ。ルカ殿、我が宮は広さこそ王宮には及ばぬものの、雅趣にかけては国随一。あいにくと美姫《びき》は用意できませんが、いかなる馳走《ちそう》も馬も宝玉も、貴殿の望み通り誂《あつら》えさせましょうぞ」

少しも心が動かず答えに窮してしまう。だが、一蹴してしまえば彼の誇りを傷つけかねない。

「お気持ちは嬉しいんですけど……どうしてそんなに歓迎してくれるんですか？　それと、どうして自分がここに連れて来られたのか、ぼく、それを知りたくて……」

「恐れながら」

ルカの言葉を遮ったのはザシャだった。

「ヴィルヘルム殿下をお呼びして参ります。ルカ様、殿下ご到着まで決してここから動かれませんよう」

オーティスが舌打ちするのをものともせず、階段を駆け上がって行くザシャを呆気《あっけ》に取られて見つめた。

「その分ですと、ヴィルのやつは何もルカ殿にお話ししていないのですな」

見透かすように言われてどきっとした。

ヴィルヘルムには確かにここに連れて来られた理由を隠されている。

たとえそうであっても彼のことを信じているし、決してないがしろにするつもりもない。

だが、連れて来られたことと自分の生まれが関係しているのではと思うと、どうしても理由が知りたくて堪らない。

「その……訊いたんですけど、教えていただけなくて……」

オーティスは仰々しい溜息をついた。

「やれやれ、あれも罪なことをする。真実を話さなければ、余計辛くなるのはルカ殿だというのに」

「え？」

おもむろに肩に手を置かれた。

「あと二十日もすると竜現祭という我が国の祭祀《さいし》がありましてな」

「りゅうげんさい……？」

突然祭祀などと言われて虚を衝かれた。

「さよう。その竜現祭で、ルカ殿にはある大事な役目を担っていただきたいのです」

益々訳が分からなくなった。この国の人間でもない自分が、祭りの大事な役目を担う？

「あの、それってどんな……」

「ルカ！」

ホールに響き渡る声でルカを呼ぶなり、ヴィルヘルムが階段を駆け下りて来た。

オーティスから引き剥がされたかと思うと、ヴィルヘルムの胸の中に抱き込まれる。

「叔父上、何をしに来たのです」

「何をやっているのかと言いたいのは私の方だ。庭仕事だ剣術だと、ヴィル、ルカ殿の体に万一のことがあってみよ。泣くのはお前ばかりでない、民のすべてが泣くのだぞ」

ヴィルヘルムが炯々《けいけい》と光る瞳でオーティスを睨みつける。

ルカが怪我をすると何やら困るようだが、オーティスの言葉からではなぜなのかが分からない。

「ルカ殿」

ヴィルヘルムの腕の中からオーティスを見上げた。

「この国へ来た理由が知りたいのでしょう。我が宮に来ればすべてをお話ししますが、いかがされますかな？」

　ヴィルヘルムに抱かれながらも心が揺れ動いた。ここに連れて来られたのは祭りで何かをするためのようだが、でもなぜルカが選ばれたのだろう？

「殿下……ぼ、ぼく……あの、知りたい、です」

　諫めるような目で見下ろされた。

「ルカ……叔父上のところへ行けばここへはもう戻れない。アーベルとも会えなくなるが……それでもいいのか」

「えっ」

　思いがけない言葉に声を上げた。オーティスから話を聞いたら戻って来るつもりでいたのだ。

「そ、それは、困ります。まだアーベルに何もできてないのに……」

「なぜそこでアーベルが出てくるのだ」

　オーティスが腹立たしげにヴィルヘルムを問い質した。

「ルカは今幼稚舎を手伝っているのです。アーベルがルカには自分から抱きつくといえば分かっていただけますか」

　オーティスは驚いたように息を呑み、それからこめかみに血の筋を浮かべた。

「お前がこれほどまで手に負えぬとはな。そのように執着《しゅうじゃく》したところで後悔するのは己だぞ。近々王に拝謁するゆえ、覚悟して待っているがよい」

　憤慨した様子で言い捨てると、オーティスは大股で扉に向かって行った。

　彼を追って背を向けたソフィアが、思いついたようにルカを振り返る。

「アーベルの面倒を見ていらっしゃるの？」

　透き通るような、妙に現実味のない声だった。

「はい」

「そう……そうなのね」

　納得したような頷きを見せ、ソフィアはヴィルヘルムに微笑みかけた。

「アーベルを見ているとあなたの子供の頃を思い出すわ。本当にとても……とても可愛かった」

ヴィルヘルムは返事をせず、ただ視線だけをソフィアと交わした。それを最後にソフィアも出て行く。

「ルカっ……」

「っ……」

声が漏れてしまうほどきつく抱かれ、思わずヴィルヘルムの背中に手を置いた。

だが、近くにザシャがいるのに気づいて手を下ろす。どれだけヴィルヘルムから触れられようとも、ルカから触れることが許されているわけではない。

「ルカ、二度と叔父上のところに行くなどと言わないでくれ。頼むから私の傍から離れるな。頼む……」

切羽詰まった声に胸が絞られた。

ルカとてヴィルヘルムから離れたかったわけではなく、ただ真実が知りたかっただけなのだ。

「すみません……。でもぼく、この国に呼ばれたのと自分が生まれたことが関係してるんじゃないかと思って……。もしも、殿下たちがぼくの生まれについて何か知ってるなら、どうしても教えて欲しくて」

なんとか教えてもらえないかと縋ったが、ヴィルヘルムは悩ましげに声を絞った。

「君の希望を断ち切るようで心苦しいが、我々は君の生まれを知っているわけではない。君が思っているようなことは……たとえば、我々が君の父母を知っているというような……そういったことは一切ない」

張っていた糸がぷつんと切れるように、全身から力が抜けていった。

はっきりと言い切られて初めて、父母を知れるのではないかとどれだけ自分が期待をしていたのかに気がつく。

あの日、あのとき、しっかり諦めたと思っていたのに。

「そう……ですか……」

思う以上に心許ない声が出てしまい、更に強く抱き締められた。

「何もかもを告げられなくてすまない。だが、頼むから私を信じてここにいてくれ。以前も言った通り、君を帰したい……君のことを思っているのは私だけだ」

「君を帰したい」から「君を思っている」と言い直してくれたことになぜだか救われた。たったそれだけのことで、真冬の空の下に放り出されそうだった心が温められていく。

　自分の根がどこにあったか知ることはできなくとも、これからどこかに根を下ろすことはできるはずだ。

　どんな理由からでもこれほどルカを求めてくれた人は、離れるなと言ってくれた人は他にいない。

　ヴィルヘルムただ一人だけだ。

　できるのならここに、彼の傍に根づきたい。

「ぼく……殿下のことを信じてます。ぼくはもう……どこへも行きません」

　たとえルカから手を伸ばせなくとも、彼はこうして抱き締めてくれる。

　心の中だけで彼の背に手を置きながら、ルカは決意を込めて言った。

　週明けのその日、竜体化の授業があった。

「ルカせんせー、今日ね、ぼくたち竜になるんだよ」

「うん、そうみたいだね」

　馬車から降りて来たトーマスが教えてくれる。

　アーベル以外の子供たちは王都に住んでいるので、園バスならぬ幼稚舎馬車で通っているのだ。

　子供たちは普段は裾の長いワンピースを着ているが、今日は首のところを刳り抜いただけの一枚布を被っている。

　アーベルも同じ服を着ているが、竜体にはなれるのだろうか。

「よう、準備はできてるか」

　身を屈めて扉から入って来たザシャを見て驚いた。

「え？　ザシャさん、どうしたんですか？」

ザシャはいつものような騎士姿ではなく、子供たちと同じ格好をしている。

「どうしたのって、今日は竜体化の授業だからな。俺が教えるんだよ」

うっかりしていたが、ファルキニアの民のララも、平民のミーナも竜体化は教えられないのだ。

「さあさ、ザシャ先生も来たことだし、みんな外に出ましょうか」

歯磨き道具や筆記用具の入った肩掛け鞄《かばん》を机に置き、子供たちは元気に外へと出て行った。

アーベルの手を引きララと一緒に木陰に入るや、繁《しげ》みにいた風太が跳ねるようにして駆け寄って来る。

「フータを庭に放してはどうか」とララから提案されたのは、幼稚舎の手伝いを本格的に始めた翌日のことだ。

試しにやってみると遠くに行くようなこともなく、それからはルカが外にいる間は風太を中庭へと放すようになった。

何かを見つけて走ることもあるが、ほとんどの時間は木陰でのんびり寝ている。剣の稽古の前にはフェリクスが部屋へ連れて行ってくれるので、風太にとってはもちろん、ルカにとってもつくづくありがたい環境だ。

「ザシャさんがずっと教えてるんですか」

子供たちに何事かを話しているザシャの背中を見ながら尋ねた。

「ずっとではないわね。王宮内に勤める貴族の何人かが持ち回りで教えてくれてる。王族か封建貴族でないと自由に竜になることはできないから」

「その封建貴族というのは普通の貴族とは違うんですか？」

「封建貴族っていうのは先祖代々王家に仕えてきた由緒ある貴族のことね。武勲を上げて爵位を貰う一世限りの貴族もいるけど、彼らは竜体になれるわけではないから」

であればザシャは封建貴族で、ここにいる子供たちもみな竜体になれる血筋ということだ。

「アーベルはまだ竜になれるわけではないんですよね」

「ええ。七歳になる前……初等舎に上がるまでに変化ができればいいからまだ時間はあるけど」

「竜になれないと何か問題でもあるんですか」

「爵位を引き継ぐ条件の一つが竜体化ができることなの。アーベルの場合はつまり……王位継承権を持てないということになる」

　第一王子のヴィルヘルムがいるから後継者の心配はないと思うが、そういう問題でもないのだろう。

「準備はいいか。ではまず衣を脱ぐぞ。そうだ、潔く！　すぽーんと！」

　威勢のいい声を上げて、ザシャが手本を見せるように衣を脱いで後ろに投げた。

　一つ目の大凧《おおだこ》が空に上がると、次々に幾つもの小さな凧が空へと舞い上がっていく。

　仰天してララを見ると、彼女は子供たちの姿を見て微笑んでいた。

　だが、手前に見えるのはザシャの立派な。

「こ、これは、この国では普通なんでしょうか」

　呆気に取られながら訊いた。

「これって？」

（素っ裸です）

　ララはまったく動じていない。まさかこの国では晴天の下の全裸は羞恥ではないのか。

「ララ先生は、平気なんですか。ぼくは男なので、その、大丈夫ですけど」

　それとも尻だけだからいいのか。

　ザシャはいわゆる仁王立ちになって腰に両手を当てている。鍛え上げられた裸体も堂々とした態度も惚《ほ》れ惚《ぼ》れするほど男らしいが、いかんせん青空の下では眩しすぎる。

　ララはザシャをちらりと見て、のんびりとした口調で答えた。

「まあ、毎週見てればねえ。ぶら下がってるものは同じだし」

気持ちいいほど逞しい。

後ろ暗さのないザシャやララを見ていると、裸一つを疑問視している自分が恥ずかしくなってきた。

この国ではこういうことがあるのだ。自分が住んでいた世界のことわりだけが正しいわけではない。

だからといって、ザシャと同じことが自分にできるとは思わないけれど。

気持ちを改めて中庭を見渡すと、外廊下の列柱の陰にフェリクスが立っているのに気づいた。

いつからそこにいたのだろうか、胸に抱えた紙の束を握り締め、唇を硬く引き結んで中庭のある一点を見つめている。

「じゃあまずは翼からだ。これはもうみんなできるな。力を背中に溜《た》めて、もうこれ以上ないってところで、一気に出す」

子供たちには力を溜めろと言いつつ、ザシャは少しも力む様子なく肩甲骨から翼を出した。あまりに速くてどう出したのか分からなかったくらいだ。

「すごいですね」

賞賛にも似た感嘆の声が漏れた。

「竜体化を見るのは初めて？」

「はい。竜を見たことはありますけど、変わる瞬間を見るのは初めてです」

ザシャの翼は瞳と同じ色、光の加減で青みがかって見える黒だ。片翼が彼の身の丈ほどもある。

「じゃあ完全体を見たらもっと驚くわよ」

両方の拳を胸の前で握り締め、丸みのある翼を出していく子供たちを見ながらララが言った。

子供たちが全員翼を出し終えると、「今度は尻尾だ」とザシャが声を張る。

尾てい骨から出されたザシャの尻尾は大きく、あたかも鎧《よろい》を纏った巨大な蜥蜴といった風情だった。

ザシャはその尻尾を出したまま、尻尾を出せない二人の子供のところへ向かった。

もう一度外廊下を見やれば、やはりフェリクスはザシャの姿を目で追っている。

「今日も見に来てるわねえ」

彼女もフェリクスを眺めていた。

「今日もって、いつも来てるんですか？　あ、もしかしてフェリクスにも竜体化は珍しいんでしょうか」

同じ竜人族といえども平民のフェリクスは竜になれない。

彼にとっても見るに値するものなのかと思ったが、ララは首を振った。

「珍しいわけではないわね。道端で竜に変わる貴族もいるもの。フェリクスが見に来てるのは竜っていうより……」

彼女の視線がザシャに向けられる。確かにフェリクスはずっとザシャを見ているようだったが、何か彼特有のものでもあるのだろうか。

「ザシャさんのこと見てますよね？　何回も見に来てるってことは、何か特別なことでもあるんですか？」

もしそうなら自分も見てみたい。

そう思って訊いたまでだったが、返事は予想もしていなかったものだった。

「そうねえ、好きなんじゃない？」

「え？」

「だから、たぶん好きなのよ」

フェリクスは物憂げに俯いて長い溜息を落としている。かと思うとまたザシャを見て、また溜息を落として……。

（好き？　それってもしかして、フェリクスがザシャさんに恋してるってこと？）

フェリクスもザシャも男性だが、同性を好きになる人がいるのはルカも知っている。

それをおかしいとは思わないが、フェリクスと恋愛とを結びつけて考えたことがなかったので驚いてしまった。

確かに含む気持ちがないなら堂々と眺めればいい

わけで、言うに憚る感情があるからああして隠れて見ているのかもしれない。

　剣の稽古で分かったことの一つに、ザシャは教えるのが滅法うまいということがある。

　素人のルカがそれなりに剣を振れるようになったのはザシャのお蔭だし、今もまた尻尾を出せなかった子供二人が、初めて見る自分の尻尾を胸に抱えて喜んでいる。

「よし、じゃあ完全体にいくぞ。翼と尻尾をいったんしまえ。完全体は体の一部分じゃなく、力をここに溜めなければいけない」

　ここ、と言うときに、ザシャは胸に手を当てた。

「竜になりたいと思うだけでは駄目だ。自分の大切な何かを、誰かを護りたいと強く思わなければ竜にはなれない。心に護りたい誰かを思い描け。父母、兄弟、友、未来の主君。愛する誰かを、強く」

　ザシャの体がゆらりと前に振れ、持ち上げられた踵《かかと》が次第に大きさを増していった。筋が伸び、肌が黒光りする鱗に覆われ、四本に変わった指先に鋭い鉤爪が生えていく。

　肩甲骨からは翼が、尾てい骨からは尾が出たが、体全体が巨大化しているため先ほど出たものとは格段に大きさが違う。

　子供たちにやり方を見せるためか、全身の竜体化はルカの目でも追えるほどにゆっくりと進められた。

　首と顎が伸びる間に額からは先が二股に分かれた角が生えてくる。象牙のような大きな牙も。

　東翼宮の二階にゆうに届いてしまうザシャを見ているうち、芝生の上にはいつの間にか、ルカほどの大きさの十数体の小竜が現れていた。

「今日できなくても焦らなくていい。人より早く竜になれるやつが偉いわけじゃないんだ。何よりも心と体を鍛えること。そうしたら、護りたい相手ができたときに必ず竜になれる。必ずだ」

（普通に喋《しゃべ》れるんだ）

姿が竜になっても声も話し方もザシャのままで、

彼らの中身は何も変わらないのだと、胸がじんと熱くなった。

どうして彼らにとって裸が恥ずかしいわけがあるだろう。

彼らは自然の一部なのだ。あまたの動物と同じように、彼らの中には大いなる自然と同じ命が流れているのだ。

しばらくの間、子供たちが空を飛ぶ姿を時間を忘れて眺め続けた。

「そろそろ終わりだから、おやつの用意をしましょうか」

「はい」

人の姿に戻っていくザシャや子供たちをふたたび眩しく感じる。だが、それは先に感じたものとは違い、まるで瞳が濯《すす》がれるかのような眩しさだった。

フェリクスも見ていただろうかと外廊下に視線を送ったが、そこにはもう誰の姿もない。

彼がザシャに恋をしていると聞いて驚きはしたものの、その出来事も次第に記憶の中から薄れていった。

そして、奇《く》しくもその場面に遭遇してしまったのは翌日の朝のこと。中庭を走り終えて汗を流し、さっぱりとした気分で部屋へと戻る途中だった。

「ごめんね、ミーナ。気持ちは嬉しいけど」

「いいの、こっちこそごめんね。あの、これからも友達として……」

階段を上る足が止まった。聞き耳を立てるつもりはなかったが、耳慣れた声につい中階の廊下に目が向いてしまう。

（ミーナ先生と、フェリクス？）

会話の内容からいって、ミーナがフェリクスに告白していたのだろう。

気まずい思いをさせてはいけないと足早に過ぎようとしたが、こちらに気がついたフェリクスと目が合ってしまった。

会釈だけしてすぐに階段を上った。昨日、ザシャの姿を追うフェリクスを目にしていただけに、こちらの胸までくすぐられるような、どこか甘酸っぱい気持ちになってくる。

部屋に戻って浴場に行き、ポンプを使って湯を汲み上げた。手桶《おけ》に掬って頭から流していくと、体が芯から爽快になっていく。

二つあるポンプの一つからは冷たい水が出て、もう一つのポンプからはお湯が出てくる仕組みだ。

地上階で誰かが常に沸かしてくれているらしく、タイルの貼られた湯船もあるので入りたければ風呂にも浸《つ》かれる。

ちょうど服を着終わったときに、フェリクスが朝食をワゴンに載せて入って来た。

「さ、先ほどは失礼いたしました」

顔を真っ赤に染めて頭を下げてくるフェリクスに、ルカの方がうろたえた。

「え？　そ、そんなことないよ。逆にこっちがタイミング悪いときに通っちゃってごめんね」

「滅相もないことでございます。その、いつもあることではないのです。今は竜現祭の前ですので、みなが浮き立っておりまして」

必死に弁解する姿からは実直さが伝わってきたが、一つの言葉に胸が逸り、ルカは微かに眉を顰《ひそ》めた。

「その『りゅうげんさい』って何かな？　この前も耳にしたんだけど……」

ケメルマイデンの祭祀だとオーティスは言っていた。その祭りで何かルカに役目があってここに呼んだのだと。

「およそ三週間後に行われる豊饒《ほうじょう》祈願の祭りでございます。祭りは毎年行われますが、今年は竜神が姿をお見せになる十年に一度の大祭でございまして。ゆえに民ははしゃいでおりますし、王都も大変な賑わいを見せているのです」

「そ、そうなんだ。あの、あのときは逃げたりしてごめんね。本当に迷惑かけて……」

「とんでもないです！」

王都という言葉にこの部屋から逃げたことを思い出して謝ったが、却って恐縮させてしまったようだ。

「ええと……神様が姿を見せるの？」

焦って話を戻したところ、フェリクスはほっとしたように頷いてくれた。

「さようでございます。アプラクサス神と申されまして、大聖堂の湖の底からお出ましになると伺っております」

「そうなんだ。すごいね。それじゃ王都が騒がしくなるのも無理ないね」

（竜が姿を見せる……竜現祭なのかな。竜の神様って……本当に？）

ライナーが「神様」と言っていたのは、この神様なのだろうか。

聞くだけで胸躍るような祭りであるのは分かったが、しかしそれとルカにどんな関係があるかはさっぱり見当がつかなかった。それに、竜神の出現とみながら浮き立って恋の告白をすることとどんな繋がりがあるのか。

「あの、ぼくが竜現祭で何かするとか……聞いてないよね？」

フェリクスは首を傾げた。

「いいえ、私は何も伺っておりませんが。殿下に確認いたしましょうか」

「い、いいんだ。あの、殿下には訊かないでもらえるかな。本当になんでもないんだ」

ヴィルヘルムに訊いたりすれば、ルカがこの国に来た理由をまた探っていると思われてしまう。

あれほど真剣に「信じてくれ」と言われたのに、ふたたびヴィルヘルムの気持ちを踏みにじるような真似《まね》はしたくない。

「ルカ様は王都をご覧になりたいですか？」

「え？　う、ううん。そういうわけじゃないんだ。その、ここからもう出ないって……殿下とも約束したし。ところで、どうして竜現祭の前に告白するんだろう」

話を逸らしたくて尋ねると、フェリクスはふたたび頬をぽっと染め、朝食の準備をしながら答えてくれた。

「神が姿をお見せになった後、繋いだ手を湖に浸けた者同士は来世でも結ばれるとまことしやかに言われております。古い言い伝えではございますが、なにぶん十年に一度ですから、この機会に恋人を求める者たちが多くいるようでして」

　ザシャを見ていたフェリクスを思い出す。溜息をついていたのもそれが原因だったのだろうか。

　今年を逃せば次は十年後だと思えば、募らせた思いを打ち明けたくなる気持ちも分からなくはない。

（フェリクスはザシャさんに告白しないのかな）

　パンにバターを塗りながら思った。

　どこまでも親切な、甲斐甲斐《かいがい》しく尽くしてくれるフェリクス。何か自分に手伝えることはないだろうか。迷惑をかけてしまったお詫びもしたいし、何より彼が幸せになってくれれば嬉しい。

「フェリクスは、誰か好きな人がいるの？」

　しまった、と思ったときには遅かった。一瞬きょとんとした顔をした後、フェリクスが見る間に顔を紅潮させていく。

　突然こんなことを尋ねるなんて、あまりにデリカシーがなかった。

「あ……憧れている方は、います」

「そ、そうなんだ。ごめんね、その、言いにくいこと訊いて」

　それきりルカは口を噤んだが、意外にもフェリクスの方から話を再開した。

「ルカ様は、どうして私がどなたかをお慕いしていると……？」

　誤魔化《ごまか》せばよかったのだろうが、失態に焦っていてそこまで気が回らなかった。

「あ、えと、昨日の竜体化の授業のとき、フェリクスがザシャさんのこと見てるの目にして……。それで、も、もしかしたらと思ったんだけど、ごめん、ただの勘違いだよね」

　まさかララから聞いたと言えるわけもなくてそう伝えると、フェリクスは耳までを真っ赤に染めた。

「申し訳ありません。少しだけのつもりだったのですが……」

　謝りはするが否定はしない。つまりそういうことだった。

「ぼくに謝る必要なんてないよ。そっか、うん……」

「私は侍従失格ですね。真心でお仕えしなければいけないのに、こんな邪《よこしま》な思いを抱いて」

　落胆したようなフェリクスに、強く反論した。

「そ、そんなことないよ！　フェリクスは真面目な人だし、誰かを好きになるのに邪とかないと思うし……あ、ザシャさんが結婚してるとかじゃなければ……」

　フェリクスは「ありがとうございます」と言ってから、頬を僅かに強張らせた。

「ザシャ様にまだ伴侶はいらっしゃいませんし、お付き合いされている方も……特定の方はいらっしゃらないと思われます。ですが、平民の私では貴族の方にふさわしくありません」

　なんとも含みのある言い方が気になったが、そこには触れずに身分についてを尋ねた。

「身分が違うと付き合えないの？　話をするとか、そういう機会もないのかな？」

　椅子を勧めたがフェリクスは遠慮し、立ったままで続けた。

「話す機会だけを申せば……私はルカ様がお見えになるまで、この一年間ザシャ様の侍従でした」

「そうだったの？　ごめん、じゃあぼくが来たことでザシャさんから離れちゃったんだね」

　フェリクスは力いっぱい否定してきた。

「私情と勤めは別のものです。私はルカ様にお仕えできて幸せです。本来であれば私のような者がルカ様の侍従になどなれませんのに」

　思わず首を傾げ、どういうことかと問うと、彼はおもむろに身を正した。

「私はまだ二年目ですから、私よりも経験豊富な侍従は他にもたくさんおります。ですが、殿下は見ず知らずの異郷でルカ様も心細いだろうから、同じ年頃の話し相手がいた方がいいと仰って」

ヴィルヘルムの名前が出た途端、体にふっと熱が灯った。

「殿下がぼくのためを思って……フェリクスを選んでくれたってこと？」

頷かれ、耳まで熱くしながらヴィルヘルムのことを考えた。アーベルと一緒に毎晩ヴィルヘルムと過ごしているが、そんな話は聞いたことがない。

「あの……ザシャさんの態度が急に普通になったんだけど、それももしかして殿下の指示なのかな？」

「剣を習いたい」とヴィルヘルムに相談したとき、ザシャについても少し話した。

本当は怖いと思っていたこと、謝ってくれたこと、まだ彼と話すのは少し緊張するが、なんとか親しくなれればと思っていること。

ザシャの変化に最初は驚いたが、彼の気安い態度のお蔭でルカも気負わず稽古ができたのだ。

恐らくは、とフェリクスは言った。

「そうであろうと思います。ザシャ様は本来上下関係には非常に厳しいお方でいらっしゃいますので」

座っているのになぜだか眩暈《めまい》がした。

ヴィルヘルムがそれだけ自分を気遣ってくれているのだと思うと、まるで体が浮くかのようにふわふわしてくる。

「ルカ様、恐れながら、フータ様のお食事は本日は私がご用意いたしましょうか？」

フェリクスの言葉で我に返った。いつもこの時間に厨房を借りて風太の食事を作り、それから庭へと出ているのだ。

上の空になってしまっていた。ヴィルヘルムのことを考えていて。

「ううん、ありがとう。もう行くよ。あの、ごめんね。ザシャさんのこと話してたのに、ぼくのことになっちゃって」

ヴィルヘルムに気持ちが向いてしまったのが後ろめたくて謝ると、フェリクスが笑顔を向けてきた。

いつものような自然な微笑みではなく、無理に明るさを装っているのがひしひしと伝わってくる。

「どうぞお気になさらないでください。それに、私もルカ様にご指摘されて目が覚めました。やはり勤めの最中にうつつを抜かすなどあってはならないこと。もうあの方のことは……きっぱりと諦めますので」

仰天して立ち上がった。

「えっ？　ちょ、ちょっと待って。ぼく、フェリクスがいけないことしてるなんて思ってないよ？」

まさか「ザシャを諦める」と言われるとは思っていなかった。

フェリクスの正面に立つと、身の置き所がないかのように俯かれる。

「あの、逆なんだ。ぼく、もし何かできることがあるならしたいと思っただけで……。だから、ぼくのせいで諦めるなんて、そんな……」

そもそもルカが恋愛の話を持ち出したのも、フェリクスに幸せになって欲しいと思ったからだ。こんな形で恋心を断ち切らせるためではない。

「違うのです。ルカ様の言葉で諦めることを決めたのではありません。もうずっと以前から……そうしなければいけなかったのです」

笑顔が消えて、寄る辺のない淋しげな表情が現れる。

「ど、どうして？　その、告白もしてないんだよね？　あ……身分のせい……？」

フェリクスはためらいがちに頷いた。

「ザシャ様はもしかしたら……私の思いに気づいていらっしゃるのかもしれません。それで、平民の私に好かれたことが不愉快で……距離を置かれたのだろうと思います……」

「不愉快って……距離を置かれたの？」

　剣を教えてもらっているだけだが、ザシャがフェリクスの好意を足蹴にしている姿が想像できない。この国の身分差というのはそれほど大きなものなのだろうか。

「あからさまに無視などをされたわけではありませんが……あるときから急に態度がよそよそしくなられました。私が何か粗相をしたのではとお尋ねしても、そうではないの一点張りで」

「そうなんだ……でも、ザシャさんがフェリクスのことを不愉快に思ってるって決まったわけじゃないよね？　身分だって、本当に気にするのか分からないし……」

　このままではフェリクスがザシャのことを諦めてしまう。どうしたら彼を思い留《とど》まらせることができるだろうか。

　ない知恵を絞った末、緊張しながら慣れない申し出をした。

「あの、もしよかったらだけど、ぼく、ザシャさんに訊いてみようか。その、好きになるのに身分とか気にするのかとか……」

「ルカ様、それは」

「だ、大丈夫、フェリクスの名前を出したりしないよ。もちろん、フェリクスが嫌なら何も訊かないし」

　出過ぎたかと思って付け加えたが、申し出は彼の心を揺り動かしたようだった。

　両手を固く組んで頼むように頭を下げられる。

　ルカはほっと胸を撫で下ろしながら、真剣な顔で頷きを返した。

　稽古の後、いつも通りあっさり帰ろうとするザシャを慌てて引き止めた。

「あの、訊きたいことがあるんですけど、少し時間をいただいてもいいですか？」

「訊きたいこと？　俺は構わないけど手短にしろよ。俺との話で殿下をお待たせするわけにいかないから」

「わ、分かりました。えっと、それじゃ」

手短にしろと言われて焦ってしまった。

フェリクスのことを感づかれないように他愛のない話からと思っていたが、どう始めればいいだろう。

ザシャにとって平民が恋愛対象となるのかを知りたいのだが、いきなりそうは訊けない。

「ザ、ザシャさんの好みってどんな人ですか？」

追われるように口をついて出た言葉だったが、まずまずの出来ではないかと思った。これを知っておくのはフェリクスにとっても有益なはずだ。

ザシャは呆気に取られたように瞬いた後、窺うように目を眇《すが》めた。

「お前……俺に惚れるなよ」

今度はルカが瞬く番だった。そう受け取られても仕方がないが、誤解だけはきちんと解いておかねばならない。

「ち、違います。ただ竜現祭のことを聞いて、ザシャさんにも結ばれたい人がいるのかなとか、そう思っただけで」

我ながら苦しい言い訳だと思ったが、他にうまい理由が思いつかない。まごつきながら返答を待っていると、ザシャが頭をがしがしと掻いた。

「ねえなあ」

「はい？」

「だから好みだろ？　特にないわ。俺と似たようなのがいいときもあるし、ちっさくて胸だけでかい女がいいときもあるし」

「あ、そうですか。えっ、背が小さくて胸だけ大きいって、もしかしてミーナ先生みたいな子のことですか？」

まさかの三角関係勃発かとひやりとしたが、すぐに否定された。

「ミーナ？　ああ、幼稚舎の。いや、俺はああいう真面目なのとは遊ばない」

特定の相手はいないと思う、とフェリクスが淋しそうに言っていた理由が明らかになる。

（フェリクスは……ザシャさんのこういう部分も知ってて、それでも好きなんだろうな）

　遊びで誰かと付き合うなんてルカには考えられないが、確かにそれだけ魅力があるとも言えなくない。文句なしの美丈夫だし、蓋を開けてみれば気さくで面倒見もすこぶるいい。

　肉感的な唇が、何かを思いついたように「ああ」と零した。

「好みっていえるか分かんねえけど」

「何かありましたか？　あ、その、遊びじゃなくて……できたら恋人としての好みを教えて欲しいんですけど……」

　ザシャが妖しく目を流す。今度こそフェリクスに伝えられるような慎みある答えであって欲しい。

「しいていうなら美脚だな」

「びきゃく？」

「足だ、足。おみあし。お前も男なら分かんだろ？」

　分からない。

　何を想像しているのか満悦そうに笑んでいるザシャをよそに、口に拳を当てて考えた。

　フェリクスの足は黄緑色の竜だった。それをザシャが美しいと思うかどうかなんて――分かるわけがない。

　アプローチの仕方を変えようと思った。最初の質問で答えは出ているように思うが、今一度確認しておくに越したことはない。

「ザシャさんはその、相手が男か女かっていうのは気にならないんですよね？」

「俺が、つうか、王族でもなければこの国で気にするやつの方が少ないんじゃないのか」

　答えになぜだか胸がざわつく。フェリクスのことを思えば嬉しいはずなのに、何かが喉につかえて素直に喜べない。

「そう……ですか。この国では気にすることじゃないんですね。でも、王族は後継者の問題とかあるから……」

そう口にするとたちまち気持ちが塞がっていった。

ヴィルヘルムは王族の中でも王太子、いずれは妻を娶《めと》り、跡継ぎを成すのが生まれながらに定められている人だ。

（なんだろう、これ……）

心臓が突然ずきずきと疼《うず》いて――こらえ切れずに胸を押さえた。

「話はそれだけか？」

弾かれたように顔を上げた。

今朝といい今といい、なんだか自分はどうかしている。ヴィルヘルムのことを考えると、誰と話していても気がそぞろになってしまう。

「すみません、もう一つだけ。ザシャさんは相手の身分は気になりますか？」

自分の気持ちに戸惑いながらも問いかけた。まだ肝心なことが分かっていない。

剣を持ったままザシャは腕を組み、考えるように眉根を寄せた。

「お前が何を思ってそれを訊いてるのか分かんねえけどなあ……。まあ俺は色恋だったら……本気になったら身分は気にならない。俺自身、東翼の騎士団長になるとき爵位を貰っただけで、元々は子爵の三男坊でしかないからな。ただ、貴族の全員がそういう考えを持っているわけじゃないし、実際越えられない身分の差っていうのはあるから」

「それは……分かります。ザシャさんがどう思っているのか、それが分かれば大丈夫です」

そう、目的はザシャについて知ることで、他の人間の身分に対する価値感を知ることではない。

話を切り上げなければいけないのに言い出せずにいると、ザシャが言った。

「まあ、身分なんか越える契《ちぎ》りもなくはないけどな」

「身分を越える契り？」

「この星、ライヒヴェルトとケメルマイデンの初代王がどう生まれたかを知ってるか？　宇宙に天竜と地竜が生まれたことから始まったっていう」

聞いたこともなくて首を振った。

天文科学としての星の成り立ちではなく、神話に近いものだろうか。

「暗闇の中から生まれた天竜と地竜は、すぐさま互いの尾を咥えて旋回を始めたと伝えられている。旋回すると完全なる円環が作られて……」

その中心から放たれた光が天竜と地竜を包み込み、そうして輝く光の玉、惑星ライヒヴェルトが生まれた。

「天竜の鱗は空の星々に、一つの瞳は太陽に、もう一つの瞳は月になったと言われている。だから、昼も夜も天竜は休むことなく見守ってるんだって、この国のガキだったらみんながそう教えられて育ってる」

ザシャは誰かを真似るように、声音を高くして諳《そら》んじた。

――いいかい、天竜はいつだってお前のことを見守ってくださっている。その代わり悪いことをしたら、それもちゃあんと見ていらっしゃるからね。

「地竜の鱗から大地が、角から山脈が、吐き出す息から海ができた。そして、天竜と地竜の胴体の一部から双頭のアプラクサス神が生まれ、その神がライヒヴェルトの海に竜の子供を生み落とされたんだ」

双頭と聞いて思い当たった。

「じゃあ、東翼の中にある像がアプラクサス神なんですか？　竜現祭で神様が現れるって聞きましたけど、もしかしてその神様が？」

ザシャは頷き、先を続けた。

「海に落ちた竜たちの中から、最初に上陸した男にアプラクサス神の角からできた宝剣が、女には爪からできた宝珠が授けられ、それが竜人族、つまりケメルマイデンの王族の始まりだと伝えられている。だから、俺たちのこの剣にも」

ザシャは組んでいた腕を解くと、その手に持っていた剣の先を上に向けた。

「ただの鋼の塊というだけじゃない、深い意味が込められている。騎士が主君に立てる主従の誓いはもちろん、この国における何より深い魂の絆《きずな》——剣珠《けんじゅ》の契りも、剣の交わし合いによって行われるんだ」

　神の身を削ぎ造られた、宝剣と宝珠の。

「剣珠の……契り？」

「主従の誓いは身分があるからこそ行われるが、剣珠の契りに身分は関係ない。契りに必要なのは永久の絆で結ばれたいと願うこと、それから、魂を込めた互いの剣にくちづけることだけだ」

　永久の絆とか魂とか、本当にそんな深い契りがあるのだろうか。

　もしもそんな相手がいるのなら、この広い宇宙で孤独を感じることもないのかもしれない。

　そろそろ行くか、と言われ、大人しく宮の中へ向かった。詮ないことを聞いたと思う。仮に孤独がなくなるとして、この国の人間でないルカには関わりないことだ。

　ザシャはいつも後ろからついて来る。蠟燭の灯された廊下を行きながら、もう少しで部屋に着くというときだった。

「そういやお前の質問に一個答えてねえわ」

　なんだろうと思って立ち止まったが、促されたのでそのまま歩いた。

「『竜現祭で結ばれたい相手がいるか』って訊いたな」

「はい」

　苦し紛れの言い訳だったし、ザシャも聞き流したと思っていたので驚いた。

「結ばれたくても相手も思ってなきゃどうにもなんねえだろう」

「はい」

「それこそ身分を利用して、無理矢理誓わせでもするんだったら離れてた方がいいだろう」

「……はい」

　部屋の前に着いてもルカは振り返れなかった。ザシャの声に普段は見られない怯えのようなものを感じたからだ。

「俺は」

今、部屋の中にはフェリクスがいる。

「来世の愛を誓うよりも、今のそいつを護りたい」

気配に気づいたのか、扉がゆっくりと開かれていく。完全に開く前に、ザシャは無言で去って行った。

「おかえりなさいませ、ルカ様」

二人の思いが交錯していて、言葉だけが足りない気がする。

心持ち緊張したような笑みを見せるフェリクスに、もしかしたらこの二人は両思いなのではと思った。

庭仕事、幼稚舎の手伝い、剣の稽古と、アーベルと一緒にヴィルヘルムと過ごす穏やかなひととき。

忙しくも一定のリズムを刻み始めた生活に変化が起こったのは、その週の終わりだった。

ルカはアーベルの手を引いて花壇の脇を歩きながら、思いつくままに日本の話を聞かせていた。

春に咲く桜の零れるような美しさ、遠足で行った男体山《なんたいさん》の力強さ、那珂川《なかがわ》でとれる鮎《あゆ》の塩焼き、短冊、花火、年越しそば。

たとえ返事がなくとも、アーベルが聞いていてくれているという手応えは感じていた。少しでも異国の話がアーベルの興味を引き、今はまだ雲に覆われている心に僅かにでも光が射してくれればいいと思った。

耳にした様々なことはアーベルの心の土壌となり、いつかは種を受け止め花を咲かせてくれるかもしれない。

中庭ではララとミーナが子供たちに剣を教えている。ララはもちろんミーナの剣さばきも堂に入ったものだ。

なんでもミーナは昨年の剣術大会の女性部門で優勝し、その腕を見込まれて幼稚舎で働き始めたのだそうだ。人は見かけによらないとはこのことか。普段はおっとりしていて物静かなのに、剣を握ると目つきが変わる。

「でね、龍王峡《りゅうおうきょう》っていうところは、竜が暴れてできたって言われててね……」

　剣の音を傍らに話していると、花壇の脇で寝ている風太が目に入った。おなかを上に向けて口を開けている。安心している証拠だ。

　風太の脇に二人してしゃがむとすぐ、アーベルはいつもの通りにそのおなかに手を伸ばした。

「どうしてアーベルは風太が気に入ったのかな……」

　気になって呟いたが、もちろん答えは返ってこない。ドッグセラピーというものがあるくらいだから、人が開けなかった扉を風太が開けた可能性は高い。

　いずれにしても、風太に触ってリラックスしている今が、話を伝えるチャンスかもしれない。

「あのね、アーベル」

　決してアーベルにプレッシャーを与えないように、ごく柔らかな口調で話しかけた。

　ララと話してからずっと自分に何ができるのかを考えていた。そして、伝えたい言葉を思いついたまではいいが、今日まで中々話す機会が訪れなかったのだ。

「アーベルは、みんなが話していることはきちんと分かってるんだよね」

　聞いている証拠に、風太を撫でる手が止まる。

「でも、きっと何か理由があって、みんなとお話しができないだけなんだよね。ぼくは、アーベルはとても頭のいい子だと思ってるから、アーベルが自分からお話ししたくなるまでは、そのままでいいと思ってるんだ」

　風太が頭をもたげて腹に置かれていたアーベルの手をぺろりと舐めた。

「でもね、ララ先生が、アーベルが話さないのは自分のせいじゃないのかなって心配してるんだ。アーベルはララ先生のことが大好きだよね？　だから、今じゃなくていい、いつかでいいから、ララ先生にこのお花をあげてくれないかな。この花には『大好き』って意味があってね、これをアーベルから貰ったら、先生はきっとすごく喜ぶと思うから」

ルカはエレンダを指差しながら伝えた。

風太は中々舐めるのをやめず、とうとうアーベルは手を引っ込めてしまう。

足を抱えて背中を丸めたアーベルに、ルカの心にむくむくと不安が湧き起こってくる。

なんの反応もないならまたがんばろうと思える。でも、もしも不用意な言葉で傷つけてしまったのだとしたら。

「あの、アーベル……」

しどろもどろに声をかけたとき、いきなりアーベルが立ち上がり、大振りのエレンダを続け様に三本手折った。

「アーベル……」

アーベルがエレンダを一本ルカへと差し出してくる。その姿に、震えるような感動が押し寄せてきた。

今じゃなくていいと思っていた。いつか、その心に届けばいいと。

「あ……ありがとう」

震える手で花を受け取ると、すぐにアーベルはララに向かって走って行った。そこでは激しく剣が振られており、急いで小さな背中を追う。

ララが剣を休めたときだった。アーベルは何も言わずにララに花を差し出した。

「アーベル……」

ララの目が見開かれる。

「ララ先生、あの、エレンダです」

ルカが言うまでもなくその花の意味を知っていたのだろう、両手でアーベルの手ごと花を握ると、ララはその場で膝をついた。

「この花を私に……？　ありがとう、アーベル、ありがとう……。私もあなたのことが大好きよ……」

すぐさま喉を詰まらせて泣き始めたララに、ルカも涙ぐんで洟《はな》を啜《すす》った。

（いい子だ……。この子は本当にいい子なんだ）

ルカの思いを受け取ったアーベルは、語ることのできない自分の代わりに花に思いを託したのだ。

なぜこんな優しい子が塞いでいなければいけないのだろう。笑って欲しい。助けてあげたい。本当のアーベルをなんとしてでも取り戻して欲しい。

「ララ、どうしたのだ」

声の方を見ると、ヴィルヘルムとザシャが大股でこちらへ向かって来ていた。

ルカは急いで目元の涙を拭った。ヴィルヘルムが心配そうな瞳でララとアーベルを見下ろす。

「殿下、アーベルが私にエレンダをくれたんです」

ララが立ち上がって受け取ったピンク色の花を見せると、ヴィルヘルムは瞠った目でその花と、今はもう俯いてしまっているアーベルを見つめた。

そして、ヴィルヘルムがアーベルの前に膝をついた直後だ。

アーベルがもう一本握っていたエレンダを、ヴィルヘルムにおずおずと差し出した。

ヴィルヘルムが息を呑むのに続き、ルカも、ララも、アーベルのことを凝視した。

やはりアーベルはヴィルヘルムのことを嫌っているわけではない。それどころかアーベルは、きっと深くヴィルヘルムを愛している。

「アーベル……」

ヴィルヘルムが花を受け取ると、アーベルは素早くルカの背後に隠れたが、もうそれによってヴィルヘルムが傷ついた顔を見せることはなかった。

「ルカ先生がアーベルに何かを言ってくれて、それで花を持って来てくれたんですよ」

取り成すように告げたララに、ルカは急いで言葉を重ねた。

「少し話しましたけど、でも、アーベルが自分で考えてしてくれたことです」

ヴィルヘルムが眩しそうに細めた目をルカに向けてくる。ただ優しいというのではなく、その瞳には何か深い思いが込められているように見えた。

「ルカ……心の底から感謝する。心からだ」

エレンダを持った右手を胸に当て、頭を下げたヴィルヘルムに動揺した。王太子のその行為がどれほどの重みを持っているのかが理解できるだけに、自然と体が引けてしまう。

「ついてはぜひとも礼がしたいのだが、何か望みのものはあるだろうか」

「いえ、ぼ、ぼくは本当に何もしていませんから」

「頼むからなんなりと申して欲しい。君があまり贅を好まぬのは知っているが、それでは私の気が済まぬのだ」

欲しい物など本当に何も思い浮かばず、口籠もるしかできなかった。

贅沢なことに必要なものはすべて揃っている。ケメルマイデン語を勉強するに当たり、先日フェリクスに紙と羽ペンを用意してもらったばかりでもある。

今のままで十分満たされていて、裏を返せば今あるものを失《な》くしたくないと思うほどだ。

「ほ、本当に気にされないでください。ぼくは、その、殿下が」

「私が？」

告げる前に小さく唾を飲んだ。もう十分にヴィルヘルムから与えられているのだと、ちゃんと伝わってくれればいいのだが。

「ぼくは、これからも……殿下が一緒に夕食を摂ってくださるなら、それで……」

長い沈黙が続き、自分の発言に不安を覚え始めたときだった。

「そうか……。分かった。では礼ではなく、私が君と王都に行きたいと言ったら、君は応えてくれるだろうか」

言われた意味がすぐには呑み込めずに瞬いていると、ヴィルヘルムに問われた。

「嫌か？」

激しく首を振った。

「い、嫌なわけありません。でも、どうしてですか？　ぼくは、もう外には出ないはずじゃ……」

「私の目の届かぬところに一人で行くなという意味だ。私とともにいれば危険はないし、君も王宮の中ばかりでは息が詰まるだろう。明日は幼稚舎が休みだったと思うが、如何様《いかよう》な按配《あんばい》だろうか」

明日行けるかと訊いているのだろうか。ヴィルヘルムと一緒に。王都へ。

「お、お願いします。行きたいです。あの、本当にありがとうございます」

恐縮していたのが嘘のように、声が勝手に弾んでしまった。彼と出掛けられると思うと嬉しい気持ちを抑えられない。夜のひとときだけではなく、もっと長い時間一緒にいられるのだ。

「礼を言うのはこちらだ。私が君と行きたいのだから。外出の用意をするよう、フェリクスには私から伝えておこう」

皓歯《こうし》を見せて明るく言われ、なぜヴィルヘルムが王都に誘ってくれたのかに気づいた。

フェリクスだ。竜現祭の話をしたあの日、彼は恐らくルカが王都に行きたいのだと思ったのだろう。

そして気をきかせてヴィルヘルムに報告し、その意図を汲んだヴィルヘルムがまたルカのことをこうして気遣ってくれたのだ。

それからヴィルヘルムは以前と同じように持って来た菓子をララに渡し、足早に宮へと戻って行った。

別れ際に優しい仕草でルカの頭を撫でてくれたのは、アーベルのことを撫でる代わりだったのだろうか。

(殿下が……王都に連れて行ってくれる)

顔が火照《ほて》り、熱があるかのように頭がぼうっとしてくる。

こんなに幸せでいいのだろうか。

自分は、そう、今とても幸せだ——。

「さあさ、じゃあおやつの時間にしましょうか」

ララの声に子供たちが元気に返事をする。

その姿を見ながら、自分は今は無力かもしれないと思った。

まだ一人では色々なことができないし、胸を張れるほどの強さもない。だけど、少しでも、自分にできる精一杯で。

　ヴィルヘルムから貰ったものを返していきたいと、アーベルの手をしっかりと握って幼稚舎に戻りながらルカは思った。


　涼しげな木立の間を馬車は優雅に駆けて行く。四頭立ての馬車は四人が掛けられる造りになっていて、ルカとヴィルヘルムは隣に並んで座っていた。間近に感じる自然の息吹に肩の力が抜けてくる。王宮とて十分に開放的ではあったが、馬車での遊行《ゆうこう》は思いのほか気持ちよく、頬が自然と綻んでいった。

「どこか行きたい場所はあるか？」

　ヴィルヘルムがたおやかにルカの方を向く。やや斜めに傾いだ陽光が、彼の頬の産毛を優しく照らしていた。

「いえ。特には」

眩しくてならない。蠟燭の傍らでも日光の下でも、ヴィルヘルムはいつでもけぶるように内側から輝いて見える。

　石橋を渡って街中に入ると、馬車はまっすぐ大通りを進んで行った。石畳を走る車輪の音に加え、後方からザシャが手綱を引く馬の蹄《ひづめ》の心地よい音が聞こえてくる。

　道の両側に建物が現れ始め、ほどなく往来も多くの人々で賑わい始めた。歩道の人々が胸に手を当てて、思い思いに王太子に会えた喜びを伝えてくる。

「ヴィルヘルム殿下、ご機嫌麗しゅう！」

　声をかけながら手を振る若い女性もいれば、老年の男性などは片膝をついて頭を垂れている。ヴィルヘルムは窓越しに手を上げて彼らに応えながら、街の様子をルカに説明してくれた。

「ここは商業地区ゆえ、ケメルスブルクの中でもとりわけ華やかなところになる。各国からの商人も多くいるのでな、ルカには物珍しいかもしれぬ。ああ、ほら、リカオンの民だ」

指差された先を見ると、そこには頭部だけが犬の人がいた。行李《こうり》を背負っているので商人なのだろう。

「わ……犬の人もいるんですね」

「狼《おおかみ》の民だ。隣の大陸から帆船で来ている。気高く真摯で信頼の置ける人々だ」

「あのステッキを持った男の人、うさぎの耳が生えています！」

「隣のリンデンブルクの民だ。我がケメルマイデンの最も親愛なる人々よ」

一帯は商業地区というだけに華やかで、軒先には繊細な切り紙細工のような吊《つ》り看板が掛けられていた。ベンチには青々とした蔦《つた》が絡まっており、人々と小動物とが一緒になって寛いでいる。街のあらゆるところに双頭竜のレリーフや彫像が見られ、金と群青で描かれた国旗とおぼしき旗が、幾旒《りゅう》も雄々しく青空の中をはためいていた。

「あれはケメルマイデンの国旗ですか。あの円の周りは……えと、ソ、ソフィ……」

群青の地は金の枠線で囲まれ、金色の中心円の中に左右を向いた双頭竜がデザインされている。ザシャから聞いた通り右手には宝剣、左手には宝珠が握られていて、円を囲むようにケメルマイデン語が白抜きされていた。

「そうだ。あそこには上智、慈愛、勇健と書かれてある。わが国の理想とするところだ。君は文字を覚えたのだな」

「まだ全部覚えていません。今も最初の文字を読むのがやっとでしたし」

「まだ何日でもないのだから十分立派なことだ。それでなくともケメルマイデン語は難解だと有名なのでな、焦らずともよい」

褒められたことがこそばゆく、ルカは窓へと目を戻した。

「あ、あのお店の水色の宝石、殿下の胸のと同じじゃありませんか」

目に留まった店先を指差したが、もちろんすぐに通り過ぎてしまう。しかし、どうやら貴金属店が集中している場所のようで、すぐにまた同じ宝石を扱う店が現れた。

「どれ」

ヴィルヘルムが身を乗り出し、ルカの側にある窓枠へと手をかけてきた。

もう片手が背もたれに置かれると、馬車の隅へと押し込まれる形になる。不意打ちに深く吸ってしまった彼の芳香に眩暈がしてくる。

「いかにもケメルライトだ。あれは我が国でしか採れない希少な宝石で、ケメルの花粉と鍾乳石《しょうにゅうせき》の結合によってできるものだ」

ルカの唇のすぐ先で、ヴィルヘルムの喉仏が上下していた。

「我々の名のケメルメイアは、『ケメルの護り主』を意味している。ケメルは清浄な水の元でしか咲かぬ。ケメルが健やかに咲く大地を護り続けることが、我々王族の務めであり、何にも勝る誇りなのだ」

彼はいつまで話していてくれるのだろう。

「我々は神のものであるこの地を預かっているだけゆえ、誰よりも我々が国のために身を粉にせねばならぬ。我々が竜に変わるのも、民を支配し脅威に陥れるためではなく、民を庇護し、繁栄へと導いてゆくためなのだ」

ヴィルヘルムの肩から零れ落ちた髪が、ルカの手の甲を撫でてたわんだ。

「ルカ」

指が、痺《しび》れる。

「あの宝石を美しいと思うか」

半ば夢心地で頷いた。

「もしも君が望むのなら、私が持つ最高のケメルライトを君に捧げよう」

吐息がかかる距離で、彼の瞳と同じ色の宝石を捧げると言われ、体ががんじがらめにされたように動かなくなった。

彼の誇りを湛《たた》えたケメルライト。もはやそれはただの光る石ではない。しかし、それでも尚《なお》宝石が必要だとは、ルカにはどうしても思えなかった。

「殿下」

「うむ」

硬い、冷たい宝石はいらないから。

「ぼくには宝石はもったいないです。でも、もしできるなら、ケメルライトが採れる鍾乳洞を……見てみたいです」

柔らかく、濡れたヴィルヘルムの瞳を、できることならずっと見ていたい。

「そうか」

眼前で微笑まれたルカの動悸を知ってか知らずか、彼はそこで窓枠から手を離した。

ヴィルヘルムが片手を窓から出すと、それだけでザシャがぴたりと脇につく。

「お呼びでしょうか」

「行き先を変更する。大聖堂の裏に行ってくれ」

（裏？　表じゃなくて？）

不思議に思ったのも一瞬のことで、疑問はすぐに晴らされた。

「裏と申しますと、殿下」

「うむ」

ヴィルヘルムの口角が優雅に持ち上がる。続いた声音は軽く、ルカにも分かるほど嬉々としていた。

「竜体となって、ロイヒテンヴァルトへ参る」

大聖堂の荘厳《そうごん》さは背面からでも十分知れた。二本の尖塔の間により高い鐘楼があり、その先端には王都を悠々と睥睨《へいげい》している双頭竜の姿がある。

緻密に彫られた象牙色の威容を見ていると、実は巨大な蠟細工だと言われたところで信じてしまいそうになる。太陽の熱によって溶かされ、うねり、完璧な采配で作られた、奇跡の白亜の大聖堂。

芝生の広場には幾人かが寝転がっていたが、ヴィルヘルムが馬車から降りると一礼だけして去って行った。

広場の中心に進んで行くヴィルヘルムとザシャを見ながら、知らず固唾を飲んでしまう。

ザシャは、ヴィルヘルムの装身具と上衣を取って御者に渡し、次に自分の肩に掛けていた布をほどいた。

広げられた群青色の布に隠され、今、ヴィルヘルムの姿は他から完全に遮断されている。

たとえ自然と一体の竜人族といえども、彼の裸身はやすやす晒《さら》せるものではないのだろう。

なぜなら、ヴィルヘルムは王太子だから。

触れがたき、孤高の、ただ一人の王太子。

布の向こうから銀糸のようなものが現れ始めると、ザシャが一歩、また一歩とヴィルヘルムから離れて行く。

風が布を翻したかと思うと、そこには完全に竜体となったヴィルヘルムの姿があった。

髪と同じ銀色の、毛先だけが金の被毛が風に微かに靡《なび》いている。しなやかに伸びた二本の角、美しい陰影を生む筋肉の隆起、気品に満ちた佇《たたず》まい、そして、淡青の虹彩《こうさい》の中で、金の星々の瞬く瞳。

竜の姿のヴィルヘルムは、まさしく神の末裔《まつえい》そのものに見えた。

「ルカ、こちらへ」

急いで彼の元へ駆け寄る。ヴィルヘルムは肘を曲げて伏せると、嬉しそうにザシャに命じた。

「それを私の首に巻いてくれ。ほどけぬようにな」

「殿下に、でございますか？　私にではなく」

ザシャの疑問が手に取るように理解できる。

しかし、ヴィルヘルムの答えは明快だった。

「そうだ。私がルカを連れて行く。お前は馬車とともに宮に帰っていてよいぞ。案ぜずとも、ロイヒテンヴァルトへ行くのに危険はない」

「ザ、ザシャさんに乗るんじゃないんですか？　だって、ぼくが殿下に乗るなんて……」

幾分申し訳ないと思いながら、ルカもザシャに乗って行くものだとばかり思っていた。

アーベルを抱きながらヴィルヘルムの膝に乗ることと、竜体となった彼に乗るのはまた別のはずだ。

ヴィルヘルムは安心させるように囁いてくれた。

「私が君を乗せたいのだ。さあ、ザシャ、急いでくれ。時間が惜しいぞ」

ザシャは手際よく布を結びつけ、ヴィルヘルムに乗るためにルカに手を貸してくれた。

ためらいながらも背に跨《また》がると、被毛の下の靭《つよ》い弾力がルカを頼もしく受け止めてくれる。

「しっかり摑まっているのだぞ。では、いざ我がロイヒテンヴァルトへ」

たたんでいた翼を大きく広げ、ヴィルヘルムは少しの助走もつけずにその場で宙へと浮かび上がった。

羽ばたきの反動で体が後ろに引かれる。ザシャや馬の姿がどんどん小さくなっていく。

ヴィルヘルムが大聖堂の周りを旋回したとき、鐘楼の鐘が時を王都に知らせ始めた。

「大丈夫か？　気持ちいいか」

「はい！　とても」

小さくなった赤茶色の屋根を見下ろしながら、ルカは鐘が六つ鳴るのを耳にした。

広大な敷地を持つ建物が見え、問わなくとも竜の形のそれが王宮なのだとすぐに分かる。あれが東翼宮、あの小さいのが幼稚舎……。

「君は……ザシャを好いているのか」

そう尋ねられたのは、間もなく王都を抜けようかというときだった。

「ぼくが、ザシャさんをですか？　えと、それはどういう……」

彼の言う「好き」の真意が分からず、ルカは答えあぐねた。

ザシャには色々と教えてもらっている。一人の人間としてもちろん好きだが、そんなことを聞きたいのだろうか。

「君から想い人について訊かれたと、ザシャから報告を受けた。変わったことがあれば申すようにと言ってあるのでな」

　布を握る手に力が籠もる。ヴィルヘルムが誤解していることが分かった。

「そ、それは違います。いえ、訊いたのは本当ですけど、ぼくがザシャさんを好きとかじゃなくて……」

　強く否定したが、かといってフェリクスのことを話すわけにいかず、言葉は尻すぼみになった。それをためらいとでも受け取ったのか、ヴィルヘルムが更に言ってくる。

「君はザシャを見たときも『いい』と言っていたし、今もザシャに乗りたかったのではないかと思って」

（ぼくがザシャさんを『いい』って言った？）

　ザシャは確かに男前だと思うが、「格好いい」などとヴィルヘルムに伝えたことがあっただろうか。

　必死に記憶を探った末、ザシャを紹介された折のことを思い出した。腰布を巻いていたルカに対し、ズボンとブーツを履いていたザシャ。

「あ……あれは、ザシャさんの服が動きやすそうでいいなと思っただけです。いい人だとは思いますけど、それ以上の気持ちはなくて」

「真か」

「本当です。今だって、ぼくは殿下に乗れるんだって、すごく……」

　嬉しかった、とはさすがに恥ずかしくて言えなかった。

　触れることを禁じられているからといって、それではヴィルヘルムに触れたかったように聞こえてしまう。

「それならよいのだ」

　ルカの言葉を追及することなくヴィルヘルムは言い、それから会話は自然と途切れた。

　王都の外には畑が広がり、小川の傍らに煙突を備えた水車小屋が見えた。紫色に輝くぶどう畑を越え、牛や馬を放牧している長閑《のどか》な牧場を後ろにして行く。

　しばらく、鳥の目ならぬ竜の視界を堪能していると、前方にそれまでとは比べものにならない大河が現れた。

「わ……！　すごい河ですね」

　空からではなく地上で目にしていたら、海だと思ったに違いない。

「『地竜の尾』と呼ばれている河だ。この大陸で最大の幅と長さを誇る。肥沃な大地の動脈といっても過言ではない」

　大きくうねり流れる深緑色の河は、まさに『地竜の尾』というのにふさわしかった。この国の豊かさを支える大河。神の身から創り出された恩恵。

　大河の向こうには鬱蒼《うっそう》とした森が広がっており、そのまま山の麓《ふもと》に繋がっていた。

　ふと、その森の中に細長い塔が建っているのに気づいて、ルカは何気なく問いかけた。

「あの塔はなんですか」

　削っていない鉛筆のような、針葉樹の森を突き抜けるほどに高い塔だ。周りに他の建物はなく、河にも船着場のようなものはない。翼があればともかく、こんな深い森の中では行き来も容易でないだろう。

「機会があればいつか話そう」

　河川に沿って右へ折れながら、ヴィルヘルムは普段と変わらぬ声で答えた。取り立てて話すほどのものではないのだろう。展望の塔とか、警備の塔とか。

「さあ、もうすぐだから速度を上げるぞ。しっかりと摑まって」

「はい！」

　向かいくる風に、塔のことはそれで忘れた。

　いつしか河の両側が森となり、一帯は河と同じ深い緑色になっていった。そして、段々と緑色が明るくなってきたかと思うと、それはあるところで輝く翡翠《ひすい》の緑に変わった。

「森が……光ってる」

　森ばかりでなく、河も、漂う空気でさえもが、銀粉をまぶしたかのように眩《まばゆ》く光り輝いている。

「ここが我が領土、ロイヒテンヴァルトだ。あの湖の先に鍾乳洞がある。鍾乳洞を見た後に湖畔で休もうと思うのだが、よいだろうか」

　湖は大聖堂のところのものより三倍以上も大きく、辺り一面を青い花が埋め尽くしていた。

「もちろんです。あの青い花はケメルですか」

「そうだ。愛する我が国花よ」

　ヴィルヘルムは更に速度を上げると、湖の上を渡って先に見える山脈へと向かって行った。

　徐々に高度が下がってゆく。目的の場所が近いようだ。

　白っぽい山肌に現れた青灰色の空洞目掛けて、ヴィルヘルムはゆっくり下降していった。

　洞窟の入口は思った以上に大きく、慄きにも似た期待に胸が高鳴ってくる。

「中は濡れていて足場がよくない。このまま入るぞ」

　ヴィルヘルムは翼を広げたまま空洞に入ったが、どんどんと狭まる内部に合わせて体を斜めに傾けていった。

　奥に向かうにつれて光も乏しくなる。夜目がきくのかヴィルヘルムの飛行は揺るがないが、ルカの視界は次第に闇に覆われていく。

　ついに辺りが真っ暗になり、冷たい風に頬を叩かれた。いよいよ道が管のように狭くなったのが感じられ、ぶつからないようにヴィルヘルムの体に顔を埋める。

　体を打っていた風がやみ、ヴィルヘルムが止まったのが分かった。どうやら空中で翼だけを動かしているようだ。

「着いたぞ」

　反響した声に伏せていた顔を上げ、思わず瞬いた。

　巨大な卵形の空洞全体に靄《もや》が漂っている。朝と夜の一瞬の境目に漂う朧《おぼろ》で儚い青い靄だ。

　目が慣れるにつれてそれが靄ではなく、洞窟の内部が自ら発している光なのだと気づいた。

　天井から先の丸いつららのような鍾乳石が垂れていて、元は乳白色であろうその石が、水色から淡緑、ときに目の覚めるような淡青へと色を変えて、まるで青い星のように光を放っている。

「この……光っているのがケメルライトですか」

　大声を出すのがためらわれて囁きかけた。

　水の溜まった奥底にも鍾乳石が輝いており、宇宙を思わせるその青白い空間は、穢《けが》してはいけない神秘的な、聖域とでもいうべき場所に思われた。

「そうだ。まだ採掘できるほどに育っていないが、いずれセデールがやって来れば更に大きくなる」

「セデール？」

「話していなかったか。セデールは『神の使い』と呼ばれている蝶《ちょう》で……ああ、あそこに一匹いる」

　鉤爪が指し示したところには、白い小さな蝶らしきものが止まっていた。

「ケメルの花粉をここまで運んで来るのはセデールなのだ。セデールの分泌液が関係しているのか、他の方法で花粉と鍾乳石を結合させてもケメルライトは作り出せない。そしてまたセデール自身も、湖に沈んで朽ちたケメルの花だけを養分として成虫になる」

　聞きながら、大聖堂の湖を、そしてここに来る途中で見た湖の姿を頭に描いた。

　澄んだ水で育つ花、花を養分にして育つ蝶、そして、蝶の運ぶ花粉から作り出される、美しい淡青の輝石。

「ケメルライトは何も美しいばかりでない。これは樹木と同様に酸素を吐き出して我々の呼気を安定させてくれる。澄んだ水とケメルとセデールと、すべては綿密に繋がり支え合っている。完璧な均衡、素晴らしい循環だと、君もそうは思わないか」

　滔々《とうとう》と言うヴィルヘルムに、本当にその通りだとルカは思った。

　連綿と繰り返される循環、非の打ち所のない完全なる円環。

「はい、本当に素晴らしいと思います。ケメルも、この鍾乳洞も、王都も、人々も」

この国は、すべてが驚くほどに美しい。

ヴィルヘルムが振り向いたので、心の赴くままに微笑みかけると、彼はしばらくの間動かなかったが、不意に「湖に参ろう」と短く言った。

ヴィルヘルムが外に向かって体を翻す。

ルカはしっかり摑まりながら、光り輝くケメルライトを目に焼きつけた。

ケメルの花を踏むのに躊躇《ちゅうちょ》していると、「大丈夫だ」とヴィルヘルムに促された。

「この通り、私も踏んでいるだろう」

湖畔には菫に似たケメルの花が隙間なく咲いており、身を休めようとすれば、どうしてもケメルを踏んでしまうことになる。

かわいそうだと思ったが、ずっと乗っているわけにもいかず、ルカはヴィルヘルムの背中から下りると、せめてもの気持ちでブーツを脱いでから腰を下ろした。

ヴィルヘルムが一息ついたように身を震わせる。

その拍子に背中が毛羽立つのを見て、ルカは気になっていたことを問いかけた。

「体……毛に覆われてるんですね。ぼく、勝手に鱗だと思ってました」

彼は瞬きをしてから、大きな爪先で胸元の毛を掻き分けた。

「鱗だぞ。ほら」

毛の下から引き抜かれた爪先には、鱗が一つ抓まれていた。

差し出されたので手に取ってみると、雫形の白い鱗の上に銀色の毛がみっしりと生えている。やはり毛先だけが金色なので、竜体となったときには銀と金の毛が綺麗に混じって見えるのだ。

何かに似ている、と手の中の鱗を見ながら考え、すぐにそれがなんであるかに気がついた。

冬の間、空に向かって伸びる白木蓮《はくもくれん》の芽、ヴィルヘルムの鱗はそれに似ている気がする。

この木はなんでも知っているのだと、白木蓮を見上げながら何度も考えたことを思い出す。

柔らかそうな毛を纏う芽に触れてみたいと思ったこともあるが、それはいつでも高いところにあって、ルカの手には届かなかった。

「これ、貰ってもいいですか」

唐突に、欲しい、と思った。

返事がないので顔を上げると、人のときと変わらぬ丸い瞳孔のヴィルヘルムと目が合った。

「君は不思議な男だな。輝石はいらぬと言うのにたかだか鱗が欲しいとは」

驚いたようなヴィルヘルムに、ルカの方が驚いた。

「たかが鱗じゃありません。だって、これは殿下の……」

そこまで言ってはっとした。幾ら木の芽に似ているとはいえ、これはヴィルヘルムの体の一部なのだ。もしや自分は途轍もなく畏《おそ》れ多いことを言っているのではないか。

「だ、駄目ならお返しします」

気分を害したのでないかと鱗を差し出すなり、ヴィルヘルムに笑われた。

「返すと言われたところで体に戻るものでもないしな。それに、私にとってはやはりたかだか鱗一つだ。だが、せっかく望んでくれたのだ。少し魔法をかけてやろう」

ヴィルヘルムはルカの手から鱗を抓み上げ、自らの口元に持っていって何やら文句を唱えた。

訳されて聞こえないのでケメルマイデン語ではないか、幼稚舎でも歌はそのまま聞こえてくるので、その類のものかもしれない。

ヴィルヘルムは唱え終わると、鱗をルカの手の中に戻した。

「これをいつでも身につけているように。フェリクスに鎖を通してもらうといい」

「ありがとうございます。魔法……をかけてくれたんですか」

ほんの数週間前であれば、魔法と聞いたところで信じはしなかっただろう。けれどヴィルヘルムが魔法と言うからには、それは魔法以外の何物でもないのだ。

「うむ。魔除《よ》けのようなものだと思ってくれればいい。鱗自体が土に還《かえ》るものゆえ効力は弱いが、少しは君を護ってくれるだろう」

「魔除けって……除けなきゃいけないようなものがあるんですか」

　些か不安になったが、彼は穏やかに微笑んでくれた。

「なに、王宮の中に、もしくはこうして私といれば案ずることはない。それは神の加護のようなものだ。たとえ君がどこにいても……幸せであるように」

　鱗は心なしか先ほどよりも熱を帯びているように感じた。護られていることが手の平から伝わってくる。魔法が使えるだなんて、彼は本当に竜神の血を引いているのだろう。


　そんなことを思っていると、白い蝶がひらひらと飛んできて、鱗を握り締めるルカの手の上に止まった。

「ほう……珍しいことがあるものだ。セデールが人に止まるとは」

　鍾乳洞ではただの白い点に見えた蝶を見てみれば、その翅《はね》は白木蓮の芽よりもヴィルヘルムの鱗にそっくりだった。ルカの知っている蝶とは趣が違うが、金の鱗粉《りんぷん》に彩られたその美しさは格別だ。

「そうなんですか？　でも、殿下にもたくさん止まってますけど……」

　いつの間にか、ヴィルヘルムの手や背中には何匹ものセデールや鳥が止まっていた。

「この姿の私は彼らにとっては止まり木のようなものだからな。自然と同じようなものだといえばいいか」

　鉤爪でさえセデールにとっては枝と同じということか。

ヴィルヘルムの持つ大らかな雰囲気と自然の姿とが重なり合い、ルカはセデールを驚かせないように静かに頷いた。

「殿下が自然と同じようなものだって、よく分かります。心地よくて……セデールもきっと落ち着くんでしょうね」

「君に止まっているセデールも同じ気持ちだと私は思うが？」

そうなのだろうか。

もしそうならば、セデールはルカの中にも自然の息吹を見出《みいだ》していることになる。

俄《にわか》に自分とヴィルヘルムが近しいもののような気がして、それが誇らしいと同時に気恥ずかしく、ルカは慌てて話を逸らした。

「ゆ、指、五本なんですね」

「うむ？　王の直系は五爪《そう》だからな」

ザシャの指は四本だった。王太子だからか、と思いながら、自らを落ち着かせた。

午後の陽射しは明るく湖面を照らし、風は穏やかにケメルをそよがせていた。

その風に、いい匂いだと思いながら、ずっと言い表せなかったヴィルヘルムの香りが何かと知る。

爽やかで、落ち着いていて、萌《も》ゆる緑を潤わせる、ヴィルヘルムからは、翡翠の森の中の湖と同じ匂いがする。

「君は、優しいのだな」

突然言われて呆気に取られた。

「な、なんでですか。そんなことないと思います」

「君は私が苦しくないように、常に手綱を加減しながら持っていただろう。そういう気遣いは伝わるものだ。それに、今セデールが止まったことではっきり分かった。君には悪意というものがない。君が子供たちに好かれるのもそれが理由なのだろう」

「『それ』って」

自分に悪意が本当にないのか、何を持って悪意というのかもはっきりと分からず、うまく返事ができなかった。だが、それが理由で子供に好かれるとはどういうわけか。

「動物や子供は本能で嗅《か》ぎ分ける。自分の身を護ってくれる相手かどうか、決して自分のことを傷つけない相手かどうか」

「ぼくは確かに子供を傷つけようと思ったことはありません。でも、そう思うのはぼくだけじゃないでしょうし、それに、それが誰かに好かれる理由にはならないと思います」

「なぜそう思う？」

　ためらいつつ打ち明けた。

「施設の保育士さんとか学校の先生は親切にしてくれましたけど……ぼくは友人も少なかったですし、話したこともないのに嫌がらせを受けたこともあるくらいで」

　ヴィルヘルムは少し考えるように黙し、それから言った。

「美しい無垢さというのはある人々を強烈に惹《ひ》きつける一方で、ある人々からは激しく忌み嫌われるものなのだ」

　この場合の「無垢さ」というのは「悪意がない」というのと同義なのだろう。それは分かるが、しかし。

「どうしてですか。無垢だと嫌われるなんて」

　無垢、という言葉からは、純粋さや素直さが連想されるのに、なぜそれが誰かに嫌悪されるのか。

「分からぬか」

　困ったように笑うヴィルヘルムに頷くと、すぐに答えが返った。

「それが分からぬというのは幸せであり、また、ひどく残酷なことでもある」

　予想もしていなかった言葉が胸に突き刺さる。

　自分の生い立ちを残酷だとは何度も思ったが、自分を残酷だと思ったことはなかっただけに衝撃を受けた。

　だが、彼がこう言うのは何もルカを傷つけるためではないだろう。彼は恐らく同情や憐《あわ》れみを取り払ったところで、ルカという一人の人間を真摯に見つめてくれているのだ。

　そう思ったからこそルカは尋ねた。

「殿下はぼくのことを残酷だと言うのに、それでもぼくには悪意がないと言うのですか」

　ヴィルヘルムは空の彼方《かなた》を見やると、祈るように目を閉じた。

「本当の悪意というのがどんなものなのか、君にも分かるときがくるかもしれない」

　ヴィルヘルムが仰いだ先を追って、青い空へと目を向ける。

　雲も、鳥も、他には何もなく。

ただそこには空があった。

「自分の中に悪意がないのか、本当に自分が優しいのか、ぼくには分かりません。でも、ぼくなんかよりずっと、殿下の方が優しいと思います」

　謙遜をしたわけでもおもねったわけでもなく、本音を伝えると、ヴィルヘルムが嘆息した。

「もしも私が優しく見えるのなら、それはそうあろうと努めているからだ」

　静かではあったが、その声からは微かな苦渋が感じられた。

「君の心根には憎悪がない。たとえどれだけ追い詰められようとも、君が心の底から誰かを憎むことはないのだろう。だが私は己の心の嵐を知っている。大切な者が傷つけられようものなら、私は自分の怒りを抑えることができない」

　どれだけ怒りを制御しようと思っても、自分自身でもどうにもならぬ――。

　怒りに身を任せるヴィルヘルムを想像することは難しかったが、それはきっと事実なのだろう。

「あの、こんなこと訊いてすみません。でも、もしかして怒りを抑えられなかったのは……」

　遠回しな訊き方にもかかわらず、ヴィルヘルムは頷いた。

「ララから聞いているかもしれんが、アーベルは一年前にファルキニアの民に攫われた。そのとき私はもう少しで、ファルキニアの都を丸ごと一つ焼き払ってしまうところだった」

　明らかにされた事実に胸が揺すぶられる。焼き払うという物騒な言葉が彼から出たことにうろたえた。

「父が止めてくれたからよかったものの、そうでなければ私は、幾万の罪のない人々を殺してしまうところだったのだ。これで私のことをもう優しいなどとは思わないだろう？」

「そんなことは……」

　咄嗟に首を振った。

「だって、結局は焼かなかったんですよね。それに、元はといえばアーベルを攫った人が悪いんですし」

「連鎖する悪において、源だけが悪いということはないのだ」

　もう首も振れなかった。ルカがどう言おうと、彼が自身の行為を是認することはないのだろう。

　それでもヴィルヘルムの激昂には確たる理由があったのだと思い、ルカは踏み込んだ。

「殿下がアーベルを取り戻したんですか」

　その日のうちにアーベルは助け出されたとララは言っていた。

「いや、罪人を捕えてアーベルを救ったのはファルキニアの帝国軍だ。知らせを受けて、私はまっすぐファルキニアに乗り込んだからな。単独犯とはいえ私の剣幕に皇帝も軍を動かさざるを得なかったのだろう」

「単独犯？　一人だったんですか」

「そうだ」

　アーベルは第二王子だから、他国とはいえ軍が動いたところで不思議はない。しかし、何か腑《ふ》に落ちないものを感じて、ルカは首を捻《ひね》った。

「犯人は……何が目的でアーベルを攫ったんでしょうか。たった一人で王子を攫うなんて……あまりに無謀すぎる」

無論、組織的に計画された誘拐でなかったからアーベルは無事だったともいえるので、そこを問題視するのは間違っているのかもしれないが。

「追い詰められていたのだろうな。我が身の前途も忘れるほどに」

「追い詰められて？　どういう意味ですか？」

ヴィルヘルムは湖の方を見て、それからルカに顔を戻した。

「身内に今にも死にそうな重傷の者がいたのであろう。アーベルは私同様に王の血を引く者、傷を治癒する力を持っているゆえ」

「傷を……治癒する力？　それは『術』とかそういうことですか？」

ルカを召喚したのと同じような、そんな魔術みたいなものだろうか。

「いや、そうではない。我々の体液、つまり血や涙や汗には、生まれつき外傷を治す力が具《そな》わっているのだ。だからこそ、この体液……肉体を狙う輩はあとを絶たない」

寒くもないのに鳥肌が立った。体液で傷を治せるというのも驚きだったが、それ以上に彼らを取り巻く危険を思うと身が震えた。

ヴィルヘルムに触れてはいけないのは、何も身分からだけではなかったのだ。親しげな顔をして近づいて来て、その血を求める者が果たしてこれまで一人もいなかったか——。

そのとき頭に閃《ひらめ》くものがあった。

「もしかして、風太の傷も……」

車に轢《ひ》かれて瀕死の状態だった風太。オーティスが二時間と経たず治したと言っていたが、それが彼らの「力」によるものなら納得がいく。

「……そうだ。叔父上が血を与えて傷を治した」

「そうだったんですね……。だけど、輸血をして……オーティス殿下は平気だったんでしょうか？」

「指先を切って口に含ませただけだ。我々は怪我もすれば痛みも感じるが、それもすぐに治ってしまうのでな」

　ルカはフェリクスに預けてきた風太のことを思い出しながら言った。

「殿下たちのことを考えれば、その力を持っているのはいい面ばかりじゃないことは分かります。でも、オーティス殿下には感謝の言葉しかありませんし、傷が治せるなんて……本当に奇跡みたいな、すごい力だと思います」

「奇跡などと、それほどのものではない。我々は病を治すことも……心の傷を癒すこともできぬ。治せるのは外傷だけだ」

　その言い方はまるで、病や心の傷を癒したかったと言っているように聞こえた。

　アーベルを、または彼の母を思い出していたのかもしれない。

　陽射しは燦然と明るく、まだ帰る時間を気にする必要はないようだった。

　もう少し、どんなことでもいい。

　彼のことを、もっともっと知りたかった。

「殿下は……小さい頃はどんな子だったんですか」

　ヴィルヘルムは優しく微笑んだ。

「私の母のことは何か聞いているか？」

「……早くに亡くなられたということは……」

　さすがに立ち入ったことだったかと俯くと、背後から回された何かに優しく顎を持ち上げられた。ヴィルヘルムの翼の先端だ。

「何も俯くことはない。私の子供時代は恵まれていた。確かに母は私が生まれて数日で亡くなったが、代わりに叔母上が実の母のように私の面倒を見てくれた」

　大きな翼に後ろから包まれ、心地よさと緊張に身を小さくしながら尋ねた。

「叔母上って、オーティス殿下の……」

「そうだ。ソフィアだ。……ルカも宮で会ったな」

　ソフィアの顔を思い出しながら頷いた。金髪で灰色の目をした、綺麗な顔立ちの女性。

「ソフィア様が殿下の面倒を？」

「うむ。そのときはまだ叔母上に子がなくてな。今の母、つまりアーベルたちの母が来るまでの八年間、私は叔母上から惜しみのない愛情を与えられて育った。四つの頃までは叔母上が母だと思っていたから、事実を聞かされたときはそれなりに衝撃ではあったが」

ヴィルヘルムは物静かに、かつ一つ一つの言葉を噛み締めるように語った。

「そして新しい母もまた、私を邪険にすることなく愛してくれた。二人の妹も今は外に勉学に出ているが、どちらも気立てのよい姫たちだ。ゆえに私は何も悩むことなく育った、と言いたいところだが」

一転した口調に懸念が生まれる。これまでの会話に出てこなかった人物がいる。

「国王陛下……お父様とは……」

関係がよくなかったのだろうかと思ったが、それは杞憂《きゆう》のようだった。

「父との仲も悪くない。この頃は父の考えが読めずにやきもきさせられているが、私は父王を尊敬しているし、険悪になったという記憶もない。ただ、私の髪を見ると母を思い出すのか、少し懐かしそうな顔をするのが切ないといえば切ないな。父からしてみれば私は、愛する妻を奪った憎い男に違いないから」

「そんな……！　お母様が亡くなったのは病気のせいだって聞きました。殿下のせいじゃ……」

宥めるように、翼の先で顎を撫でられた。

「もちろん、それが少年期の私の感傷だったことは理解している。誰も私を責めることなく、同情すらしてくれた。だが捻くれていた私は、それらの愛を素直に心の底に沈めることができなかったのだ」

「愛を……心の底に？」

沈めるという響きが耳に残った。愛とは、沈めてしまうような密やかなものではないように思う。

「そうだ。本物の愛……無償の愛は、ささやかな日常の中でこそ培われる。愛を与えられていると気づくこともなく、日々少しずつ心の奥底に沈み込むのが愛なのだ。それは重なり合って層となり、やがて愛される自信と自尊心の土台となる。だが、私は愛を与えられていたのに、自ら心に蓋をしていたのだ。今でもときどき思うことがある。私が生まれなければ母は生きていたのではないかと。私など……生まれなければよかったのではないかと」

　思わずヴィルヘルムの鼻先に身を近づけて、ルカは必死に首を振った。

「そんなことはありません！　殿下が生まれなければよかっただなんて……そんなことは絶対にありません。生まれなければよかった人間なんてどこにもいないんです！　誰にだってきっと生まれてきた意味があって、殿下のお母さんだって、きっと、きっと、殿下を産んで嬉しかったはずだ……！」

　いつしか肩で息をしていた。ヴィルヘルムは黙ってルカのことを見つめていた。

彼の鏡のような瞳の中に、真剣な表情のルカ自身が映っていた。

「そうだな。では、これからは私もそう思うようにしよう」

　ヴィルヘルムが微笑み、瞳の中のルカが消えた。そうされて初めて、彼の思いに気づいた。

（殿下はぼくに……ぼく自身の口から、この言葉を言わせるために？）

　ケメルの上についた手が震える。自ら発した言葉に体が熱く震えていた。

　生まれてこなければよかった、と。

　いつだったかそう零したのは他の誰でもなくルカだった。

　ヴィルヘルムはそれを覚えていたのだろう。けれど、彼がルカのことを慰めたり、諭したりするようなことはこれまで一度もなかった。

　だが、今ヴィルヘルムは導いたのだ。

　ルカが心の蓋を開くように。

与えられてきた愛に気づき、生まれてきた意味を探し、自分は生まれてきてよかったのだと、そう、心の底から思えるように。

ルカを拾ってくれた人がいた。育て、護り、支えてくれた施設の人たちもたくさんいた。

足りないものを求めるばかりで、与えられていた数々の愛情を、今までどれだけ自分は見落としてきたのだろう。

（殿下……）

俯くと涙が零れそうになって、ルカは目元を拭った。ヴィルヘルムの顔が見られない。今見れば、きっとみっともなく甘えてしまう。

「ここは、私しか知らぬ秘密の寝床でな」

ヴィルヘルムは、ルカの顔を隠すように翼で覆った。

「前方の森は狼が、後方の山は熊が護ってくれている。私は一人になりたいときはここへ来て、束の間何も気にせず昼寝をするのが楽しみなのだ。今日も少し寝てゆくとしよう」

重ねた両手の上に首を乗せ、ヴィルヘルムは静かに瞼を閉じた。そして、翼を使ってルカを抱き寄せ、自らの脇腹に寄りかからせる。

温かな被毛に体が埋もれて、閉じていた心の蓋が壊れるように、涙がどっと溢れ出た。

ヴィルヘルムの体に顔を押しつける。

幸せで、幸せすぎて、涙を抑えられなかった。

これほど温かな人を知らなかった。これほど優しく抱かれたことはなかった。

すべての憂いを取り払い、呼吸に波打つ体に何度も頬を擦り寄せる。もう離れたくない。ずっとこのままでいたい。ルカを受け止めてくれる無償の温もり。愛溢れる竜の王子。

涙でぼやける瞳の中でケメルが揺れる。

泣き疲れでもしたようにまどろんでいると、夢を見ずにはいられなかった。

もしも父に抱かれたなら——母の腕で眠ることが

あったなら――こんな気持ちだったのだろうか。

「殿下……」

うわ言のように呟くと、ヴィルヘルムが「なんだ」と答えてくれた。

「ケメルの花言葉は……なんですか」

ヴィルヘルムの誇り、循環と浄福の証の花。

そこに込められた――秘められている言葉を知りたいと思った。

愛だろうか、それとも夢だろうか。

「永久の」

とヴィルヘルムがそよ風のように囁いた。

「希望だ」

風が空へと舞い上がる。塵《ちり》も、澱《おり》も、これまでのすべてが溶けて吸われて流されていく。

（父さん……。母さん……）

――殿下。

愛と希望の褥《しとね》に包まれながら、ルカはそのまま至福の眠りに落ちていった。


自分が恋に落ちたと気づくのは、涙を落とした瞬間だと思う。

彼のことしか考えられない。微笑むときの目の細め方、何かを考えるときの眉間の皺、いつでも梳《す》いたばかりのような髪、抱き締めてくれるときの腕の強さ。

彼のことを思うと顔が熱くなって、次に会うのが待ち遠しくて、顔を見たくて、声を聞きたくて。

会いたくて、恋しくて、そしてふと涙が落ちる。

会いたいのに会えない。会えなくて苦しくて堪らない。彼は今何を考えているのだろう。少しはこちらのことを考えていてくれるだろうか。

「熱でもあるのかの？　顔が赤いようじゃが」

ライナーの声に現実に立ち戻った。

首を振ると涙が零れそうになって、急いで何度も瞬きした。悲しくもないのに感情が昂《たかぶ》ってどうにもならない。恋がこんなに大変だなんて知らなかった。

「だ、大丈夫です。本当になんでもないです。すみません」

ホールから続く廊下を入るとすぐに厨房がある。庭仕事の合間にそこで一休みするのが習慣になっていて、王都に行った翌日、やはりライナーと水を飲んでいたところで顔の赤さを指摘された。

たとえ相手がライナーといえども本当のことを言えるわけがない。まさか、王太子に恋をしました、なんて。

自覚をしたのは今朝目覚めてすぐだった。目を開けて、横たわったままヴィルヘルムのことを考えて、涙が一筋こめかみを伝ったとき、彼に恋した自分を知った。

「殿下と出掛けて少し緊張したのかもしれんのお。ま、くれぐれも無理はせんようにな」

心配してくれたライナーに頷き、しっかりしなければいけないと思った。仕事の手を抜いたつもりはないが、手元が疎《おろそ》かになっている可能性はある。また失敗をしてみんなに迷惑だけはかけたくない。どうすればこの気持ちが治まるのか、それは少しも分からないけれど。

「さ、わしはもう行くが、おぬしはもう少し休んでいったらええ」

「ぼくも行きます」

ライナーの後をついて厨房を出ると、ホールの方から風が流れてきた。そして、重々しく開いていく正面扉から入って来た人たちを見た瞬間、目がそこに釘《くぎ》づけになった。

「リディア様じゃな。なんとおいたわしい……」

入って来たのは確かにオーティスの娘リディアだったが、彼女はヴィルヘルムに抱きかかえられていた。階段へ向かう彼の後ろを、リディアの母ソフィアが悲痛な面持ちでついて行く。

「もしかして……リディア様はご病気なんですか？」

ヴィルヘルムがリディアを抱く姿に胸が騒いだが、それよりもライナーの口振りが気に懸かった。

ルカがリディアと挨拶を交わしたときも、彼女はオーティスに抱きかかえられていた。あのときは単に具合が悪いのだと思っていたが、この様子はただごとではない。

案の定、ライナーが伝えてきたのは悲しい事実だった。

「お若くていらっしゃるのにご病身での、もう医師の手にも負えんのだそうじゃ……。臥《ふ》せってばかりではよくなるものもならないと、時折殿下がああして連れて来られるのじゃが」

まさかそれほどの大病とは思っておらず絶句した。オーティスやソフィアは当然のこと、ヴィルヘルムの気持ちを思うと胸が塞がれる。

「そう……ですか。すみません。辛いことを訊いて」

ルカがようやくそれだけを言うと、ライナーは洗うように顔を拭った。

そして、それから続けられた言葉は、ルカにとってまさに青天の霹靂《へきれき》といってよかった。

「リディア様がお元気でいらっしゃったら、殿下のお妃《きさき》にという話もあったんじゃがの……。今も殿下がどなたも召されないのは、もしかしたらリディア様を思ってのことなのかもしれん……」

頭の中が真っ白になったのは一瞬で、その不気味なほどの白さはすぐに激しい吹雪に変わった。

不意に昨日のヴィルヘルムの言葉が蘇る。

「病も心の傷も癒せぬ」と言った、あのとき彼は、リディアを思っていたのではないだろうか。

リディアの儚げな姿が幾度も眼球にぶつかってくる。

ヴィルヘルムの妃になるはずだった人。

彼が——愛しているかもしれない人。

「ルカ様！」

走って来たフェリクスに突然呼ばれ、呆然としながら彼を見た。フェリクスはいつになく切羽詰まった顔をしている。

「恐れながら急ぎご支度願います。陛下が……マリウス国王陛下がルカ様をお呼びでいらっしゃいます！」

「国王……陛下が？　ど、どうして……」

　いったい何事が起こったのかと狼狽《ろうばい》せずにいられなかった。

「分かりかねますが……国王として忽《ゆるが》せにしてはおけぬ事態ゆえ、一刻の猶予もならぬと……」

　先ほどから色々な人がルカの前を横切り、そうして次々爆弾を投げ落としていく。

　抗えない大きな渦の中に飲まれていくのを感じながら、ルカは重い気持ちでフェリクスの後ろをついて行った。


　湯浴みをし、以前着せられていた後ろボタンの服と腰布を身に纏った後、フェリクスに髪を整えられながら考えた。

　国王はどんな用件でルカを呼んだのだろうか。召喚されたルカに国王が会いたいと思ったところで不思議はないが、なぜ二週間以上も経ってからと正直思わなくもない。

　ルカ一人が呼ばれたのだろうか。ヴィルヘルムは一緒ではないのか。

　心細さからそう思ってしまったが、すぐにその考えを打ち消した。

　ヴィルヘルムがルカと行くはずがないのだ。彼は今リディアと一緒にいるのだから。

　フェリクスの足元ばかり見ているうちに、いつの間にか主殿の中の大きな扉の前に着いていた。

　扉の両脇に物々しい衛兵が二人ずつ立っている。

「ルカ様、私は謁見の間にご一緒することはできません。陛下の御前に出られましたら、私がしていたように片膝をついて右手を胸にお当てください。陛下がよいと仰るまで、面を上げることも目を合わせることもなりません」

　真剣な顔で説明してくるフェリクスに、国王というのがどれだけ遠い存在なのか思い知らされた。ヴイルヘルムはいずれその国王になるのだ。

「分かった……ありがとう」

フェリクスが合図を送ると、衛兵たちが扉を開けた。

一人の騎士について中に入るなり、あまりの威圧感に押し潰されそうになる。息が苦しい。緊張から手足が冷たくなってくる。

広いということはなんとなく分かるが、悠長に周りを見渡せるはずもなかった。

騎士が立ち止まったところで片膝をつくと、ほどなく、脇の扉が開いて誰かが入って来るのが分かった。顔を上げられないのではっきりとは分からないが、二人が前方に腰掛けたようだ。

重苦しい沈黙が続く。それはあくまで感覚でしかなかったが、入って来た人物——恐らくは国王に観察されている気がして、身動《みじろ》ぎ一つできなかった。

「面を上げよ」

体が思うように動かなくて、言われてからたっぷり十秒ほどしてから顔を上げた。

五メートルばかり離れた壇上で、王が玉座に腰掛けている。対を成して座っているのは王妃だろう。国王が六十歳に届くかと思われるのに対し、王妃はまだ四十歳を越えたくらいに見える。

見られていると感じたのは当たっていたようで、王はルカの顔をじっと見つめ、彼の方から目を合わせてきた。

兄弟というだけあって、オーティスとよく似ているが、王の髪には白いものが多く混じっており、瞳も黒ではなく緑色だ。アーベルと同じ、宝石のような緑色の瞳。

「汝《なんじ》がヴィルヘルムが執心しているという異邦人か」

問いともつかない言葉に頷くこともできなかった。異邦人には違いないが、ヴィルヘルムが執心しているというのが分からない。

「名は」

「ル、ルカです」

どもってしまったが、大きな声で言ったのが幸いしてか、王は微かに頷いた。

「よい名だ。『光』か。名前の通りよい目をしている。地獄を見たことのある者の目だ。だが、地獄の血の池に染まらなかった者の目だ。ヴィルヘルムが手放すのを惜しむわけよ」

王がそこで笑ったわけが、ルカには分からなかった。

王は具合を確かめるように玉座に座り直し、それから言った。

「『なんとかしてくれ』とオーティスのやつに泣きつかれたのだが、さて、どうしてくれよう」

（オーティス殿下？）

こわごわと王を盗み見ながら考えた。オーティスが何を頼み、それがルカとどう関係しているのか。

王の上にオーティスを重ね見ているうち、ようやく呼び出された理由が分かった。

東翼のホールでオーティスとソフィアに会ったとき、別れ際にオーティスが「王に会う」と言っていやしなかったか。それが何を意味するのかあのときは分からなかったが、オーティスは国王の命令という大義名分のもと、ルカを彼の宮へ連れて行こうとしているのだ。

恐らくこの国で王の命令は絶対なのだ。たとえヴィルヘルムであってもそれに逆らうことはできない。どれだけヴィルヘルムがルカを離さないと言ったところで、もしも王が命じたなら、ルカは今すぐにでもオーティスのところへ行かなければならないのだ。

唇が震えるのを止められなかった。自分がいたいと望めばずっとヴィルヘルムと一緒にいられるのだと思っていた。

ここから連れ出されたらどうすればいいのだろう。なぜそれほどオーティスはルカを宮へと呼びたいのか。竜現祭？　きっとそうだ。何か役目があると言っていたから、その練習でもするのだろうか。ならば、それが終わればここへと帰してもらえるだろうか。だが、役目が終わったらルカは用なしだ。そうなったらヴィルヘルムがルカをここに置いてくれるかは分からない。

いや、違う。そもそもヴィルヘルムはルカを元のところに帰したいと思っている。

彼は優しいからルカがこの国にいたいと言えば置いてくれるかもしれない。だからといって、いつの日か彼が王になれば、これまでのようにルカがやすやすと口をきくこともできなくなるのだ。

抱き締められるどころかきっと目を合わせることもできなくなる。

ルカはいずれ必ず、ヴィルヘルムと王妃を、遠くから眺めているしかできなくなるのだ。

「……っ」

堪らず奥歯を噛み締めた。自分の立場がこれほど危ういとは思っていなかった。

ヴィルヘルムを信じていた。彼がいてくれたから、自分は、もう何も心配することはないのだと。

「……まあよい。ヴィルヘルムがこれほど我を通すのも珍しいこと。あれはごく幼い頃から人間ではなく王太子だった。たまには父らしくあれの望みをきいてやってもいい……」

「人間ではなく王太子」という言葉に胸を貫かれ、思わず王の瞳を直視してしまった。揺らぎのない瞳が恐ろしいを通り越して悲しくすら感じられる。

ヴィルヘルムの実の父親であるはずなのに、どのような形であれ息子を「人間ではない」と言い切る彼が、ルカにはひどく冷酷に、或いは歪《いびつ》に思えて仕方なかった。

同時に初めて理解する。ヴィルヘルムが背負っているものの重さを。彼がどれだけ独りなのかを――。

「終《しま》いだ」

その言葉を最後に余韻を残さず王は出て行った。

どうやらオーティスの宮には行かずに済んだようだが、ルカは打ちのめされた気分のまま、泥濘《でいねい》の中を行くかのように部屋に戻った。

朝方ヴィルヘルムに恋をしている自分に気づいた。そして、それからほんの数刻後、彼への恋心がどれだけ不毛なのかを思い知らされた。

　分かっていたはずだった。ヴィルヘルムが王太子なことも、いつかは結婚することも、全部全部分かっていて、それでも彼に恋せずにはいられなかった。

　気持ちを止めることなど無理だった。自分ですらいつ恋に落ちたのか分からなかった。日々の中で、少しずつ彼の優しさが心の底に沈み込んで、そうして気がついたときには、体全部がヴィルヘルムでいっぱいになっていた。

　昼食が喉を通らなくてフェリクスに心配されたが、どうして理由が告げられるだろう。なんと言えばよかったのだろうか。自業自得？　身のほど知らず？自分が愚かすぎて泣くに泣けない。

　幼稚舎の仕事をしているときだけはヴィルヘルムのことを考えずに済んだ。子供に何かあったらと思うと気を抜けなかったし、実際他のことを考えている間は少し楽だった。

　人はこうして働きすぎていくのかなと、そんなことを考えているうちに日が暮れ、剣の時間になった。

「おい、どうした？　調子でも悪いのか？」

　薄闇の中、眉を顰めてザシャが訊いてくる。

「いえ、そんなことありません。大丈夫です」

「大丈夫って顔色じゃねえだろう」

　顔色を見るように、顎に手をかけて上を向かされたが、さり気なく横を向き、ザシャの手から逃れて笑った。

「本当に大丈夫なので……よろしくお願いします」

「……じゃあ一応やるけどな。今日は軽く打ち合いをして終わりだ。絶対に無理すんなよ」

　ザシャが渋々といったように剣を渡してくる。三日月の光を映した剣を受け取り、いつものようにザシャと向き合った。

　ザシャが剣を振り下ろしてきたので、覚えた通りに横倒しにした剣で受け止める。力技で押し返せないので剣を滑らせて払い除《の》け、ザシャの脇腹目掛けて間を置かずに突き入れる。

　体は機械のように淡々と動いた。無心になってひたすら剣を追いかけていると、刃先に反射した光が一瞬リディアの金髪と重なった。

ホールで見かけたのを最後にヴィルヘルムとは会っていない。

　彼はリディアをどこへ運んだのかと思うと、もうそれだけで駄目だった。

　いつもルカとアーベルを抱いているあのベッドだろうか。リディアはあそこに寝ているのだろうか。優しいヴィルヘルムのことだ、彼女の傍から離れなかったに違いない。髪を撫でて、その手を取って、彼女の回復を心から祈ったのに違いない。

　彼の手の温かさが想像できる。ヴィルヘルムがどれほど優しく人を撫ぜるか知っていた。

　あの手が彼女に触れている。瞳が彼女を映している。昨日はルカに向けられていた手が、瞳が、ヴィルヘルムの心が。

　今は彼女だけに――愛しいリディアに向けられている。

「おいっ……！」

　芝生に背中を打ちつけると同時に、胸に鈍い痛みが走った。仰向《あおむ》けに倒れたルカに覆い被さったザシャが、奥歯を噛み締めて低く呻いている。

　血の匂い。遠くなる意識。何が起こったのだろう。

「ルカ！」

　朦朧《もうろう》としながら空を仰ぐと、ヴィルヘルムが上衣を脱ぎ捨て、翼を出して部屋の窓から飛び降りて来るのが見えた。

　ザシャがルカの肩口に当てていた手を庇いながら身を起こす。横に切れたその左の手の平を見た瞬間、彼がルカに向けた剣を自らの手で受け止めたのだと分かった。

　痛みからではなく唇が強張ってくる。自分は何をしたのかと思った。

考え事をしていた。剣を見ていただけだった。ザシャが打ち込んでくると分かっていたのに、胸の前で構えた剣に、少しも力を込めなかった。

そのせいで。

「ルカ、しっかりしろ！　今すぐ治してやる」

自分の体を傷つけた上、庇ったザシャをも傷つけた。

「殿下っ！　申し訳ございませんっ……」

ルカを抱き上げたヴィルヘルムの傍らで、ザシャが膝をついて頭を下げた。傷つき、血を流しているというのに、震える手は硬く握り締められている。

「……部屋の前で待っていろ」

ヴィルヘルムはザシャを一瞥《いちべつ》もしなかった。

「ザシャさ……すみま、せ……」

言い終わる前に、ヴィルヘルムに抱えられた体が部屋に向かって浮かんでいく。

窓へと戻ったヴィルヘルムは、ルカをまっすぐベッドに運んだ。

部屋のどこにもリディアの姿はなく、残り香のようなものも感じない。

ベッドにルカを寝かせると、ヴィルヘルムが注意深く、だがためらいなく覆い被さってくる。

彼の意図が分からず、瞬くことしかできなかった。

ヴィルヘルムがルカの上衣に手をかけ、ゆっくりと捲り上げてくる。その手が肌をなぞった瞬間、ルカは細い声を上げていた。

「すまぬ。痛かったな。少しだけ辛抱してくれ」

そう言う彼の方が傷を負ったかのように顔を歪《ゆが》めている。傷を治してくれようとしているのが知れたが、ルカは咄嗟に首を振った。

分からなかった。

ヴィルヘルムがどう治すつもりなのか、自分が声を上げたのは、傷が痛かったからなのか。

喉元まで服が捲られると、左の鎖骨の下から右の胸にかけて斜めに切れた傷が露わになった。

ヴィルヘルムが上体を屈める。

胸に熱い吐息を感じた。

傷の上に舌を這《は》わされ、ルカは愕然として目を開いた。

「殿下っ！　待っ……」

肩に手を置いたが体が痛んで押し返せない。

その間もヴィルヘルムは舌の腹を、ときには舌先を使って丹念に傷口を舐め上げてきた。

体が細かく震えてくる。それはすぐに激しさを増した。

彼の舌が乳首に——傷のすぐ上にある乳首に触れるたび、そこから切ない疼きが生まれ、荒波のように肌を揉《も》んでいく。

「ん……あっ……！」

突如、腰から突き上げるような痺れを感じ、ルカは背中をのけ反らせた。

「やめ……やめてくださいっ！　殿下、や……！」

痛みをこらえてヴィルヘルムを押すが、彼の体はびくともしない。せめて舌から逃れるように身を捩ったが、逆に右手を頭上に押さえつけられた。

乳首を弾かれるたび、顎が打たれたように持ち上がる。他人に触れられたことは元より、そんなところを自分でいじったこともなかった。

だけど知っている。この甘やかで凶暴な感覚がなんなのか。

ヴィルヘルムの舌は止まってくれない。唾液をたっぷりと絡ませた舌で何度も傷口を、乳首をつつくように舐められる。

「お願いですからっ……殿下、離してっ……や……いやです……いやだっ……！」

自由な左手でとうとうヴィルヘルムの胸を叩いた。

「静かにせぬか！」

いきなり鋭く叱りつけられ、体が瞬時に竦み上がった。

切羽詰まったようなヴィルヘルムが、真剣な瞳で見下ろしてくる。

「ここが一番傷が深い。暴れると余計に傷が開いてしまう」

視線を合わせてしまうと、もう抵抗できなかった。

彼は傷を治そうと必死なのだ。

ヴィルヘルムがふたたびルカの胸に舌を押し当ててくる。抵抗をやめた代わりに下唇を強く噛んで、枕に横顔を埋めて体を硬く強張らせた。

今だけは何も感じたくなかった。

これは手当てなのだと思おうとした。けれど、熱い舌が動くたびに、体はそれまで以上に何度もびくびくと跳ね上がった。

汗が噴き出してくる。腹の底が重くなる。

ルカは微かに腰を捻ると、震える拳でやるせなく兆した自身を押さえた。

「ひっ……う、う……」

恥ずかしくてたまらなくてしゃくり上げた。

ヴィルヘルムを冒瀆《ぼうとく》している気すらした。

彼に気づかれただろうか。みっともないと思われただろうか。

彼は懸命に傷を治してくれようとしているのに、それなのに、自分は。

舌が少しずつ胸から鎖骨に上がっていく。しかし、今度はヴィルヘルムの髪が乳首をくすぐり、ルカを余計に追い詰めた。

（も……いやだ……）

胸が激しく上下する。涙で視界がぼんやりと滲む。

ヴィルヘルムの触れたところが溶けて崩れてしまいそうになる。

血と、ヴィルヘルムの匂いと、せり上がってくる陶酔とに頭が揺れてくる。

びく、びくと揺れる腰が、限界の近いことを教えていた。

「ひ……あ……」

鎖骨にあった舌が離れたのは、あと少しでも触れられていたら潤んでしまう、そんな際どいときだった。

「あ……」

無言で体の上から退《ど》かれ、息を上擦らせながら彼を見上げる。達する直前で放り投げられた体が、行き場をなくして震えていた。

ルカに背を向けてベッドに腰掛けたヴィルヘルムが、疲れたような声で言う。

「すまない……泣くほど嫌だとは思わなかった」

その瞬間、水をかけられたようにルカの体の熾火《おきび》が消えた。

立ち上がって行ってしまう彼に、慌てて身を起こすもどこにも痛みを感じない。

目に盛り上がってくるものを抑えて、急いでヴィルヘルムの後を追った。

「殿下、待ってください。違うんです！」

ヴィルヘルムは立ち止まらない。ルカは目元を乱暴に腕で拭った。

彼をこのまま行かせたくなかった。どれほど恥ずかしくとも本当のことを伝えなければいけないと思った。

自分は恥ずかしかっただけで、触れられることが嫌だったわけではないのだと。

傷を治されていただけなのに、あんな風に反応して、高潔なヴィルヘルムにみっともないと思われるのが怖くて。

ヴィルヘルムには――あなたにだけは嫌われたくなくて。

「殿下！」

閉じていた扉を手ずから開け、ヴィルヘルムは廊下の床を見下ろしていた。

そして、その視線の先を見るなり、ルカも言葉を失った。

「申せ」

それはすべてを了解している口調だった。

「ロイヒテンヴァルト公ヴィルヘルム・フォン・ケメルメイア王太子殿下の忠臣として、ザシャ・ヘルマン・ハインリヒ、ここに爵位返上、騎士団長解任はもとより、極刑をも覚悟をして控えております。

殿下、なにとぞつつがなきお言葉を」

「ザ、ザシャさん!?」

部屋の前には片膝をついて頭を垂れたザシャがいた。既に体も声も震えておらず、静謐《せいひつ》な空気さえもが感じられる。

(騎士団長解任？　極刑って……)

まさかと思ってヴィルヘルムを窺い、そしてその横顔を見るなり体が凍りついた。

ルカがこの国に来て目覚めたばかりのとき、やはりヴィルヘルムはこういう顔をしていた。

容赦のない鋭い目をして、今、ヴィルヘルムは激しく苛立っている。

沈黙が続いている間、正確にはヴィルヘルムが何事かを告げてしまう前に、ルカは彼の前に飛び出した。

「殿下、待ってください。解任とか刑とか……嘘、ですよね」

ザシャを庇うように膝をついた。壁際にヴィルヘルムの護衛とフェリクスが立っている。フェリクスの手にはザシャの傷口を縛ろうとして拒まれたのだろう、血に汚れた布の切れ端が握られていた。

フェリクスが目をいっぱいに見開き、涙が落ちないようにこらえているのが分かる。

動かぬ瞳でこちらを見下ろしてくるヴィルヘルムに、ルカは言い募った。

「違うんです。ザシャさんは何も悪くありません。ザシャさんは反対にぼくを助けて怪我をしたんです。ぼくが考え事をしていてちゃんと剣を握っていなかったから、だからっ……」

「何を考えていたのだ」

「え……？」

思いも寄らない問いにうろたえた。

「言えぬのか」

言えるわけもなくて曖昧に首を振ると、ヴィルヘルムが低い声で言い放った。

「ザシャに見蕩れてでもいたのか」

「ち、違……！」

あまりにひどい誤解に胸を衝かれた。

言えるのなら、許されるのなら言ってしまいたかった。

あなたのことを考えていたのだと。

ただ、あなた一人のことだけを。

叫んでしまいそうな自分を抑え、一心にヴィルヘルムの瞳を見つめた。

「ザシャさんに見蕩れてなんかいません。ザシャさんは本当に関係ないんです。殿下、悪かったのはぼくなんです。だから、ぼくにできることならなんでもしますからっ……」

腕を摑まれたのはそのときだった。体を揺すぶるようにして立たされ、怒りを露わにしたヴィルヘルムに怒鳴られる。

「そのように軽々しく『なんでもする』などと言うゆえっ……！」

激昂に驚いて身を固くしていると、現れたときと同じ速さで彼の怒りが消えるのが分かった。

ヴィルヘルムの手が離れていく。彼の熱が遠くなる。

「軽々しくではないのか……。『何よりも大事だから護りたい』のだったな……」

言葉の意味よりも寧ろ、彼の声の淋しい響きに背筋が凍えた。

言われた言葉を反芻《はんすう》しているうち、彼と以前交わした会話が思い出されてくる。

——なぜ「なんでもする」などと言ったのだ。

風太が轢かれたとき。誰かに助けを求めながら。

——なぜって、本当になんでもしようと思ったからです。風太のことが、何より大事だったから。

答えるルカに、ヴィルヘルムはあのとき「フータは幸せだ」と言ってくれた。

それなのになぜ今ヴィルヘルムは怒っているのだろうか。あのときも今もルカの気持ちは何も変わらない。ルカのせいで危機に晒されているザシャを助けたいだけなのに、それのどこが間違っているというのか。

　困惑が伝わったのか、ヴィルヘルムは諦めたようにかぶりを振った。

「フェリクス、皿と小刀を持て」

「は……」

　いきなり命じられ、フェリクスが肩を跳ねさせてヴィルヘルムを見上げた。

「小皿と小刀だ。急げ」

「た……直ちに」

　走って行く足音を聞きながら、ヴィルヘルムは何をするつもりなのかとルカは顔から血の気を引かせた。

「殿、下……」

　震える声で呼んだが返事はない。極刑と言ったザシャの声が頭をよぎった。

「お待たせいたしました」

　戻って来たフェリクスが小皿に載せた小刀を差し出すと、ヴィルヘルムは小刀だけを取り上げた。

　光る刃先に声も出せない。ヴィルヘルムが左手を胸の前に上げても、彼が何をしようとしているのか分からなかった。

　それから、あまりにためらいなく行われたことに、ルカは声も上げられなかった。

　眉一つ動かさずに自分の指を切ると、ヴィルヘルムは取り上げた小皿にゆっくりその血を落としていった。先ほどの痛みがありありと胸に――胸の裡《うち》ではなく皮膚に蘇り、自分が切られでもしたかのように身が震えてしまう。

　ヴィルヘルムが痛みを感じていないはずはない。それなのに、平然とした顔を驚愕しながら見ているうち、その血が持つ力を思い出して愕然とした。

　否応《いやおう》もなく治癒してしまう自身が傷つくことなどヴィルヘルムはきっとなんとも思っていないのだ。

　茫洋《ぼうよう》とした思いで血の雫を見ていると、それが蠟燭の灯《あか》りの元できらきらと輝きを放っているのが分かった。

見間違いではない。まるで、砕いた輝石を混ぜたような。

ヴィルヘルムの血の中には、金色に輝く細かな粒子が混じっていた。

彼がいつでも輝いているのは目の錯覚などではなかったのだ。体の深部から皮膚のすぐ下の血管に至るまで、彼の体のすべてに照り輝く朱金の血が流れている。

ヴィルヘルムはザシャに小皿を差し出しながら、抑揚のない声でこう言った。

「その程度の傷ならこれで治る。また明日より三日の間は勤めを休んで母を見舞え。以後はこれまで通り忠義を尽くし、ルカにも変わらず稽古をつけよ」

ザシャは顔を上げて目を見開き、それから何かをこらえるように奥歯を噛んだ。涙が張られた瞳を隠すように、更に深く頭を下げる。

「我が殿下……このご慈悲は、生涯をかけて……」

ザシャが小皿を拝するとすぐ、ヴィルヘルムは背中を向けた。

「殿下、あのっ……」

ルカは立ち上がって呼び止めた。言葉は纏まっていなかったが何かを言わなければいけないと思った。ヴィルヘルムはザシャを助けてくれたのだ。彼自身に刃を立てて。

「君は」

ヴィルヘルムは立ち止まってくれたが、振り返ってはくれなかった。

「血を口にする方が抵抗があると思っていた。だが……君にもそうしていればよかったのだな」

扉が閉められる。ヴィルヘルムの匂いが消えていく。

塞がれたはずの胸の傷がふたたびざくりと裂けた気がした。

衛兵に促されてザシャがその場を去って行く。

「ルカ様……」

長い時間が経ち、フェリクスに声をかけられても、ルカはそこから一歩も動くことができなかった。

ヴィルヘルムの最後の言葉――傷ついた彼の声が耳から離れない。

「ルカ様、少しでもお召し上がりになりませんとお体に障ります」

彼は傷を治してくれたのに、自分は何を言ったのだったか。

離してくれ。嫌だ。やめてくれ。

「……そうだね」

答えたものの食欲は一向に湧かず、何度も瞬きしながら目の前の朝食をただ眺めた。

腫れた瞼のせいでまともに目も開けていられない。

泣いたところで何も変わらなかったが、昨日部屋に戻ってからというもの、結局一晩中泣き続けるしかできなかった。

後悔ばかりが頭を廻る。

リディアに嫉妬などするのではなかった。大人しくヴィルヘルムに傷を治してもらえばよかった。

そうすればあんな形で、ザシャとヴィルヘルムを傷つけることもなかったのに。

「ルカ様……」

名を呼ばれて自分が泣いているのに気づいた。手で拭っても涙は止《と》め処《ど》もなく溢れてくる。

「ご、ごめん。あの……フェリクス、本当にごめんね……。ザシャさんに怪我させて……」

昨夜は一人にしてもらったので、フェリクスにこうして謝るのは初めてだった。

彼は真剣な目でルカを見ると、思いがけず断定した。

「ルカ様のせいではありません」

「ぼ、ぼくのせいなんだ。ぼくが、気を抜いたから……」

「いいえ」とフェリクスは首を振り、いつになく固い口調で言った。

「ザシャ様の名誉のために申し上げます。たとえルカ様が剣の手を緩めたのだとしても、普段のザシャ様であればこのような事態を引き起こすことはありませんでした」

　眉根を寄せてフェリクスを見上げた。ルカがいつもと違っていたように、ザシャにも何かがあったのだろうか。

「殿下とルカ様が王都に参られました日、王宮にザシャ様のご母堂がお倒れになったと伝書がございました。殿下はお戻りになってすぐ『郷里に帰るように』と仰ったのですが、ザシャ様は『大丈夫だ』と仰って……。ですから、殿下がお怒りになるのも当然なのでございます。恐らくは……」

　そこで少し言いにくそうにフェリクスは言葉を切った。

「ルカ様がザシャ様を庇ってくださったので……殿下はあのように寛大なご判断をされたのだと思われます」

　私のときと同じように、とフェリクスは付け加えた。

　涙がすうっと頬に零れる。いかなる理由があろうとルカの落ち度であることに変わりはないのに、なぜヴィルヘルムがルカのことをこれほど尊重してくれるのかが分からなかった。

　ヴィルヘルムはいつでも優しく気遣ってくれる。だが、その優しい人の心を、自分は昨晩傷つけたのだ。

　フェリクスが鎖を通してペンダントにしてくれた鱗が目に入る。握り締めると涙がぼろぼろと零れて、もうどうやっても止まらなかった。

「ルカ様は……殿下のことがお好きなんですね」

　不思議と少しも驚かなかった。彼には言葉にしなくとも伝わるのだろう。

「ごめん」

　涙を止められないまま謝った。

「ぼく、フェリクスの気持ち、ちゃんと分かってなかった。身分が違う人を好きになるって、こんなに、こんなに苦しかったんだ……」

　どうすればヴィルヘルムを諦められるのか知りたかった。諦めなければと思えば思うほど、好きになるのを止められなかった。

　フェリクスが傍らに来て優しく肩を抱き寄せてくれる。彼の腹に顔を埋めてしがみつき、ルカは声を殺して泣き続けた。

　二日が経った。

　怪我をした日を境にヴィルヘルムから食事に呼ばれることはなくなり、まるで避けられてでもいるかのように、偶然出会うこともなくなっていた。

「今日も、殿下と食事はしないのかな……？」

　夕食の用意を始めようとしたフェリクスに、思い切って問いかけてみた。

　フェリクスが労《いたわ》るような目をして「そのようでございます」と返事をする。その一言で心を決めると、ルカはフェリクスの目をまっすぐに見つめた。

「ぼく、ちょっと殿下の部屋に行って来る」

「ルカ様」

「大丈夫、殿下の邪魔はしない。ただ、もしいたら、お詫びとお礼を言いたいだけなんだ。傷を治してもらったのにありがとうも言ってないから」

　フェリクスは逡巡《しゅんじゅん》したようだったが、しばらくしてから頷いてくれた。

「ご一緒いたしましょうか」

「ううん、大丈夫。風太と一緒にいてくれるかな」

　場合によっては長くかかってしまうかもしれない。

（最初に「傷を治してくれてありがとうございました」だ。それから「泣いたりしてすみません」って謝って……）

　ヴィルヘルムの部屋へと向かいながら、何度も考えた台詞《せりふ》を頭の中で練習する。

　彼への思いを断ち切れたわけではないが、この二日間でなんとか気持ちに折り合いはつけた。

このままヴィルヘルムに会えなくなるのだけは嫌だ。せめて以前の関係に戻りたい。もしも彼が怒っているのなら、許してくれるまで何度だって謝ろう。

　廊下の先にヴィルヘルムの部屋が見えてくる。

　扉の両脇に馴染《なじ》みの護衛と見たことのない壮年の騎士とが立っていた。壮年の騎士は肩に濃い紫色の布を掛けている。誰か来ているのだろうか。

　名前こそ知らないけれど、何度も会っているヴィルヘルムの騎士がルカに気づいて目を丸くする。続けて首を小刻みに横に振り、顎先を上げて帰れというような仕草をした。

　遠目でルカだと分からないのだろうか。深く考えずに進んだが、幾ら近づいても騎士は首を振るのをやめない。もう一人の騎士は素知らぬ顔で直立不動だ。

「ルカ様、来てはなりません」

　まだ部屋までしばらくあったのに、低い声で咎められた。

「あの、ぼくはただ……」

　説明しようとしたがすぐに遮られてしまう。

「早く部屋にお戻りを」

　まさかルカを近づけるなとでも言われているのだろうか。

　ヴィルヘルムから明確な拒絶を受けた気がして挫《くじ》けそうになったが、心を奮い立たせて騎士の前に進んだ。

「お忙しいところすみません。でも、少しだけでいいので殿下に会わせてもらえませんか。もしお客様がいらしてるならここで待ちますので」

　ヴィルヘルムの邪魔にならないように小声で、しかし懸命に言ったが、騎士の返事は容赦なかった。

「なりません。一刻も早くここからお立ち退きください」

　騎士の声も表情も、はっきりと焦っているのが分かる。そんなにルカが来たことが迷惑なのだろうか。

（謝らせてももらえない？）

悲しみが込み上げて俯いてしまうと、騎士が焦《じ》れたようにルカの肩を押してくる。ザシャですら護衛中には触れてきたことがないので、騎士のいきなりの挙動に驚いた。

「待ってください。お願いします。ぼくは本当に少し話したいだけで」

　振り返りながら必死に訴える。ここで諦めるわけにはいかなかった。

　騎士に向き直ってその腕に手をかける。その瞬間、部屋の中からヴィルヘルムの怒号が聞こえた。

「何度も申した通り私は反対ではなく納得できないと言っている！　我々の神は今まで人間の生贄《いけにえ》どころか牛一頭望まれたことがない！」

　言葉が理解できないうちに、もう一人の声が聞こえてくる。

「此度は望んだ、それで十分ではないか！　それともヴィル、お前は神のご意志に申し立てでもするつもりか！」

　オーティスの声だった。

「真に神のご意志であれば私は謹んでそれに従う。真かどうか分からぬから、再度神託をと申し上げているのです」

「ヴィルヘルム、口を慎め！　一度ならず二度までも、仮にも大神官のソフィアが神託を誤ったなどと、幾らお前でもソフィアを侮辱するのは許さんぞ！」

　一瞬の間を置いて、ヴィルヘルムの絞り出すような声が続いた。

「叔父上は良心が痛まないのですか。この国に関係のないルカを犠牲にして、あなたは、本当に……」

「良心だと？」

　返す声は苦々しさに満ちていた。

「痛んだわ！　痛んだからこそ私はわざわざルカ殿を選んで連れて来たのではないか！　私も子を持つ親の一人、親子を裂くのは不憫《ふびん》に思ったゆえ、だからせめて泣く者のいない人間を探し出してこの国へと連れて来た！　それに私は無理矢理呼んだのではない。初めに犬を救えば『なんでもする』と言ったのはルカ殿だ。私は正当な取引を行った、そう理解しておるが」

騎士に肩を摑まれたまま必死に考えた。

正当な取引とはなんだ？　風太を助けてもらった代わりに、何をルカに望んだというのか。

「真実を話しもせずに、よくも正当などと……！」

「ではあのとき私は『この国に来て生贄になってくれ』と言えばよかったのか？　さすればルカ殿は了解せぬばかりか、その間にあの犬は死んでおったわ！」

生贄。

「ヴィル、そろそろ腹を括ってルカ殿を私に渡せ。私は何もお前が憎くてそう言っているのではない。憐れんだのかもしれんが、お前はルカ殿に最初から執着していた。だがな、傍に置いて愛《め》でればその分別れが辛くなるだけ。竜現祭まであと九日、その前の晩には禊《みそぎ》が始まる。なに、お前とて本気でルカ殿一人の命と民すべての命を秤《はかり》にかけているわけではあるまい」

オーティスの言葉がうまく理解できない。

別れ？　命？　なんのことだ。

動揺を抑えきれず騎士に縋る目を向けた。この話を聞かせたくなくて騎士はルカを遠ざけようとしたのだ。

「ど、どういうことですか？　生贄ってなんなんですか？　ぼ、ぼくの命と民の命って……」

生贄と聞いて思い浮かぶのは動物の姿だけだ。しかも、それは物語や歴史、遠い国での出来事であって、ルカが直接目にしたことなどあるはずがない。

物語の中の生贄は、神や悪魔に捧げられるために無残なやり方で殺されていった。首を切られたり火で焼かれたり、ときには、海の底に沈められて。

足ががくがくと震えてくる。

オーティスは人間の生贄を——ルカをどうするつもりなのか。

「ルカ！」

　声が聞こえたのか、血相を変えたヴィルヘルムが扉を押し開け部屋から出て来た。その後ろに続いてオーティスが姿を現す。

「これはこれはルカ殿。いらしていたのであれば手間が省けましたぞ。詳しいことをお話しするゆえ、どうぞこのまま私の宮へ」

「叔父上！　今すぐ帰られよ！　ルカには私が……私から話をする……」

　騎士から引き剝がされてヴィルヘルムの腕に巻かれる。

　あれほど会うのを焦がれていたのに、混乱がひどくて喜べない。

「殿下……」

　オーティスはそれからまだ二言三言何か言ったが、ヴィルヘルムが答えないのを見て取り、騎士を引き連れ去って行った。

　ヴィルヘルムに抱えられたまま部屋に入り、肘掛け椅子に座らされた。目の前で跪《ひざまず》いたヴィルヘルムが、きつく両手を握ってくる。

「殿下……どういうこ、ことですか？　い……生贄って……」

　呂律《ろれつ》が回らない。苦しげな瞳に見つめられる。

「ルカ、私の目を見てくれ」

　試みたが、うまく焦点を合わせられなかった。

「叔母上が授かった神託によって……君をここに召喚した。竜現祭で君を……神への生贄として捧げるために」

　ヴィルヘルムの声は掠れていて、オーティスとの口論の激しさが窺い知れた。

「ぼく、あの、ど、どうなるんですか？」

「贄は……竜現祭の前日に聖櫃《せいひつ》に収められ、大聖堂の中に安置される。そして、翌日湖に……神の現れる湖の底へと沈められる……」

　頭の軸がぶれて眩暈がしてくる。「せいひつ」というのが分からない分、湖に沈むという言葉が頭の中で点滅した。

「でも、沈んだら……ぼくは……」

どうなるのかを口にはできなかった。

信じられるはずがない。

自分は、生贄として。

「嘘、ですよね……。ぼくが、生贄なんて……」

ヴィルヘルムが奥歯を噛む。その強さが盛り上がった顎の線から分かる。

「私はまだすべての真相を明らかにしたとは思っていない……。だが、すまない。絶対に君は生贄にならないと……私は言ってやることができない……」

ヴィルヘルムらしい真摯な言葉は、そこに嘘が一つもないことを教えていた。

心が体から抜けていく気がする。抜けたところに濡れた真綿を詰められて、じりじりと少しずつ窒息していく感じがする。

「なんで……どうしてぼくが生贄にならなくちゃいけないんですか。わざわざ遠くから連れて来なくたって……」

決して他の人が生贄になればいいと思ったわけではないが、なぜ自分がと思うとやり切れなかった。

どうして自分でなければいけなかったのか。

ただ「泣く者のいない」人間という理由で、自分は生贄として死ななければいけないのか。

「この星の環境に最も似ていたのが君のいた星だった。気候や気圧が違うと大抵の人は生きてゆけぬゆえ……。その中から神託で告げられた星回りに一致した者を探し……叔父上が選んで連れて来たのが……君だった」

星回り。そんなわけの分からないもののために。

「もしぼくが嫌だと言ったら……生贄にならなかったらどうなるんですか」

許されるのなら嫌だと言いたい。けれど、「ルカの命と民の命」と言ったオーティスの声が耳から離れない。

「……文献によれば、神託に背けば百日の間豪雨が降り続き、この大陸のおおよそすべてが水に埋もれるということだ」

「文献、ですか。そんなこと、本当に起こるか分からないのに」

　ヴィルヘルムの手に力が込められた。

「河の向こうにあった森の中の塔を覚えているか」

　ヴィルヘルムの背に乗って空を飛んだ夢のような時間。

　項垂《うなだ》れるように頷きながら、塔や、鍾乳洞や、湖の畔《ほとり》で竜のヴィルヘルムに抱き寄せられたことを思い出した。

「あれは……五百年の昔に神の言葉に背いて天罰を下されたとき、あそこまで水が到達したことを記し遺《のこ》したものだ。神の戒めを忘れぬように……もう二度と、過ちを犯すことがないように」

「天罰だなんて、この国の人がどんな悪いことをしたっていうんですか」

　親切で気さくで働き者で、そんな姿しか浮かばないのに。

「貴族も平民もセデールを焼いては享楽に耽《ふけ》り、利のために殺し合い、そのため民も国土も壊滅的なまでに疲弊したと伝えられている」

「セデールを焼くって、どうして……。そんなことをしたら、ケメルライトだってできなくなるのに」

　ケメルの花粉を運び、神の使いとすら呼ばれている、そんな尊い蝶をなぜ。

「セデールを火にくべて灰にしたものを吸い込むと、強烈な興奮と幻覚症状に見舞われる。作用が切れたときの苦しみは抗いがたく、多くの者が常用をやめられずに最後は廃人となったようだ。神は何度も警告を出していた。しかし、最早国王にも神官にもどうにもならない事態となっていて、そして、とうとう最後の神託ののちに……」

　大雨によって増水した『地竜の尾』が、大地を容赦なく薙《な》ぎ払った――。

「でも、今はこんなに豊かじゃないですか……。神様は、どうして生贄なんて……」

「……理由は分からぬ。神官である叔母上が神よりその旨を仰せつかった」

「そんな……」

呟く自分の声が他人のもののように聞こえる。言われた言葉に納得するどころか、嚙み砕くこともできなかった。まるで現実味が感じられない。

けれど、はっきりと分かるのは、神の意に背けばこの美しい国が水の下に沈むということ。

神託通りに生贄が——ルカが神に差し出されなければ。

「全部、何もかも……この国が沈むんですか」

翼のない平民たち、狼の顔の商人、うさぎの耳の男性、ミーナ、ライナー、フェリクス。

「神が真に望むのなら」

ヴィルヘルムの手から逃れて顔を両手で覆った。

ケーキ型の幼稚舎、砂糖菓子のような王都、星空に似た鍾乳洞、ヴィルヘルムと語り合った湖畔。

ルカが逃げ出せばそれらがすべて崩れる。押し流され跡形もなく失くなってしまう。

「ど……して」

手の下から声を絞り出す。逃げることなどできるはずがなかった。

ルカ自身が翼を持たない者なのに、どこへ逃げられるというのだろう。

たとえ生贄を拒んだところで、遅かれ早かれルカも水に飲まれるのだ。けれど、ルカ一人が犠牲になれば、国も他の命も護られる。

出せる答えは一つしかなかった。

だけど、それならせめて。

「なんで……一ヶ月も前に連れて来たんですか。どうせ殺すんだったら、連れて来てすぐに、寝てる間にそうしてくれてれば、ぼくだって」

殺すために連れて来たなら、せめて何も教えて欲しくなかった。

こんな形で奪われると分かっていたなら、人々の温もりを、生きている価値を、どうして自分に教えたりなどしたのだ。

　こんな思いをするなら知りたくなかったのに。

「……召喚の術は満月の日にしか行えない。竜現祭は満月の日に行われるゆえ、それでは供物を大聖堂に収める前日の禊に間に合わない……」

　ヴィルヘルムのことを、こんなに愛したくなどなかったのに。

「分かり……ました……」

　顔から手を離して立ち上がった。ヴィルヘルムの脇を抜けて、体を引き摺るようにして扉へ向かう。

「ルカ……」

　肩に置かれた温かな手が痛くて、身を竦めてそれから逃れた。

「分かり、ましたから、一人にしてください。ぼく、本当に、大丈夫なので」

　他に何が言えただろうか。嫌だと泣き叫べば彼のことをただ困らせるだけだった。

　ヴィルヘルムは息を呑んだが、それ以上何かを言うことはなかった。

　憐れんだのだろう。王太子として申し訳なくも思ったのだろう。

　ヴィルヘルムがルカを大事にしてくれたのも傷を治してくれたのも、何もかもすべてはルカが生贄だったからなのだ。

　重い扉を開けて部屋を出て、よろめきながら廊下を進む。

　歩いていると奥歯が鳴り出し、何かに追われるような恐怖を感じて駆け出した。

　視界が滲んでくる。体が冷えてくる。誰か、誰でもいい、頼むから嘘だと言ってくれ。

　勢いよく部屋に入ると、待ち構えていた風太にいつもの通り飛びかかられた。

　無垢で、素直で、何も知らない瞳が無邪気にルカを見上げてくる。

「ルカ様っ？」

　フェリクスが驚いた顔で近づいて来る間に、ルカはその場に崩れて風太を胸に抱き締めた。

「ルカ様、どうされたのですか。お顔が真っ青です」

「……に、して……」

「ルカさ……」

「ごめ……ごめん、フェリクス……でも、一人にして。お、お願いだから」

　フェリクスに心配をかけたくなかった。もうきっと長くはこらえられない。

　フェリクスの気配が遠退《とおの》き扉が閉まると、剝き出しになった生身の感情に体を中から焼かれる気がした。

　風太に滅茶苦茶に顔を舐められ怒濤《どとう》のように涙が溢れる。

　なぜ自分が犠牲にならなければいけないのか分からなかった。

　どうして自分だったのだろう。死んでも泣いてくれる人がいなかったから？　孤児だったから？

「ひどい、ひどいよ……。あんまりだ……」

　あの場所に生まれたのも孤児になったのも、そんなことは一つも自分が選んだことではない。

「クゥ……」

　ああ、でも。

「風太……」

　もしもオーティスの言葉が分かっていたとしても、やはりあのとき自分は頷いていたに違いなかった。

　風太を見捨てることなどできるはずがなかった。

　その代償が自分の命でも、馬鹿だと言われても誰に理解されなくとも、ただひとりの家族を見殺しにできるはずがなかったのだ。

（だって……風太しかいなかった）

　ひとつき前のあのときのルカには、風太だけがすべてで、他には誰もいなかったのだ。

　こうなるしかなかったのかもしれない。

　諦めるようにそう思った。

　自分が生贄になることは決まっていたのだ。

「なんでもする」と、自分が言ってしまったあのときから。

「……に……たくない……」

けれど、もう仕方がないと分かっていても、願うことまではやめられなかった。

死にたくなかった。ヴィルヘルムから離れたくなかった。あの人のいない場所なんて闇だ。もう暗闇に戻りたくない。

どうして生まれてきたのかと悩んだ。生きている意味があるのかと何度も自分に問いかけた。

その答えをすべてあの人が教えてくれた。

愛を、光を、生きていく希望を。

それなのに、どうして。

神様。

どうしてぼくの命を奪うのが、あの人に出会った後でなければいけなかったのか。

「殿下……殿下……」

ヴィルヘルム。死にそうなほど愛しい人。

「ルカ……」

ルカの声に応えるかのように、扉の向こうから名を呼ばれたのはそのときだった。

「私になど会いたくもないだろうが、入らせてもらう。君を一人にはしておけない……」

一度は閉まった扉が開くと、風太が腕の中から飛び出して行った。数歩入ったところでヴィルヘルムが立ち止まったのが分かる。

不意に、ヴィルヘルムの声が聞こえた。

「君のことを……助けたかった」

これほどか細い、まるで泣くような彼の声を耳にするのは初めてだった。

「仮に神託が真だったとして……生贄を差し出さずに済む方法がないかと探したが……見つからなかった。私といれば安全だと言っていたのに……すまない」

立ち上がってヴィルヘルムと向き合った。

首を振ると眦からまた涙が零れ落ちた。

謝って欲しくなどなかった。どれだけ辛くても、彼と離れたくなくとも、ルカが生贄となるのは彼のせいではなかった。彼にもうこれ以上責任を感じて欲しくない。

ヴィルヘルムは王も王弟も反対する中、ずっとルカを帰したいと言ってくれていた。

国とは無関係なルカの命を奪うこと、しかし、そうしなければ民の命が奪われること。

相反する感情の狭間《はざま》で、どれほどこの人は一人で苦しんできたのか。

「謝らないで……ください」

ルカはヴィルヘルムの前に進んだ。決して触れない、手は伸ばさない。だけど、最後に近くに寄るくらいは許して欲しい。

「殿下はぼくに優しくしてくれました。ぼく、この国に来て、本当に幸せだったんです。ライナーさんから花のことをたくさん教わりました。アーベルも、幼稚舎の子供たちもみんな可愛かった。ララ先生も、ミーナ先生も、フェリクスもザシャさんも、本当に親切にしてくれました。全部殿下がくれたものです」

しゃくり上げそうになってそこでいったん言葉を切る。けれど、笑え、と自分に言い聞かせながらなんとか続けた。

「い、生贄になるのはぼくの責任です。風太のこと助けてもらって、本当に嬉しかった。だから、ぼくは本当に大丈夫なので、殿下も謝らないでください。お願いですから、もう責任を感じたりしないで……。ぼ、ぼくに気を遣って優しくしてくれなくても、だ、大丈夫です……」

うまく笑えたかどうか分からない。でも、嘘でも自分は平気なのだと伝えて、ヴィルヘルムを少しでも楽にしてあげたかった。

彼から有り余るほどの幸せを貰って、そして、たくさん迷惑をかけた自分にできることは、きっとこれくらいしかないから。

ルカの言葉をどう受け取ったのか、ヴィルヘルムは愕然としたように瞠目《どうもく》した。

「責任……などではない」

ヴィルヘルムがゆっくりと近づいて来る。震える手がルカの背中に回された。

「私は王太子だから君を助けたかったのではない……！　私は……私が、どれだけ君を……」

骨が軋むほど抱き締められて、涙さえもが一度に止まった。

「殿、下……？」

「どれだけ君を連れて逃げたいと思ったか」

声は泣いているように聞こえた。

「王太子でさえなかったらと……何度思ったか……」

背中を強く掻き抱かれる。ヴィルヘルムに縋られている気がして、ルカはその背にゆっくりと手を回した。

翼が出される骨の上に手を置くと、ヴィルヘルムの腕の力が強くなる。

「愛している」

力強く言われ、息が止まりそうになった。

「な……」

「君を愛している。誰にも渡したくない。許されるのなら贄になどやりたくない……」

言葉が信じられなくて首を振る。それでも彼の背から手を離せなかった。

ヴィルヘルムが、誰を愛していると？

「なんで……どうして……。だって、殿下にはリディア様が……」

「リディア？」

ヴィルヘルムが腕の力を緩めてルカの顔を覗き込んでくる。

「リディア様がお元気だったら、殿下と、結婚されるはずだったって……」

それを告げる辛さが顔に出てしまったのか、頬を片手で包み込まれた。

「誰かから聞いたのだな。私があまりに伴侶を決めぬゆえ、周りがリディアをと騒いだだけだ。リディアばかりでなく妃候補は大勢いたが、自分でも不思議なほど誰にも心を動かされなかった。私が惹かれたのはただ一人、ルカ、君だけだ……」

ヴィルヘルムが淡青の瞳を愛しげに細めて見下ろしてくる。涙で濡れた頬を拭われたが、その上にまた新しい涙が伝った。

「だから君を……何があっても護りたかった」

親指がルカの唇を撫でてくる。だが瞳を切なくするばかりで、彼がそれ以上何かをしてくることはなかった。

喜びと悲しさとで心がばらばらに千切れそうだった。愛している人に愛していると言われた。その人と、あと僅かで離れなければならない。

「殿下……ぼくも……あ、あなたのことが……」

胸にしがみつくと強く抱き締められる。

「私を……好いてくれているのか」

「愛して……います……」

吐息がルカの耳に絡んだ。

「許せ……ルカ……」

愛を告げるのと同じ声でされた彼の謝罪が悲しかった。

お互いに愛していると知り、それでも、ルカにもヴィルヘルムにもどうにもできないことが分かっていた。どこにも行けず、未来を望めず、ただ今二人、固く抱き合うしかできなくて。

生贄という事実を歎《なげ》かないわけにはいかなかった。

だが、生贄としてこの国に来たからこそ、ヴィルヘルムに巡り会えたのに違いなかった。

白木蓮の下に捨てられていたルカを拾ってくれたのは、たまたま東京《とうきょう》から来ていた老齢の医師だった。

偶然通りかかった自分が見つけたのも何かの縁だと、医師は勤めていた大病院の名にあやかり、ルカと名づけてくれたのだそうだ。

だから、キリスト教徒でもないのにルカも聖ルカのことはよく知っている。

医師と画家の守護聖人であること、シンボルが牛であること。

ある国では牛が神聖な動物として崇《あが》められ、一方ではその神聖さゆえに生贄として屠《ほふ》られることがあることも。

自分が本当に生贄になるとは思わなかった。

「愛している……」

だけど、これほど愛された生贄は、きっとルカの他にいない。

「ぼくも……あなただけを……」

だからこそ、他の誰のためでもなく自分のために、彼の笑顔を護るために、自分は誇りを持ってこの身を神へと捧げよう――。

離れたくない、一秒でも長くともにいたいと言われ、その夜からヴィルヘルムの部屋で一緒に寝ることになった。

「君をこのまま私のものにしてしまいたい」

ヴィルヘルムはベッドに横たわる前にそう言った。

「だが、贄となるものは純潔でなければならない。分かってくれるな？」

ルカの頬に朱が差した。誰とも体を重ねたことがないとどうして分かるのだろう。

訊くと、ヴィルヘルムは少しだけ困ったように笑った。

「それくらいのことは我々は匂いで分かる。純潔であったことも……それも贄に選ばれてしまった理由なのだが」

ベッドの上で、壊れ物に触れるようにただ優しく抱かれた。

ほどかれて濡れた髪からヴィルヘルムの匂いがして、苦しいほど思い知らされる。

愛しい。恋しい。この人が好きで堪らない。

どれほどそうしていただろうか。

「何か、話してくれませんか」

背後から月明かりが彼の耳を蒼《あお》く照らしていた。

「どのような話を？」

「なんでもいいんです。ただ、殿下の声を聞きたいだけなので」

彼の声が好きだった。姿も声も心も。

ヴィルヘルムは少しばかり黙してから、思い立ったかのように玲瓏《れいろう》な声を聞かせてくれた。

紡がれる歌声に驚いたのは最初だけで、すぐに耳を澄ませて彼に身を委ねる。

郷愁を誘い、けれど物悲しいわけではなく、情緒に溢れた素朴な旋律。

「それは……子守歌ですか」

「いや、旅立ってしまった人の無事を祈り、いつか戻るようにという思いを歌ったものだからそうではないな。とはいえ、叔母上はよくこの歌を歌って私を寝かしつけてくれたから、子守歌と言えなくもないが」

「ソフィア様がですか」

「……ああ。私が初めて覚えたのはこの歌だ。あの当時は叔父上も今より忙しくて、宮に戻らないことも多かったと聞いている。もしかしたら叔母上も……淋しかったのかもしれぬ」

「じゃあ、殿下の面倒を見られて、ソフィア様も嬉しかったんじゃないでしょうか」

ルカが言うと、物憂げな瞬きの後、そう思いたい、とヴィルヘルムは言った。

歌が誘い水となったのか、徐々に瞼が重くなってくる。けれど、もう少しだけでも彼の声を聞いていたかった。

「殿下も……ソフィア様に言われていたんですか。月が……天竜が見ているから、悪いことをしちゃ駄目だって」

「言われていたが、よくそんなことを知っているな」

「……教えてもらいました」

誰から、と言う代わりに、ヴィルヘルムの胸に鼻先を埋めた。

「殿下に教えて欲しかった……」

きつく抱き締められてつむじに唇を押し当てられ、夢のような心地に眠気が抗いがたくなってくる。

目を開けていることもままならず、ルカは寝言のように呟いた。

「殿下……明日も、一緒に寝てくれますか」

返された言葉はもしかしたら、ルカの希望だったのかもしれない。

「君が望むのなら……永久に……」

たとえあと数日の永遠でも嬉しくて、ルカは微笑みながら眠りについた。

生贄になることを受け入れたとはいえ、体は現実を受け止め切れなかったのか、翌日ルカは熱を出した。

倒れるほどではなく一度は起きようとしたが、また迷惑をかけてもいけないので大人しく庭仕事も幼稚舎の仕事も休むことにした。

ヴィルヘルムの部屋に来てもフェリクスがルカの面倒を見てくれているが、ヴィルヘルムが戻ったときにはフェリクスは一礼をして出て行ってしまう。

常に泣くのをこらえるような顔をしているので、彼もルカの「役割」を知ってしまったのだろう。

執務があるのかヴィルヘルムは出入りを繰り返しながらも、ほとんどの時間はルカの傍らにいて、水を飲ませたり手を握ったりしてくれている。

今も彼に手を握られながら、ルカはベッド脇の棚に置かれたピンク色のエレンダを眺めていた。アーベルがルカとヴィルヘルムにくれた二輪の花が、今は同じ花瓶に生けられている。

「アーベルは、何が原因で話さないんでしょうか……」

結局何もしてあげられなかったと思う。今もアーベルはどれだけ苦しんでいるだろうか。

「分からぬ……」

アーベルが話さないのは辛いことがあったからに違いない。何か、話すのをやめてしまうほどに辛いことが。

彼の心を思うと俄に苦しくなって喉に手を当てた

が、その拍子にあることに気づいた。

「アーベルはもしかしたら、攫われたときに何かひどいことを言われたんじゃないでしょうか？」

　ヴィルヘルムが渋面のまま尋ね返してくる。

「その可能性も考えなかったわけではないが……。なぜそう思う？」

　先を続けるのが憚られた。ヴィルヘルムが思い至らなかったはずはないのだ。しかし、「頼むから話してくれ」と乞われ、ルカは訥々《とつとつ》と過去の出来事を打ち明けた。

「あの、ぼく子供の頃、ひどいことを言われて少し声が出せなくなったことがあるんです。……声を出すのが怖くなってしまって」

　驚いた顔を見せた後、ヴィルヘルムはすぐに痛ましそうな表情になった。

「君の声が小さかったのはそれが原因だったのだな」

　労るように頬にそっと触れられたが、軽く頷くだけに留めた。

「だから、アーベルもそうなのかもしれないと思って……。そうだとしても、アーベルが話してくれない限りは何を言われたかは分かりませんけど……」

「確かにそうではあるが……。ルカ、アーベルはもしかしたら、君が同じ痛みを抱えているのを感じたのかもしれんな」

　苦悶《くもん》の表情を浮かべるヴィルヘルムに、熱が落ち着いたらまたアーベルを抱かせてあげようと思った。ルカがいる間は、生きている間は、この身をできる限り彼の役に立てて欲しい。

　翌日、熱は引いたのだがもう一日大事をとって休むことになった。

　ヴィルヘルムは外せない審議があるとのことで昼を過ぎても戻らなかったが、彼の不在を埋めるように、ベッドに上るのを許された風太が頬を舐めてくる。

　舐められている間に寝てしまっていたらしい。遠くから聞こえてきた声に意識を揺さぶられ、目を開けたところで扉が大きく開いた。

「ルカ先生、どこが痛いの？　大丈夫？」

トーマスが飛び込んで来る。

「ルカ先生、お見舞いに来たわよ」

「やっぱり熱があったんじゃの」

駆け寄って来る三人の子供たちの後から、アーベルの手を引いたララとライナーが入って来た。

扉を閉めたフェリクスが、目頭を押さえて微笑んでいる。

「あのね、これ蜂蜜のクッキー。今日の授業で作ったんだよ」

「これはおれが捏《こ》ねて焼いたやつ！」

子供たちがベッドの隣に並び、手にした紙袋を次々と差し出してくる。

口のところが皺だらけになった袋を受け取ると、焼き上がったばかりなのか、ほんのりとした温かさが袋を通して伝わってきた。中には星型に刳り抜かれたクッキーがたくさん入っていて、蜂蜜の優しい香りがふわりと鼻まで立ち昇ってくる。

「体の調子はどう？　もう熱は下がったの？」

ララが心配そうに、けれど穏やかな瞳で話しかけてくる。

その表情から、ララが何も知らないのだということが分かり、心の底から安堵した。

ララと子供たちから漲《みなぎ》る生の匂いを感じる。逞しく、朗らかに、世界を明るく照らす陽光の匂いだ。

「はい、お蔭様で……」

言いながら、寝ぼけまなこをこする振りをして涙を拭った。

ルカが犠牲になっていくことを彼女たちが知る必要はない。もしも知ればララや子供たちが悲しむことが、もうルカには分かっていた。

自分がいなくなるのを惜しんでくれる人がいる。そういう人たちをルカはこの国で作ることができた。それが嬉しくて、誇らしくて、ほんの少し涙ぐんだ。

「そう、ならよかったわ。無理しちゃ駄目だけど、早くよくなってね。ルカ先生がいないと子供たちが言うこときかなくて大変」

　ララが肩を竦めると、トーマスが得意げに胸を張った。

「おれはララ先生の言うこと聞いてるよ」

「嘘つき。昨日だってミーナ先生のスカート捲って怒られてたくせに」

「ト、トビアスだっておれのおやつ取ったくせに！」

「二人とも、静かにしなさい！」

　いつもの幼稚舎の光景に頬が緩む。幼稚舎に行って自然に笑えるだろうかと思っていたが、杞憂に終わって心からほっとした。

「ララ先生、みんな……本当にありがとう」

　子供たちの頭を撫でていると、ララの手から離れたアーベルがルカに近づいて来た。棚に飾られた二輪のエレンダを食い入るように見つめている。遠い昔のことのように思えるが、つい数日前に貰ったものなので、まだ十分生き生きと咲いている。

「アーベルがくれたエレンダだよ。ぼくが貰ったのと殿下のと一緒に飾ってるんだ」

「アーベルは昨日ミーナ先生とライナーにもあげたのよね」

　ララは楽しそうに言ったが、アーベルは突然その場にしゃがみ込んだ。全身が小刻みに震え始めて、泣いているのだとすぐに分かる。

「アーベル？　どうしたの？」

　慌てたようなララに目配せをし、ルカはベッドから下りてアーベルのことを抱き上げた。

　思った通り瞑った目からは大粒の涙が零れている。

　この子は本当は声を出したいのだと思う。声を上げて泣いてしまいたいのに、唇を噛み締め声を殺して泣いている。

「嬉しかったんだよね」

　アーベルの頭を撫でながら話しかけた。

「自分があげたものが大事にされているのを見て、すごく嬉しかったから、アーベルは泣いちゃったんだよね」

　こくりと頷くアーベルが愛しくてならない。

　たぶん一年間堪えてきて、アーベルの忍耐も限界に近づいているのだ。

　何かきっかけがあるか、もしくはもう少し時間が経てば、アーベルは心を開いてくれるのかもしれない。

　だけど、そこまで導いてやれるのはルカではない。

　自分にはもう時間が残されていないのだ。

　しかし――。

「アーベル……」

　目を閉じ、小さな体の温もりを感じながら、本当にそうなのだろうかと思った。

　もう自分はアーベルに何もしてやれないのだろうか。あと数日しかないこの命を何もせずに終えてしまって本当にいいのか。

　それで後悔しないか、これが本当に自分の望んだ人生か。

　自分は心からこの人生を、やり切ったと言えるのか。

「アーベル……ぼくも君が来てくれて、とても嬉しかった」

　そうだ、きっとまだできることはある。

「アーベルが、みんながいてくれるから、ぼくは絶対元気になる」

　最後の一瞬まで、きっと、自分にしかできないことが。

「元気になって、明日は必ず幼稚舎に行くよ」

　なぜならまだ、自分は生きているのだから。

　アーベルの背中を撫でていると、トーマスが言った。

「ルカ先生、明日はお休みだよ。おれ、トビアスのうちに遊びに行くんだ」

「ルカ先生、お休み間違えた！」

　トーマスの言葉を聞くなり、トビアスが体を折って笑い始める。いがみ合っているように見えて、二人は家が隣同士の生まれたときからの幼馴染らしい。

「そっか、明日はお休みか。じゃあまた来週だね」

　雨上がりの空のように、澄んだ気持ちでルカは二人に笑い返した。

　それからみなでクッキーを食べ、ララとライナーと草木の話を楽しんだ。その間、子供たちは風太と一緒に部屋の中を走り回り、フェリクスは燭台や花器が揺れるたびに青い顔をして部屋の中を駆けずり回っていた。

　ララと子供たちが帰って行くと、部屋には元の通りの静けさが戻った。フェリクスは少しでも賑やかさを引き延ばそうとしてか、ベッドを直したり菓子くずを片付けたりと、慌ただしそうにしている。

「フェリクス」

　フェリクスは背筋を伸ばし、面持ちを引き締めてルカの方を向いた。

「ザシャさんに、今晩剣の稽古をしてもらえるかどうか訊いてくれるかな」

　フェリクスが泣き笑いのような顔になって、何度も力強く頷いてくれた。

「もちろんです。今すぐお伝えいたします」

　ルカは洗面所へ行き冷たい水で顔を洗った。もうこうして寝てはいられない。

　刻一刻と過ぎていく時間をたとえもう一秒だって無駄にしたくない。自分にはまだやることがある。やれることがある。

　最後のときまで前を向いて生きられたなら、きっともう思い残すことはない。

　顔を拭って濡れた前髪を掻き上げ、ルカは寝間着を脱ぎ捨てた。


　子供たちが引けた後に中庭に行くと、ザシャが間もなく現れた。

　ヴィルヘルムの部屋の前で別れて以来、ザシャと会うのは五日振りだった。ザシャは見たこともないほど憔悴《しょうすい》している。

「お母さんは大丈夫でしたか？」

疲れたような頷きが返った。

「問題ない。大事はなかった。……本当にすまなかった」

謝罪はルカに傷を負わせたことに対するものなのだろうが、沈鬱な顔つきの理由は負い目だけが原因ではないのだろうと思った。

「悪かったのはぼくの方です。本当にすみませんでした。それで、ザシャさんは知ってるんですよね……？」

何を、とは言わなかったし訊かれなかったが、ザシャは苦虫を嚙み潰したような顔をした。

「知ったのは昨日だ。以前から殿下が何かお調べになられているのは知っていたが、まさか……」

「ララ先生たちには言わないでもらえますか」

ザシャは目元を手で隠しながら頷いた。

返事に困っているのが分かる。彼の立場だったらと思うと、ルカにだってかける言葉など見つからない。

ルカは、用意していた言葉をすぐさま伝えた。

「もう絶対に気を抜かないので、今まで通り教えてもらえませんか。ぼくは最後まで……少しでもいいから強くなりたいんです」

ザシャは泣きそうに顔を歪めたが、すぐに眼差しを引き締めた。

「分かった。俺の持てる力すべてを使ってお前を必ず強くする」

剣を受け取って構えると、それだけでザシャの気迫がルカの肌を粟立《あわだ》たせた。

強くなりたい。今更なんて言葉はいらない。

もしも理由が必要なら、最後のときまで誰かを護れる自分でありたい。

躊躇なしに打ち込んでくる重い一撃を受け止めながら、「もう負けない」と思えた自分が、ルカは嬉しくてならなかった。

週が明けて幼稚舎へ行くと、子供たちが次々ルカに抱きついてきた。

小さな手を懸命に空へ伸ばした命の芽のような子供たち。

ララとミーナと笑い合い、ライナーから教わった古い歌をあやふやに歌って子供たちに笑われた。お菓子を配り、葉を紙に貼りつけて顔を作り、大空を飛ぶ竜の姿を紙いっぱいに描いてみせた。

何もかもが眩しく輝いて見える。芝生はこれほど青かっただろうか。

風が吹く。また一秒時が流れていく。

光の下を走り回る子供たちを見ながら思う。

ルカがいるといないとにかかわらず、日々はこれからもこうして流れていくのだろう。

これでいい。こうでなければならない。この子たちはこれからも、強く逞しく生きていかなければならないのだ。

たとえ何があっても。たとえルカの命がついえても。

「ルカせんせー！　こっちで遊ぼ！」

子供たちが手を振って呼んでいる。

ルカは笑顔で応えながら、日常という光の中へと走って行った。

「ルカ……私を慕っているというのは真か」

ヴィルヘルムがこう切り出してきたのは竜現祭があと二日に迫り、明日には禊のために大聖堂に行くという日の夜のことだった。

ベッドに腰掛けたヴィルヘルムに後ろ抱きにされながら、ルカは素直に頷いた。アーベルは先ほど帰って行ったが、二人の姿勢はアーベルを抱いていたときのままだ。

「私と魂をともにしたいと思うほどか。未来永劫《えいごう》私と離れることがなくとも構わぬほどか」

「魂を……？」

熱っぽく言うヴィルヘルムに些か驚いたが、ルカはふたたび頷いた。

ヴィルヘルムと永久にいられるなら、どこにも迷う理由はない。

「もちろんです。あなたといられるなら、ぼくは……」

「自由を失くすとしてもか。本来自由であるはずの魂を私に縛りつけ、もう一人で飛び立つことができなくなってもか」

ルカの真意を何度でも問い質そうとするヴィルヘルムに、柔らかく微笑みかけた。

「ぼくは……誰とも繋がらず、一人でいることが自由だとは思いません。少なくともぼくにとっては、一緒にいたい人を選べること、それが本当の自由です」

その言葉で心を決めたように、ヴィルヘルムはルカの瞳を見つめて告げた。

「ルカ……私と剣珠の契りを交わそう」

「剣珠の契り？」

ザシャから一度聞いただけだが、その契りの存在は覚えていた。確か魂の契りと言っていたと思う。それが意味する本当のところは難解でよく分からなかったが、この国の人間にとって、とても大切なものだということは理解していた。

「どうしてですか？　ぼくは、もうすぐ……」

死ぬのに、と続けることはできなかった。生贄になるのを受け入れたとはいえ、死ぬのが怖くないわけではない。

「だからだ。もしも竜現祭で君が贄となるなら……それが今生での我々の別れになる」

彼の顔は、それが動かすことのできない事実なのだと告げている。

下唇を噛んで続きを待っていると、ヴィルヘルムが言った。

「だが、私は来世を君の隣で始めたい」

彼の眼差しの奥深くが、熱く燃えるように滾《たぎ》っていた。

「常であれば輪廻《りんね》の速さは人それぞれだ。だが、剣珠の契りを交わせば二人の輪廻は同じになる。契りで結ばれた魂は一つの殻の中の二つの卵のようなもの。どちらかがその生を終えても次にはまた同じ世に生まれ、何度でもふたたび……未来永劫巡り会うことができる」

ヴィルヘルムがルカの頬に手を伸ばしてくる。その手は温かく、優しく、彼の思いを饒舌《じょうぜつ》に伝えていた。

ヴィルヘルムが来世でもルカと会いたいと望んでくれている。

これ以上の幸せはなくて、その手に頬を擦り寄せるように頷くと、ヴィルヘルムはすぐにルカを立たせた。

「中庭に参ろう。剣珠の契りには光が……月光が必要なのだ」

廊下にいた護衛にザシャを呼ばせ、ヴィルヘルムは急ぎやって来た彼に命じた。

「我がヴォーゲンブランドとルカの剣を持て。剣珠の契りを行う」

護衛中に表情を変えることなどないザシャが目を見開く。それほど大きなことなのだと緊張しながら、無言でヴィルヘルムについて行った。

中庭の中心でヴィルヘルムと向かい合うと、ザシヤがヴィルヘルムに跪いて長い布包みを差し出した。黄金色に輝く剣の柄が覗いている。

　ヴィルヘルムが剣を引き抜くさまを、ルカは陶然としながら見つめた。

　彼の長い指の間から、神殿に遺された碑文を思わせる刻銘が見え隠れしている。柄頭には研磨されたケメルライトが立て爪によって留められていて、左右を向いた二つの竜頭が鍔《つば》を固めている。

　ヴィルヘルムが刃先を天に向けると、世界をあまねく照らすように、剣身が白銀の光を四方に向かって解き放った。

　ザシャが次にルカに剣を差し出してくる。

　ルカが剣を受け取ったのを見届けると、ヴィルヘルムはルカに向かって跪き、右手を胸に当てた。

「我、ヴィルヘルム・フォン・ケメルメイアは、梧桐ルカと剣珠の契りを交わし、我が魂をここに永久に捧げることを誓います」

　見つめてくるヴィルヘルムの瞳に既に魂を繋ぎ留められたかのようだった。

　立ち上がったヴィルヘルムがルカに同様の誓いをするように求める。

　膝をつき、教えられた一句一句を唱えながら、彼とこれから渡るだろう幾つもの命を思って目頭が熱くなった。

　これから何度生まれ変わっても、どこに生まれ落ちようとも、もうこの広い宇宙の中を孤独に彷徨《さまよ》うことはないのだ。

　ルカが立ち上がるとヴィルヘルムは剣を胸の前に立て、ルカにも同じようにさせた。

　引力に引かれるように互いの剣が交差していく。

「互いの剣に接吻《せっぷん》を」

　言われた通り、互いの剣の腹にゆっくりと唇を触れ合わせた。心を震わせて、そっと静かに。くちづけることのできない互いの唇の代わりのように。

　穏やかな愛撫《あいぶ》のようなくちづけを終え、ヴィルヘルムが言った。

「軽く剣を合わせて音を立ててくれ。私を思う気持ちをすべて剣に込めて」

一度剣を離し、再度合わせて音を立てると、その音は二つの光る珠《たま》に変わって天高くへと昇っていった。

舞うように螺旋を描いて月を目指す二つの光――二人の魂が月光の下で共鳴しているのを感じる。

今、互いに重ねた魂の震えが、剣を通して響き合っている――。

「これで……契りはしかと結ばれた」

剣を下ろすと、ヴィルヘルムに胸が潰れるほど抱き締められ、その瞬間、二つが一つになったのを知った。

もう二度とこの人から離れることはない。

一つの殻の中の同じ魂。やっと出会えた自分の片割れ。

今生でともに生きたのはほんの僅かの間だった。けれど、その日々はどれほど濃密だっただろうか。

ファルキニアの男からルカを助けてくれた。アーベルごと何度も抱き締められた。ともにケメルの中で眠り、そして剣を交わして魂を響き合わせた。

もう十分だ。ヴィルヘルムから溢れるほどのものをもらった。もう何も怖くはない。

この人となら、自分はきっと、宇宙の果てにだって行ける。

「ルカ……我が魂は、いつでも君とともに……」

ヴィルヘルムがルカの額にくちづけを落としてくる。

ただ一度だけ優しく、すべての愛を込めて。

閉じたルカの目から涙が一筋流れていく。

けれどそれは悲しさからではなく、紛れもない幸せから流れ落ちた涙だった。

「真に私と行かぬのか」

翌朝早く、外出の用意を整えたヴィルヘルムは、部屋から出る間際ふたたびルカの肩を摑んで問いかけてきた。

　これからヴィルヘルムは隣国リンデンブルクへ行く。ルカから離れたくないとは言ってくれたものの、竜現祭に国賓として呼んだ両陛下を迎えに行くとあれば私情を挟めるはずもない。

　ならばルカも一緒にと言われたのだが、迷った末に断った。

　ヴィルヘルムとはこれからも繋がっていられるとしても、ララやミーナやライナー、アーベルや子供たちとはそうではない。

「殿下が責任を全《まっと》うされるように、ぼくも自分の責任を全うしたいんです。ぼくはあの子たちに救われたから、少しでも返さないと」

　特別な別れをするつもりはないが、ただあの子たちが今日も笑顔でいられるように、最後のときまで手伝いたかった。

「仕方がないな。だが、君のそんなところが私は愛しくてならない」

　ヴィルヘルムはルカを抱き寄せると、それから真剣な声音で言った。

「ルカ、私は夕刻までには戻って来る。しかしそれまでは何があっても王宮の外に出てはならぬ。衛兵も増やしているからこの中にいれば懸念はない。よいな、絶対だ」

　よもやルカが逃げることを心配しているわけではないだろう。しかし、彼の声も瞳も否とは言わせぬ雰囲気だった。

「分かりました。大丈夫です。幼稚舎の仕事が終わったら部屋で殿下のことを待っていますから」

　ヴィルヘルムはまだ何か言いたそうにしていたが、侍従長に急かされ渋々王宮から発《た》っていった。

　部屋から光が消えて一抹の淋しさを感じたが、感傷に浸っている時間はない。

「フェリクス」

　しゃがんでブーツを履きながら、ルカは普段の調子で呼びかけた。

「はいっ」

まるで自分が呼ばれたかのように風太が来る。この一ヶ月ですっかり冬毛の抜けた風太は、以前と比べて顔つきまで締まって見える。

「風太のことをお願いします。仕事をしながら風太の面倒を見るのは大変だと思うけど、フェリクスだったら安心だから」

頭を撫でると風太はすりすりと頭を擦りつけてきた。犬だって猫のようにこうするのだ。風太と暮らすまでそんなこと知らなかった。どれだけ大きくなっても自分の子供のような風太。

「お、お任せください。フータ様のことは、私が責任を持って……」

最後までは言葉にならず、フェリクスは下を向いて嗚咽《おえつ》を漏らし始めた。

恋の相談なんてしたのは後にも先にもフェリクス一人だけだ。彼が幸せになってくれたらと思う。

「ありがとう。……フェリクス、最後だから言うけど、ぼくは殿下のこと好きになって幸せだった」

立ち上がりながら言うと、涙でぐちゃぐちゃになった顔をフェリクスが上げた。

「生きていて誰かを好きになれるって、それだけで奇跡なんだって分かった。殿下がぼくに教えてくれたんだ」

フェリクスの固く瞑った目頭から大粒の涙がぼろぽろと零れる。

「だから、フェリクスも自分の気持ちを大事にして欲しい。絶対に後悔だけはしないで。あのね」

彼のことを勇気づけるように、ルカは力強く笑った。

「好きな人と一緒にいられる時間て、本当にびっくりするくらい短いんだ」

フェリクスの涙が落ち着いてから、風太を伴い庭に出た。

ライナーと新しい花の種を植えていると午前中が飛ぶように過ぎ、あっという間に幼稚舎を手伝う時間になった。

　最初の授業は剣だったので、いつも通りにアーベルと手を繋いで木陰を歩いた。風太もついて来るが、ルカの隣ではなくアーベルの隣だ。アーベルが興味を示したように風太も彼のことが気になったとみえ、ここのところアーベルが中庭に出るといつでも寄って来る。

「風太はアーベルのことが大好きなんだよ」

　アーベルが立ち止まって風太の頭を撫でた。ルカもしゃがんで風太の背中に手を伸ばしながら、アーベルの半ば伏せられた睫毛の奥を覗いてみた。

　今日もその瞳は曇ったままだ。アーベルに関してだけは、やはりもっと時間が欲しかったと思ってしまう。

　最後に何ができるだろうか。何をこの子に言ってやれる？

　一度考えてしまうと思いが込み上げ、ルカはたまらず口を開いた。

「アーベル……君のことが好きなのは、風太だけじゃないよ。ぼくはもちろん、殿下もお父さんもお母さんも、優しい君のことが大好きなんだ。だから君が苦しんでる姿を見ていると辛いし、できることなら助けてあげたいと思っている」

　風太を撫でる手が止まる。その代わり、ルカの手を握る五指に力が込められたような気がした。

「あのね、アーベル……。もしかしたらアーベルが話さないのは、誰かに何かを言われたからじゃないの……？」

　びくっとアーベルの肩が跳ねる。それまでに見せたことのない反応だった。きっとそうなのに違いない。誰かが何かを言ったのだ。

「そうなんだね？　ひどいこと言われて辛かったね。怖かったよね……。だけど、これだけは分かってくれるかな」

　なんとか伝わって欲しいと思いながら、優しくその手を握り返した。

「誰か一人の言葉がすべて正しいわけじゃないんだ。強く言われると信じてしまいそうになるけど、みんな、ぼくだって……すごくいい加減に言葉を使っているときがあるんだよ」

それがどんな結果を招くか考えもせず。ときには他人を、自分をも傷つけていると知らないまま。

「だから、もしできるなら、言われたことを胸にしまったままにしないで。君を好きな人たちを信じて、決して一人にならないで。アーベル、ぼくはたくさん君に助けてもらったのに、君のことを助けてあげられなくてごめんね。ぼくは君の笑顔を……本当に一度でいいから見たかった」

手の甲の上に水滴を落とされたアーベルが顔を上げる。

脇を向いて顔を拭い、ルカは立ち上がった。

子供は大人の感情を敏感に察知する。だからこそ幼稚舎では感傷的になるまいと決めてきたのに。

「あっちの花壇に行ってみようか」

明るく言うと、アーベルは不審げに眉を寄せていたが、しばらくしてから頷き、ふたたびルカの手を取った。

アーベルが疲れない程度に中庭を見て回っているうちに、剣を打ち合う音がやみ、ララが授業の終わりを告げた。

幼稚舎の前にアーベルを連れて戻り、彼の顔色を窺いながら、握っていた手をゆっくりと放す。先ほどの自分の発言がアーベルの心を乱していないかと気になったが、子供の中に混じった彼の様子に変わったところはない。

一安心していると、額にうっすらと汗を滲ませたララが声をかけてきた。

「ルカ先生、じゃあこれよろしく」

「はい、分かりました」

ララとミーナは各々十本余りの木剣を抱えている。ルカはそれらを受け取って階段に向かった。

幼稚舎の二階は物置になっており、子供たちが使う木剣も普段はそこに保管してある。多少とはいえ力仕事であるし、階段も上り下りするので最初のときから率先して持ち運びをしている。

「ルカ先生、最初の頃よりよろよろしなくなりましたねえ」

　ほんわかと笑いながらミーナが言うと、ララが豪快に笑ってルカの背中を勢いよく叩いた。

　木剣を片付けていると、二階にまでおやつを待ち切れない子供たちの声が響いてくる。

　微笑みが漏れたが、そのとき常にない異変を感じて首を傾げた。

（あれ？　どうしたんだろう。風太がこんなに吠えるなんて）

　幼稚舎の裏から風太の吠える声が聞こえてくる。なんだか嫌な予感がした。風太がこんなにけたたましく吠えたことなど一度もない。

「アーベル……アーベルはどこ!?」

　突然ララの絶叫が耳をつんざき、ルカは急いで階段を下りた。

「どうしたんですか!?」

　幼稚舎の中には緊張した顔のミーナと子供たちがいるだけで、ララとアーベルの姿が見えない。

「アーベル、アーベル！」

　外から聞こえてきたララの声に鳥肌を立てていると、ミーナが言った。

「アーベルがいないんですっ！　みんなが手を洗っているときにはいたのに、席に着いてみたら姿がなくて……今、ララ先生が外を捜しに……」

「ぼくも行きます！」

　子供たちのことはミーナに任せ、ルカは外に飛び出した。外廊下にいたララに駆け寄る。

「先生、どうですか？　何か分かりましたか？　誰かアーベルのことを見たという人は……」

　王宮には至るところに衛兵が立っている。彼らの目を抜けて子供がいなくなるはずがない。

「いない、いないの、どこにも。こんな短い時間で遠くに行けるわけがないのに」

「どっちの方を捜しましたか？　王宮の誰かが急用で連れて帰ったってことは……」

「どれだけ急用でも何も言わずに連れて行くはずがない。今衛兵に頼んでアーベルの侍従に伝えに行ってもらっているけど……。どうしよう……ファルキニアの人間の仕業だったら、私はどうすれば……」

「っ……！　とにかく、もっと捜してみましょう。王宮はこれだけ広いんです。どこかにいるかもしれない」

　内心では激しく動揺しながらララを落ち着かせ、ルカは学舎に向かって走り出した。

　ファルキニアの人間？　そんなはずがない。王宮の中にいれば安全だとヴィルヘルムも言っていた。

　でもそれならアーベルはどこにいる？　この広い王宮の中をいったいどうやって捜せばいい？

　学舎の扉を過ぎ、賢人の彫像の前を通り抜けたときだった。

　ワン、という風太の声が、学舎の向こうから聞こえた。

　王宮はぐるりと石壁に囲まれている。風太の声がしたのは、その石壁と学舎の隙間からだった。アーベルの後ろにぴたりとついていた風太。まさかアーベルはあそこにいるのだろうか。

　学舎の角を曲がると、果たして風太はそこにいた。牙を見せて威嚇《いかく》しながら、壁に向かって立て続けに吠えている。

　しかしそこには壁があるばかりで、アーベルどころか他の生き物の姿もない。

（まさか……）

　生温《ぬる》い風がどんよりと吹く。ファルキニアという言葉が頭をよぎって殴られたような衝撃を受けた。

　そんなことがあるはずがなかった。ここには誰かが隠れられるような物陰はない。すぐそこには衛兵が護っている東門だってあるのだ。

　だが、もしかしたら人目を盗んで壁を越えるくらいはできるかもしれない。

　普通の人間では無理だが、たとえば、翼を持っている人間ならば。

　踵《きびす》を返して全速力で東門へ行く。門の両端に立っていた衛兵が驚いた顔でルカを見た。

「ここを開けてください！　早く！」

　言いながらも閂に手を伸ばしたが、敢えなく衛兵に取り押さえられる。

「ルカ様、どうされたのですか。なりません！　殿下からルカ様を出さぬようにときつくご命令が」

「アーベルが……第二王子がいなくなったんです！　もしかしたらファルキニアの人に攫われたかもしれないっ」

「ええっ！」

　二人揃って驚き、一人が慌てたように捲し立てた。

「だから俺が言ったじゃないか！　さっきの紫のはなんだって！」

「何って、鳥の影にしか見えなかっただろう！　だから俺はっ……」

（やっぱり——！）

「ぼくは大丈夫だから、あなたたちも早く捜してください！」

「ルカ様！」

　衛兵の手が緩んだ隙に閂を外した。ヴィルヘルムとの約束を忘れたわけではないが、今は構っていられない。

　約束を守ることは大事だ。

　だけど、子供の命以上に大事なものなんかない。

「風太は駄目！」

　一緒に出て来ようとした風太を押し込んで門を閉めると、今度は外にいた衛兵に阻まれた。

「だから、アーベルのことを捜しに行かないとっ……！」

　二人の屈強な衛兵に後ろから腕を取られる。全身で抗ったが彼らも譲らない。

「如何なる理由があってもルカ様を出さぬようにと

言われております。アーベル殿下のことは私どもが捜しますので、どうかルカさ……」

　不自然に声が途切れ、突然衛兵たちの手の力が緩んだ。いきなり二人が前に倒れ込んできて唖然とする。

　何が起こったのかと振り向こうと思い、けれど少しも動けなかった。

　悪寒が背筋を走り抜ける。誰かが背後で息をしている。

――よいか。何があろうとも、決して王宮から出てはならぬ――。

　ヴィルヘルムの声が脳裏を走った瞬間、背後から抱きすくめられてルカは意識を失った。


　右の足首をぎりぎりと縛られる感触で目が覚めた。

「いた……」

　呻きながら目を開けると、ぼうっと灯された蠟燭の火が目に入る。

　どうやら硬い金属台の上に寝かされているようだ。四隅には金属の棒が伸びていて、ルカの四肢は幾重にも巻かれた紐によって括られている。

「もう目覚めてしまったのね。眠ったままでいれば恐ろしい思いをすることもなかったのに」

　最後の仕上げとばかりに右足首の紐を固く結ぶと、オーティスの妻――ソフィアはそんなことを言った。

「ソフィア……様？」

　頭がぼんやりとしていてうまく考えられない。

　アーベルを捜しに王宮の外に出たことまでは覚えているが、でもその後はどうしたのだったか。なぜソフィアと一緒にいる？　どうして台の上に括られているのか。

（もしかして……これが禊？）

　寝ている間に夜になってしまったのだろうか。確かソフィアはこの国で神官の役割を担っていたはずだから彼女が禊に関わっていても不思議はないが、それにしては周囲の様子がおかしい。

どこから見てもここは禊の行われる大聖堂ではない。あの壮麗な建物の内部というにはあまりに寂れている。

ドーム状の天井は高いばかりでところどころが剝落し、漆喰《しっくい》塀や窓は無残に崩れており、乱雑に置かれた長椅子には埃が積もっている。

何かしらの廃墟《はいきょ》、ルカに分かるのはそれだけだ。

「ソフィア様……。あの、これはいったい……」

ソフィアはルカを見つめたまま何も答えない。紫色のスカートだけが忙《せわ》しなく、不自然なほどに後ろに引かれている。

（紫？　なんだっけ、さっきも何か……）

ほどなく、衛兵が紫色の影を見たと言っていたのを思い出して狼狽した。

ソフィアは王族だ。竜に変化できるし翼だけを出すこともできる。子供を抱えて塀を飛び越えることも不可能ではないはずだ。

何より、彼女であれば自由に王宮の中を行き来できる。

「まさ……か……」

ルカが呟くと同時に、ソフィアの後ろから飛び出して来る小さな姿があった。

「アーベル！」

台に手を伸ばし、アーベルが必死にルカの足の紐を取ろうとしてくる。

ソフィアがアーベルの両肩に手を置くが、それを振り払うとまた懸命に手を動かしにかかる。

（アーベル……もしかしてぼくのことを助けようと……？）

そう思ったとき、ソフィアのスカートが後ろに引かれていた理由に気づいた。アーベルがルカを縛るソフィアを止めようとしていたのだ。

疑惑が怒りに変わっていく。アーベルを攫ったのはやはりソフィアなのか。

「アーベル、言ったでしょう。邪魔をしては駄目」

ソフィアが背後からアーベルを抱き上げる。その細い体のどこにそんな力があるのか、五歳のアーベルが暴れているのに彼女はびくともしない。

「やめ……やめてください。これは禊じゃないですよね。どうしてぼくをここに連れて来たのか分かりませんけど、アーベルには何もしないでください」

　アーベルが曇りのない目をまっすぐルカに向けてくる。アーベルだって不安だろうに、その目は自分よりもルカのことを心配しているように見えた。

「大丈夫よ。アーベルはあなたをあそこから出すために連れて来たのだもの。すべてが終わればちゃんと帰すわ」

　アーベルを攫ったと認めるソフィアに愕然とした。しかもルカをおびき出すためだったなどと、更なる怒りが込み上げてくる。

「やっぱりアーベルを攫ったのはあなただったんですね。すべてって、何をするつもりなんですか。……アーベル！」

　突如宙へと浮かび上がったアーベルの体を、ルカはがむしゃらに紐を引きながら凝視した。

　ソフィアの右手からガラス玉のようなものが生まれ、段々と大きさを増した球体がアーベルをすっぽりと包んでいく。ソフィアが腕を上げるとその球体は天井に向かって昇り、揺れることなく一つのところで静止した。

　アーベルがルカを見下ろしてガラス玉を中から激しく叩いている。

「アーベル……！」

「心配しなくても大丈夫よ。逆にあれはあの子を護ってくれる。ああ……雨が降ってきたわね。急いで始めなければ」

「始めるって、何を……」

　雨が窓を打ち始める。降雨の予兆などなかったのに、天気はいつの間にか一変していた。

　ソフィアがルカから数歩離れる。

　そのとき、床にルカを取り囲む形で不気味な円陣が描かれているのに気づいた。

文字とも柄ともつかないそれが放つ毒気に当てられる。菌糸を伸ばした黴《かび》にも似た、床にはびこる醜悪な図。

円陣の外側に立つソフィアの顔が、暗闇の中に浮かび上がる仮面のように白光りしていた。

「……か……さま、お母様、何を……」

突然聞こえてきた声に仰天して左を向く。目にした光景が信じられず、確かめるようにその名を呼んだ。

「リ……ディア様？」

緩く波打つ金髪。折れそうなほどに華奢《きゃしゃ》な肢体。何度か見ただけだが見間違えるはずがない。

ルカの身の丈ほど離れた台の上に横たわっていたのはリディアだった。

「どうして……なんでリディア様がここに」

ルカが寝ている台と形は同じだが、リディアは縛られていない。だが、いましめがなくとも彼女が起き上がる様子はない。

視線を合わせたとき、彼女の容態を悟った。

彼女にはもう一人で起き上がる力もないのだ。隣に寝ていたのに気づかなかったのも、リディアから生気というものが感じられなかったからだろう。

ルカはリディアを見つめながら、ヴィルヘルムに抱かれていた彼女を一瞬でも羨んだことを後悔した。

骨の形が分かるほどに削げた頬、老人のように膜が張ったような灰色の瞳。

彼女の顔には紛れもなく色濃い死相が現れている。

「リディア、目を瞑っていらっしゃい。あなたは何も心配しなくていい」

雨音が強くなる。窓から吹き込む風が周囲の蠟燭を激しく揺らす。

ソフィアが両手を広げて何かを唱えると、円陣から黒い瘴気《しょうき》がうねり昇ってくる。

「や……やめてくださいっ。何するつもりですかっ」

ソフィアの声に低音が混じったかと思うと、それはたちまち彼女の声を凌駕《りょうが》するほど大きくなった。

動いているのはソフィアの口だが、そこから聞こえてくるのは何人もの声を混ぜ合わせたような濁声だ。

耳障りな合唱がやんだかと思うと、唐突にルカの視界を黒々とした靄が覆った。

「な……」

まるで意思があるかのように、円陣から出て来たものが明確な形を取り始める。

体が怖気立ってくる。恐怖と嫌悪に吐きそうだ。

これはなんだ。ソフィアは何をするつもりなのだ。なぜリディアがここにいる。何も分からない。

「やめろっ！　触るな！」

塊となった黒い瘴気がルカの胸元に手を伸ばしてくる。胃が絞られるような吐き気を感じて、ルカは顔を背けて目を瞑った。

歯を食い縛って気持ち悪さに堪えていると、しばらくして歯嚙みするようなソフィアの唸り声が聞こえてくる。

「ヴィルヘルム……」

（殿下っ？）

まさかヴィルヘルムが助けに来てくれたのだろうか。期待をして目を開けたが、風雨がひどくなったばかりで誰かが来た様子はない。

しかしすぐそこに迫っていた瘴気はルカから退いており、首から下げたヴィルヘルムの鱗がルカを護るように銀の光を放っていた。

「殿下……」

瘴気は何度も触れてこようとするが、そのたびに銀の光に敢えなく弾き飛ばされてしまう。

あの湖畔でヴィルヘルムのかけてくれた魔法がルカを護ってくれているのだ。

（……ということは、これは……）

ほっとしたのも束の間、隙を窺うように体を揺らしている瘴気の正体にぞっとした。

この鱗のことを「魔除け」だとヴィルヘルムは言っていた。つまり、この物体は人ならざるもの、「魔」そのものということになる。

慄きながら瘴気を見上げた。

崩れた人の形をしたこれは魔物なのだ。

諦めでもしたのか魔物がルカの上から退いていく。

「お母様……！」

だが、今度はリディアへと覆い被さった魔物を見て、ルカは喉が擦り切れるような叫びを上げた。

「ソフィア様っ、何してるんですか！　早くリディア様を助けないとっ……！」

焦るルカとは対照的に、娘が襲われているのにソフィアは涼しい顔をしている。

彼女の目的がまるで分からなかった。

ヴィルヘルムとリディアの後ろを悲壮な顔つきで歩いていたのはなんだったのか。娘が魔物の犠牲になってもいいというのか。

（犠牲……？）

言葉が杭《くい》のように胸に突き刺さった。ソフィアの静かな声が聞こえてくる。

「そうよ……我が神がリディアを助けてくれるの。感謝しているわ。すべてあなたのお蔭よ」

「神？」

神がどこにいるというのか。まさか――この魔物が神だとでも？

動揺しながらソフィアを見ていたが、リディアのか細い悲鳴で我に返った。

魔物は既にリディアの心臓の上に手を当てている。

「リディア様！」

苦しそうに口を開けたままリディアが体を跳ねさせる。リディアの胸には黒い渦巻きが立っており、それが少しずつ魔物の手の中へと吸い込まれていく。

「ああっ！」

リディアが悲鳴を上げて目を見開いた直後、彼女の体から抜けた渦巻きが魔物の中へと完全に飲み込まれた。

外は嵐になっている。風が吹きつける音が魔物の笑い声に聞こえた。

「お母様……私に何が……」

息を荒らげたリディアがソフィアとルカのことを怯えた目で見つめてくる。ルカですら驚いているのだから、リディアの驚きは比ではないだろう。

削げた形は変わらずとも、土気色だった頬には自然な赤味が差している。そして何よりその瞳に、輝くばかりの命の灯火《ともしび》が戻っている。

(助けたんだ……)

堪らず息を呑み込んだ。

あの魔物が病魔を吸ってリディアを助けた。

まるで、本当に神の仕業でもあるかのように。

(違う、そんなはずがない)

思いを打ち消すように首を振った。あんな禍々《まがまが》しいものが神であるはずがない。

魔物が笑いながらルカのところに戻って来る。

そのときルカはようやく「本当の悪意」が何かを知った。

他者の苦しみを糧にして喜び、己の力を増幅させるのが悪なのだ。


「触るな……嫌だっ！　誰か……殿下……！」

魔物がルカに触れると火花が散るが、魔物は今度は少しも怯まない。リディアの病を吸い取った魔物は確実に力を増している。それだけリディアの病が重かったということだ。

「呼んでもヴィルには届かないわ。嵐を起こすほどにあなたを捜しているようだけど、あの子の鼻が利かなくなるようにイオの粉を撒《ま》いてきたもの」

淡々と言うソフィアに気が遠くなりかける。

つまりこの嵐はヴィルヘルムがルカを捜している証だが、彼はここを捜し出せないということか。

「お母様、やめさせてくださいっ……」

リディアが制止の声を上げて起きようとするが、筋肉が衰えているのかうまく体が動かないようだ。アーベルも止まることなくガラス玉を叩き続けている。

ルカの足首を触っていた魔物がどんどん上へと上がってきた。魔物の触れたところが冷え固まり、麻酔をかけられたようになる。

「やめろ……来るなっ」

恐らくはリディアを助ける代わりにルカが魔物に差し出されたのだろう。

しかし魔物はルカから何が欲しいというのか。糧となる病に侵されてはいないこの体から、いったい何が。

「――嫌だ！」

魂を奪われるかもしれない――そう思った瞬間身が震えた。

魂だけは駄目だった。この魂はヴィルヘルムに捧げていた。あんなものに触れさせるわけには、絶対に汚されるわけにはいかない。

駄目だ、許さない、決して渡さない。

だけど、殿下、どうしたら。

「ルカせんせえ――――！」

ガラスの砕け散る音と子供の声が聞こえたのは、ルカの腹の上に魔物が乗り上がったときだった。

恐怖すら忘れて天井を見上げる。

そこには光り輝く純白の竜が浮かんでいた。

今ルカのことを呼んだのはアーベルだろうか。それではこの小さな竜がアーベルなのか。

純白の竜がルカと魔物を目指して急降下してくる。

「アーベル！　あなたは触れてはいけない！」

ソフィアが翼を出して飛び上がり、アーベルの体を正面から抱き留めて阻んだ。

「ルカ先生、先生っ……」

「アーベルっ……」

アーベルが首を前に伸ばして必死にルカの名前を呼ぶ。魔物の肩越しにアーベルと目を合わせると、胸に熱いものが込み上げた。

竜へと体を変えるほど、アーベルは必死にルカを助けてくれようとしたのだ。

廃墟に激震が走ったのはそのときだった。突然燃え盛る何かが屋根に激しく突き刺さる。

目を庇いながら見ると、紅蓮《ぐれん》の炎を上げて突き刺さってきたのが巨大な鋭い爪だと分かった。

王族の証のヴィルヘルムと同じ五つの鉤爪だ。

（誰？　殿下？　でも体が燃えてる！）

爪が一度に引き抜かれると、開いた穴から淡青の瞳が睨みつけるように中を覗いた。

「殿下！」

「ヴィルヘルム！　なぜここが……！」

ヴィルヘルムの瞳が瞬時に凶暴な光を宿す。

瞳が消えたかと思うとすぐに人の姿になったヴィルヘルムが下りて来た。翼だけを出して手には剣を持っており、ほどけて濡れた髪が風の形に逆立っている。

ヴィルヘルムのしなやかな銀髪は今、炎を照り返して灼熱《しゃくねつ》の赤に染め上げられている。

漲る怒りを具現化したように、剣を振り上げて来るヴィルヘルムの裸体は真紅の炎を上げていた。

瞬きもできずにヴィルヘルムを凝視する。

この怒りの源、金の火の粉を撒き散らすこれは、恐らくヴィルヘルムの滾り狂う血潮そのもの。

飛び下りて来た勢いのままに、ヴィルヘルムは魔物を真っ二つに切り飛ばした。着地するなり更に剣を振るい、襲いかかって来た黒い塊を霧散させる。

「殿下……」

ヴィルヘルムはルカの手足の拘束を切り、未だ燃え盛る体にルカを強く引き寄せた。火に包まれているが火傷《やけど》をするような熱さはなく、ルカに炎が燃え移ることもない。

「ルカ、無事か。間に合ってよかった……。心臓が止まるかと思ったぞ」

逸る心臓の音がルカの耳を叩く。腕に力を込められると安堵が全身に広がった。

夢ではない。もう大丈夫だ。ヴィルヘルムが助けに来てくれた。

「恐ろしかったな……。遅くなって本当にすまぬ」

首を振ったが、天井から聞こえてきた声に動きを止めた。

「ソフィア！　お前は何を……なんということを……！」

翼を出したオーティス、そして風太を抱えたザシャが続けて下りて来る。ソフィアとアーベルは床から離れて飛んでいたが、オーティスはソフィアの手を摑んで床へと引き摺り下ろした。

「アーベル！」

人間に戻ったアーベルを空中で抱き留め、ザシャがそのまま高いところに飛び上がる。

「このような円陣を描きおって……ソフィア、お前というやつは何をしたっ！」

オーティスはソフィアの腕を摑んで激しく揺さぶった。

「ああっ」

悲鳴を上げて身を折ったソフィアの足元を見ると、風太が大きく嚙みついていた。

「風太、やめなさい！」

叫ぶと、風太はソフィアの足から口を離してルカの元に来た。

床に崩れたソフィアを叱責する声はやまない。

「リディアやルカ殿に何をしたっ。言えっ。まさかお前は私のことまでたばかったのかっ！」

はっとしてルカはヴィルヘルムを見上げた。その体はまだ燃えているが、ソフィアとオーティスを見る目はぞっとするほど冷えている。

気圧されながらもルカは口を開いた。

「殿下……リディア様が後ろにいます。リディア様、病気が治ったみたいで」

病が癒えたとはいえリディアは魔物に触れられている。何か対処が必要なのではと思ったが、ヴィルヘルムはちらりとリディアを振り返っただけだった。

「ああ……そのようだな」

まるでそうなることが分かっていたように、彼の顔には驚きが見られない。

疑問に眉根を寄せたとき、ふたたびソフィアの悲鳴が聞こえた。

「あなたっ……助けて……！」

それは絶望に満ちた叫びだった。ヴィルヘルムに倒されたはずの魔物が両手でソフィアの翼を掴んでいる。

「おのれっ、ソフィアを離せっ……！」

オーティスが腰に差していた小剣で切りかかったが、魔物には応えていないようだった。

「殿下、早く助けてあげてください！　ソフィア様が……」

ルカは咄嗟にヴィルヘルムを見上げた。

ヴィルヘルムの剣なら魔物を退散させられるはずだ。

翼の根元を掴まれたソフィアがいっそう悲痛な叫びを上げる。

「殿下っ」

動こうとしないヴィルヘルムに焦れて彼を揺すると、ゆっくりと見下ろされた。

「なぜだ」

それは、聞き分けのない子供を窘めるような微笑だった。

「話さぬアーベルを利用して攫い、君を奪おうとしたのに、なぜ私が助けなければいけない？」

ヴィルヘルムを見たまま硬直してしまう。笑顔で語られた残酷な言葉に胸を衝かれた。きっと今の彼には何を言っても伝わらないのだ。

——どれだけ怒りを制御しようと思っても、自分自身でもどうにもならぬ。

これが、彼自身でもどうすることもできないヴィルヘルムのもう一つの顔。

「ああっ！」

「ソフィア！」

魔物に引き摺られてソフィアの体が傾く。抵抗も虚しく、ソフィアの片翼がごっそりと根元からもがれていった。

「お母様！」

リディアが叫ぶ。魔物が笑う。ソフィアのもう片翼を魔物が摑む。

飛び散る血に体がかあっと熱くなった。助けを呼ぶ声が耳の中でこだまする。

ヴィルヘルムの手から剣を奪い、魔物の背に衝動的に切りかかった。

「ルカ！」

もっと早くに気づくべきだった。自分は剣の使い方を知っているのだ。

誰かを助けるときに動かないなら、どうして剣など覚える必要があっただろう？

魔物の背中を袈裟懸けに切ると、魔物は金属が軋むような声を上げてソフィアの翼から手を放した。

二つに裂かれた体を揺らしながら、魔物が両手を上げてルカに襲いかかってくる。

迎え打とうと剣を振り上げたが、後ろからヴィルヘルムに奪い返された。

ヴィルヘルムが先ほど以上に魔物を容赦なく切り倒していく。魔物はソフィアの片翼ごと消えたかに見えたが、ヴィルヘルムはそれで終わりにしなかった。円陣の上に剣先を突き立て、素早く文言を唱えていく。

どこからか断末魔の声が聞こえ、暗闇に潜んでいた細切れの瘴気が円陣の中に吸い込まれていった。

「倒したんですか……？」

体の火を鎮めたヴィルヘルムに訊くと、彼は溜息をついて言った。

「追い払っただけだ。あやつらが倒れることなどない」

「大元を倒さないと駄目ってことですか？　でも、そうだったらまたこんなことが……」

「あやつらに倒せる実体などないのだ。根絶やしにすると言うのなら……世の人間を滅亡させるしかないであろうな」

いつの間にか嵐がやんでいる。

静かになった途端ソフィアの啜り泣きにもう一つの泣き声が重なっているのに気づいた。

「あ……兄上……ごめ、ごめんなさい……」

アーベルを抱えたザシャが下りてくる。

子供らしくしゃくり上げて泣くアーベルをヴィルヘルムは抱き締めた。

ザシャが翼の内側に括っていた布を取り出し、ヴィルヘルムの身に掛ける。ヴィルヘルムはその布を搔き合わせて、裸のアーベルをすっぽりと包み込んだ。

「アーベル……ようやく話してくれたのだな。だが、お前が謝ることなど何もない。お前が攫われることを考えていなかった私の失態だ」

「でもっ、ぼくが喋ったから……父上が……兄上が死んじゃうっ……！」

みなが目を瞠ってアーベルを見る中、ヴィルヘルムは静かに尋ねた。

「アーベル、私はお前が話してくれて心から嬉しいのだ。だから怖がらず申せ。なぜそのようなことを言う？」

アーベルはヴィルヘルムの首にしがみつき、肩を大きく跳ねさせた。

「ファ……ファルキニアの人が言った」

「ファルキニア？　お前を攫った男のことか？」

アーベルが頷き、彼の失語がやはり攫われたことが原因だったと分かった。

「喋っちゃ駄目だって言った。誰かに何かを訊かれても絶対に喋っちゃいけないって。もし、ぼくが何か喋ったら……父上も、母上も、兄上もみんな、みんな殺してやるって言った……！」

「アーベル……！」

ヴィルヘルムは震えながらアーベルを抱き、ルカも悔しさから拳を強く握り締めた。

アーベルが何も言えなかったのも無理はない。素直であれば、聡《さと》ければこそ、家族を殺されると言われたアーベルの絶望はどれほどだったか。

想像を絶する苦しみだったろうに、アーベルはその小さな体で必死に家族を護ろうとしていたのだ。

一人の大人の安易な、あまりに横暴で無責任な言葉のために。

「だから、ぼくのせいで、あ、兄上が……」

「大丈夫だ。私も父王も誰も死なない。我々はその者より強い。そうではないか？」

「うん……うん……」

「一人で辛かったな。もう何も我慢することはないぞ。私を避けていたのもそれゆえなのか？」

ヴィルヘルムに涙を拭われ、アーベルは頷いた。

「だって、ぼく、兄上に訊かれたら喋っちゃうと思ったから……。ぼく、兄上のこと大好きだから……」

ヴィルヘルムはもう一度強くアーベルを抱き締めると、泣き崩れていたソフィアを見下ろした。オーティスが傍らで膝をついて項垂れている。

「斯様な幼き子が我を殺して家族を護ろうとしたというのに……叔母上、あなたという人は……」

「そうだ！　大神官の身でありながら魔道に通じるなどと……お前はなぜこのようなことをしたっ！」

オーティスはソフィアに覆い被さって噎《むせ》び泣いた。零れた涙がソフィアの背中にかかり、見る間に傷口が塞がっていく。

これほど悲しい治癒はなかった。たとえ傷が治ろうともがれた翼は戻らない。

ソフィアはもう二度と飛べないのだ。

「堪えられなかった……。リディアを失くすことなど私には堪えられなかった！」

「己の子が助かれば他の子などどうでもよかったと言うのか！」

詰《なじ》るヴィルヘルムをソフィアは睨んだ。

「他の子供なんかどうでもいいのよ！　私にはこの子が……リディアだけが……」

ヴィルヘルムの顔に緊張が走ったのに気づき、ルカの心は重く沈んだ。実の親の愛というのはこれほど鋭い凶器になるのだ。

「それでは、私のことも……」

どうでもいいのか、とヴィルヘルムは言いたかったに違いない。しかしその言葉は形にされることはなく、ただ彼は静かな声音でこう告げた。

「いや……私が何かを言うのは正しくない。一度は母と慕ったあなたのことを……私も見捨てようとしたのだから」

ソフィアの慟哭《どうこく》が廃墟に響く。

お母様、とリディアの呟く声が聞こえた。

リディアを見ると、彼女は半身を起こしていたが、透徹とした瞳はソフィアではなく天井へ向けられていた。

リディアの視線の先には五つの空洞があり、その一つの向こう側には、明日の満月を待つばかりとなった輝く月が浮かんでいる。

天竜の瞳だ。

月を見上げていると、ルカの耳にいつかのソフィアの声が流れてくる。

――よいですか、ヴィルヘルム。天竜はいつでもあなたのことを見守っていてくださいます。その代わり、悪いことをしたら、それもちゃんと見ていますからね――。

ソフィアを見ていたヴィルヘルムが目を逸らして月を見上げる。

その声はもしかしたら、ヴィルヘルムにも聞こえていたのかもしれなかった。

「つまり、生贄自体が嘘だったってことですか？」

ヴィルヘルムの部屋の肘掛け椅子に座り、濡れた髪を拭われながらルカは言った。

ヴィルヘルム曰《いわ》く、ソフィアは神への生贄のルカを横取りしようとしたのではなく、初めから魔物への生贄としてルカを召喚するために嘘の神託をしたらしい。リディアの病を治したいがために。夫であるオーティスのことも欺いて。

「そうだ。私もそうは思っていたのだが確証がなくてな……。僅かな可能性とはいえ真に神意であったらと思うと誰にも……君にも告げられなかった……」

頬に手を添えられて上を向かされると、切なげな瞳とかち合った。

「恐ろしい思いをさせてすまなかった……」

「だ、大丈夫です……。でも、じゃあ、ぼくは明日死ななくていいんですね？」

「そうだ。もう何も案ずることはない。これから君のことは何があっても私が護る」

頭を抱かれてヴィルヘルムにしがみついた。

死なずに済むと思うと胸がいっぱいになって何も言えない。まだこれから先も生きていける。明日この人と別れなくていいのだ。

ひとしきりルカの背を撫でると、ヴィルヘルムは嘆息した。

「実を言えば私は少し怒っているのだがな。言いつけを破って外に出た上、隙をついて我が剣を奪ってあのような無茶をするなど……どれほど私の肝が冷えたと思っている？」

「すみません……ご心配をおかけして本当にすみませんでした。だけど、アーベルのことも、ソフィア様のことも助けなきゃって思って……」

「一つ訊いてもいいだろうか。震えるほど恐ろしい思いをしたのに、なぜあのとき叔母上のことを助けたのだ？」

助けたことを咎めているわけではなく、ただ疑問に思っているという声だった。腰布と上掛けを羽織っているだけのヴィルヘルムの胸に直接頬を押しつけているが、彼の呼吸が乱れた様子はない。

「だって……た、助けなくちゃいけないと思ったので」

「君だけでなくアーベルまで攫ったのだぞ。罰を受けねばならぬとは思わなかったのか」

　なんと言えばいいのかと考えながら、彼を抱く手に力を込めた。

「確かにソフィア様は許されないことをしたと思います。罪だって償わなくちゃいけないし、そのために誰かが罰を下す必要もあるんだと思います。だけど、ぼくには罰を下せません。子供の命を救うために罪を犯したあの人のことを、ぼくはどうしても……どうしても憎むことができないんです」

　憎めないのは何もルカが優しいからではない。見たこともない母に対する複雑な愛着を種としたこの思いは、ルカ自身ですら辿れないほど、あまりにも深いところで根を張っている。

　ヴィルヘルムはルカの髪の中に指を入れ、落ち着かせるように優しく撫でた。

「怒っているなどと言ってすまなかった。すべては君愛しいがゆえだ。それに、アーベルを捜してくれたことも叔母上を救ってくれたことも心から感謝している。もしあのとき叔母上を見捨てていたら……私はこの先一生後悔していただろう」

「感謝なんてそんな……。お礼を言うのはぼくの方です。殿下が助けに来てくれなかったら、本当にどうなっていたか……」

「厳密にいえば、君を助けたのは私ではない」

「え？」

　意外な台詞に首を捻った。

「道にイオという植物の粉が撒かれていてな、それは我々の嗅覚をいっとき麻痺《まひ》させてしまうのだ。ゆえに、私には君を捜し出すことができなかったのだが」

　確かソフィアもそのようなことを言っていた気が

する。

　では、誰がルカを捜し当ててくれたのだろうか。

「悪用されては困るゆえ、イオのことは王族の中でもごく一部の者にしか知らされていない。叔母上も叔父上を通して知ったのだろうが、イオは犬には効かぬというのはさすがに聞いていなかったとみえる」

　瞬きを繰り返すルカに、ヴィルヘルムが微笑した。

「もしかして……風太が？」

「懸命に走ってくれたぞ。フータが方角を示してくれたお蔭で私も場所の目星がつけられたのだ。もしも闇雲に捜していたとしたら……正直間に合っていたか分からぬ」

　ルカとヴィルヘルムが続けて湯浴みをしている間に、フェリクスが彼の部屋で風太のことを洗ってくれた。疲れたのか、すぐに寝てしまった風太を起こすのは忍びなく、そのままフェリクスの部屋で休ませてもらっている。

「そうだったんですね。風太が助けてくれたんだ……」

　助けるつもりで拾ったけれど、今も、以前も、ルカのことを助けてくれていたのは風太の方だったのだ。

　ヴィルヘルムは頷き、ルカのつむじに唇を押し当てた。くすぐったくて少しばかり身動ぎしてしまう。

「あの、でもどうしてぼくが魔物への生贄に選ばれたんでしょうか。神様の言葉じゃなかったんですよね？」

　こそばゆさを誤魔化すために訊くと、ヴィルヘルムが難しい顔を見せた。

「ルカ、君の生まれたのは十九年とひとつき前であったな」

「そうですけど、どうしてですか？　以前も確認されましたよね」

　ヴィルヘルムと初めて一緒に食事をしたときだ。年齢を尋ねられて、それで訊かれた。彼がルカの生まれた日を知っているのではと誤解してしまったのだ。

「これは叔母上に確かめたわけではないのだが、ちょうど君が生まれたのと同じ頃に怪我が元で死んだ魔導士がいる。その者の遺物を検《あらた》めたところ、中から蘇生の術に関する書物が出てきた」

「蘇生って、生き返るってことですか？」

　ヴィルヘルムは些か乱暴に濡れた髪を掻き上げた。

「蘇生といっても止まった心臓を回復させるようなものではない。死んだ後に他者の肉体を乗っ取り、延々と生まれ変わるという邪悪な術だ。ただ、乗っ取れる肉体には制限があって、その者が死んだのと同じ日に生まれた者に限るとされていたようだ」

　ルカは頬を引き攣《つ》らせた。

「じゃあ、その魔導士が死んだときにぼくが生まれたから……ぼくの体を乗っ取るために、ソフィア様を通じてここに呼んだってことなんですか」

「そうであろうと思う。異星の者と言ってきたからには星回りも関係していたのだろうが、その魔物の要求と……竜現祭の生贄という格好の口実が叔母上の中で合致してしまったのだろう……」

　魔物に乗られた感触が蘇り両手で体を掻き寄せると、ヴィルヘルムがふたたび抱き締めてくる。

「殿下、もしあのときぼくが魔物に乗っ取られていたら……体だけじゃなくて、魂も……？」

　ヴィルヘルムの腕に力が籠もった。

「そうだ」

「ぼくの魂だけじゃなくて、殿下の魂もということなんですね？」

「……そうだ」

　ヴィルヘルムの体に頬を押しつけながら、改めてことの重大さを思い知った。

　剣珠の契りとはこういうことなのだ。もう自分一人の体ではない。

「よかった……。本当に何もなくて……」

「真にな。これで安心して竜現祭を迎えられる。ルカ……すべては無事に終わったのだ」

おもむろに手を取られて、初めて指にくちづけられて驚いた。

「私が以前言ったことを覚えているか？　……君をこのまま私のものにしてしまいたいと」

人差し指を甘噛みされて頬に血が上った。

忘れられるわけがない。すべてが終わった今、彼が何を求めているのかが分かる。

「お、覚えています……」

彼と肌を合わせることは叶わないのだと思ったから――言葉だけでも忘れないでおこうと思った。

ヴィルヘルムが熱い息を吐いて手の平にくちづけてくる。体がぽうっと熱くなる。

微かに感じた胸の痛みはすぐに心の底にしまった。

彼が望んでくれるのならルカも彼と繋がりたい。

それが今だけのものでも構わない。いつか彼の隣に座る人が現れるまで、そのときまでだとしても、
彼の腕の中で愛されたい。

「ん……」

耳にくちづけられて体が震える。そのまま言葉を注ぎ込まれた。

「君を攫われて思い知った。私はもう君のことを帰してやれない。君に私の匂いをつけて、私のものなのだとみなに分からせたい。私は君を……私の伴侶にしたい」

知らぬ間に閉じていた瞼を開けた。

「はん、りょ……？」

「我が妃にということだ」

胸が破裂しそうになってヴィルヘルムの上掛けをぎゅっと握った。

剣珠の契りを交わしているとはいえ、それは魂の繋がりの話で、どれだけ互いに思っていたとしても、彼が王太子であることに変わりはない。

「で、でもっ……」

「なんだ？」

ヴィルヘルムがルカの首筋から顔を上げた。

「ぼ、ぼくは男ですっ」

「知っている。それがなんなのだ？」

そう訊かれて泣きそうになった。ルカでは駄目なのだと、その理由を言葉にするのは辛い。

「だって、子供……。殿下は王太子だから……ぼくじゃ……」

「世継ぎのことか」

項垂れるしかなかった。夢のような時間も彼が「そうだった」と気づいてしまえば泡のように消えていく。

不意に、ヴィルヘルムに瞳を覗き込まれた。

言葉の一つ一つに心が溶かされる。

「アーベルと私は親子ほども歳が離れていてな」

「私のあとをアーベルが継げば、それでなんの問題もないと思うが、君はどう思う？」

心が嬉しさにはち切れてしまいそうで、自分の胸元を思わず掻き寄せた。溢れる涙を抑えられない。

自分が、ヴィルヘルムの伴侶に――。

ヴィルヘルムは両手でルカの頬を包み、そして額をルカの額にこつりと合わせた。

「ルカ……私の『家族』になってくれるな？」

「……っ……」

息を呑むほど、声にならないほど嬉しくて。

彼の首にしがみつくと、何かが空から降ってきた気がした。

何度も見上げた白木蓮の芽のような――ふわふわとした温かなものが心の中に落ちてくる。

「君を愛している。君一人だけを」

椅子から抱き上げられてベッドに運ばれ、下ろされるとすぐに体を重ねられた。

「本当に？　これは夢じゃない……？」

ヴィルヘルムが優しく、微かに嗜虐《しぎゃく》的な色を湛えた目を細めて言う。

「夢ではないと分からせて欲しいのか？」

ヴィルヘルムの唇で大きく口を割られ、初めから喉奥が痺れるほど舌を根元から吸い上げられた。耳が隠れるほど枕が沈む。五指を絡められてベッドに繋がれる。

息ができなくて、でも幸せで、目尻にじわりと涙が滲んだ。

「すまない。優しくしてやりたいのに、君を失っていたらと思うと歯止めがきかない」

唇を離したヴィルヘルムが詫びてくる。

「殿下……んっ……」

すぐにまた舌先を弾かれた。性急な動きにたじろぎながら、ヴィルヘルムに応えたくて必死に呼吸を繋ぐ。

裾から入り込んだヴィルヘルムの手が脇腹を辿る。臍《へそ》の窪みを滑り、肋骨の階段を上り、胸の頂きに到着する。

「んうっ……！」

舌を弾くのと同じ速さで乳首を弾かれた。

親指と中指で挟まれた乳首を人差し指でこすられて背が跳ねる。たまらず胸を突き出すと、ヴィルヘルムが親指の腹で円を描いて撫でてくる。

「あっ……や……！　れんかっ……」

唾液が唇の端から揺り落とされる。舌が捕らわれているせいでまともに話すことができなかった。

「何を言っているのか分からんな」

「や、です……殿下。それ……」

ルカ自身も知らなかったが、乳首を触られるとおかしいほどに昂ってしまう。そこから体が溶けそうなくらい気持ちよくて、正直怖い。

「そうか」

ヴィルヘルムはあっさり乳首を離してくれたが、間を置かずルカの服をたくし上げた。

「舌でされる方が好きか」

まっさらな右の乳首にひたりと舌が押し当てられる。

「違っ……殿下、待っ……！」

胸の傷を治されたときの記憶が嵐のように蘇った。だが、あのときは掠めるだけだった舌が、今はルカの乳首を貪るように舐めてくる。

「んっ……あっ……」

「君は少しも知らないのだろうな。あの日、この舌が」

乳輪ごと口に含まれじゅっと音を立てて吸われる。

「どれほど君のことを欲しいと言って泣いたか」

「いっ……あっ……！」

甘噛みされて歯で扱《しご》かれ、何度も優しく引っ張られた。

「も……許し……くださ……。からだ……おかしくな……」

上擦る声で訴えてようやく、乳首から舌を離してもらえた。上目でルカを見ながら唇を舐める仕草が凄絶に艶美《えんび》で、泣いているわけでもないのにルカは洟を啜り上げてしまう。腰布の合わせ目からヴィルヘルムの手が入り、ゆるりと腿《もも》を撫でられて肌が粟立つ。

「ここだけでこんなに感じて……先に進むのが少し怖いぞ」

「……っ……！」

双球を握られて下肢を見ると、既に大きくなったルカ自身が柔らかな布を押し上げていた。

ルカの肌にくちづけながら、ヴィルヘルムが体を下へとずらしていく。ルカの腰の上で顔を止めたヴィルヘルムに、無意識のうちに腿を閉じ合わせていた。

鎖骨でたわんでいた服を握り締めながら——こうすると乳首が隠せる——ルカの下衣を開いていくヴィルヘルムを瞬きながら見つめる。

黒い繁みの中、勃《た》ち上がったルカ自身を見て、ヴィルヘルムはほうっと熱い息を吐いた。

「君は……少し被っているのだな」

囁かれて体を硬直させた。彼の瞳は蜜を零すルカの先端に注がれている。

「あ……あの……ぼくの、何かおかしいですか……？」

不安を感じて訊くと、それだけで張り詰めていたルカのものがくたりと萎《しお》れた。

おかしいのだろうか。数は少ないけれど自慰をしたことだってあるし、射精だって普通にしていると思っていたのに。

柔らかくなってしまったルカの根元に手を添えて、ヴィルヘルムはそれにすら感嘆した様子で言った。

「いや、少しもおかしなところなどない。寧ろ慎み深くて美しいほどだ。それに、ここを」

ルカの先端を指で引き下ろし、隠れてしまった頭を慈しむように刳り出された。

「私だけがこうして外に出して、中まで愛してあげられる」

「殿下っ……！」

ためらいなく鈴口にくちづけられ、咄嗟に体をずり上がらせた。腰を押さえられて蜜の出口を舌先でつつかれ、滑らかになった段差を味わうように舐められる。裏側や両脇はもちろんのこと、いっぱいにまで剝かれて露わにされた括《くび》れの前側も。

「私だけだ、ルカ。ここは、私だけの……」

「んあ……くうんっ……！」

恥ずかしいのに声が止まらない。熱い唇に包まれねぶるように吸い上げられて腰が浮く。

ヴィルヘルムが動くたびに髪から彼の匂いが零れる。ルカの愛液とヴィルヘルムの唾液が混じったものが、繊細な指遣いで双球の薄い皮膚にまぶされていく。

しっとりと濡れそぼったヴィルヘルムの指が、奥のあわいに触れた。

「う……」

漠然とではあったがこうされることは分かっていたが、実際に艶《なまめ》かしく触れられると怯えが先に立った。

「決して傷つけぬから怯えずともよい。だが、苦しくもさせたくない。少し力を抜いてくれるか」

優しく窪みを撫でられ、か細い喘《あえ》ぎを漏らしながら頷いた。

ヴィルヘルムが膝立ちになってルカの服を脱がし、それから自身も上掛けを脱いで腰に結わかれた紐をほどいた。窮屈そうに腰布を押し上げていたヴィルヘルム自身が解放されていく。

こくりと息を呑んでしまったルカに、ヴィルヘルムが苦笑した。

「驚かせてしまっただろうか。君とは少し違うから」

金色の草叢《くさむら》の中で、ヴィルヘルムは風になびくように佇立《ちょりつ》していた。

「お……驚きました、けど……でも、ぼくも殿下のは綺麗だと思います」

ヴィルヘルムの裸身を見ているというのに恥ずかしさは感じず、寧ろ先端にうっすらと朱鷺《とき》色を刷《は》いた白銀の芯から目を逸らせなかった。ルカの言葉に反応したかのように白銀の雄芯が更に反り返り、付け根から脈打つ裏筋、強い張りを見せる亀頭までもが露わになる。

それから、蠟燭に照らされた茎の表面に浮かび上がる、鱗の形の緩やかな影も。

「鱗、ですか」

茎を覆っている鱗形のおうとつを見て、うわ言のようにルカは尋ねた。

「鱗の名残《なごり》といえばいいか。我々のここは鱗に覆われて生まれてきて、三つを過ぎる頃には完全に剝がれ落ちてこのようにおうとつだけが残るのだ」

影の美しさに感嘆したのは竜となった彼の筋肉を見たとき以来のことだった。

白銀と朱鷺色と薄墨で描かれた竜の男の根。

そしてその竜身を、ヴィルヘルムの先端から湧き出た金の雫が濡らしている。

「それも金色なんですね。本当に……綺麗……」

興奮から鳥肌が立ってきたが、それは性から花開いた興奮とは違っていた。

この昂り、この震えは、美しいものを目にしたときの悦《よろこ》び、煩悶《はんもん》、崇敬。

「己のものを綺麗だと思ったことはないが、君がそう思ってくれるならよかった。それに見た目はともかく私もこの形には満足している」

ルカの足を開いてヴィルヘルムが身を倒してくる。

「君により深く愛を感じてもらえる」

ヴィルヘルムは自分の雄を摑んで、ルカの蕾《つぼみ》に押し当てた。

「案ずるな。無理に開いたりはせぬ。こうして濡らすだけだ」

言う通りにしっとりと窄《すぼ》まりを濡らすと、ヴィルヘルムは片手でルカを抱き締めた。そして片手をルカの足の間に滑らせ、ゆっくり中指を埋めていく。

初めのときのような荒々しいくちづけではなく、優しく唇を啄《ついば》まれながら指を動かされた。違和感にルカが眉根を寄せるたび、愛している、と何度も耳に吹き込まれる。

「愛している。愛している。我が愛しき人……」

「ぼくも……殿下……あ、愛して、ます……」

睦言《むつごと》を繰り返しながら、優しい愛撫に溺《おぼ》れていく。

何度くちづけられ、どれだけの雫で濡らされたか分からない。

三本の指でぐるりと掻き混ぜられたとき、耐え切れずに言葉を漏らした。

「もう……殿下、大丈夫ですから……」

柔らかくするためにいじられているはずなのに、触られれば触られるほどヴィルヘルムの指を締めつけていく感じがする。苦しくて、もどかしくて、彼の肩を爪で掻くと、宥めるような深いくちづけを落とされる。

ヴィルヘルムが指を引き抜いた。

「殿下ではなくヴィルと呼んでくれ」

膝裏を持ち上げられて、ぬかるみに熱い丸みを押し当てられる。濡らしていただけのときとは違い、それは深くを求めて一つのところでじっとしている。

時間をかけて開かれたところにとろとろとヴィルヘルムの先走りを流し込まれて、焦らされているかのような疼きにルカは涙声を上げた。

「でも……殿下を呼び捨てになんて……」

　彼の触れているところが溶けるように熱い。早く彼をなかで感じたくて、腰が我慢できずに揺れ動いた。

「頼むから呼んでくれないか。君といるときは王子ではなく一人の男でいたいのだ」

「で、もっ……」

　欲しいのだろう、とでも言うように、彼の鈴口を綻んだ襞に擦りつけられる。

「ルカ、頼むから」

　ヴィルヘルムが乞うように声を潜めた。

「君の前でだけは、私をただの男でいさせてくれ」

「ヴィ、ヴィルっ……ああ——！」

　名を呼ぶのが早かったか、彼に貫かれるのが早かったか。

　先端を飲まされた瞬間、なんの前触れもなくルカの先端から白濁が噴き上がった。ぎゅうっとヴィルヘルムの丸みを締めつけてしまい、彼がぐっと息を詰める。

　ヴィルヘルムが痛そうにしているのに力を緩められない。

　気持ちよくて、気持ちよすぎて、何も考えられなかった。

　朦朧として荒い息を吐いていると、汗に濡れた前髪を掻き上げられる。

「このまま続けても大丈夫か？」

　我慢強く括れだけを嚙ませていたヴィルヘルムが、窺うようにゆるりと腰を揺すってきた。

　まだ下腹の奥が痺れていたが、こくこくと頷くと、ヴィルヘルムが太い茎を奥に向かって進めてくる。

　ヴィルヘルムの形になかが大きく開かれていく。二つが一つになっていく。

「苦しくはないか？」

　すべてを収めたのか、体重をかけながら訊かれて、両足でヴィルヘルムの腰を挟みながら頷いた。

「可愛らしいな。きゅうきゅうと私を締めつけて」

「や……」

身を起こしたヴィルヘルムに足を開かれ、彼を銜《くわ》えた部分を熱い瞳で見つめられた。恥ずかしくて一度は睫毛を伏せたが、白濁を留めている先端に指を埋められて目を見開く。

筒にした手で柔らかなルカの茎を支えながら、ヴィルヘルムが立てた人差し指で亀頭を押してくる。孔《あな》を叩くように指を出し入れさせた後、皮の中で精液を混ぜるように亀頭をぐちゅぐちゅと撫でられる。

「本当に可愛らしい……」

「ひ、あ……やあっ……」

一度達した体はひどく敏感になっていて、それだけでルカの青い茎はふたたびぴんと張り詰めた。

ヴィルヘルムが腰を引く。外からヴィルヘルムの指に、中から茎の鱗に刺激されて体ががくがくと震えてくる。

「ルカ、もう一度私を呼んでくれ」

そう言って、ヴィルヘルムは勢いよく腰をしならせた。

「ああっ……ヴィルっ……！」

空を自在に翔《か》けるように、そうでなければルカの腹を食らうように。

暴れ始めたヴィルヘルムの竜身を受け止め、ルカは唇を振りほどいた。

「あ、うっ……んあっ……」

どれだけ濡れているのか激しい水音が上がる。芯は硬いのに柔らかな鱗で粘膜をこすられると啜り泣きが止まらなかった。

「君は私のものだ。他の誰にもやらぬっ……！」

ヴィルヘルムが身を振り立てて伝えてくる。彼に求められていることが死ぬほど嬉しかった。

本当に、死にそうだと思うほどに生きているから。生きて、こうしてヴィルヘルムと愛し合えていることが嬉しくて堪らない。

「ヴィル……愛して、る……あなただけっ……」

生きているからこうして抱き合える。

「ルカ、愛しているっ……」

愛している人、ヴィルヘルムと。

「あ……ひ――……！」

ぐっと最奥を突かれたとき、首筋から彼の匂いが――彼の汗の匂いがした。

ヴィルヘルムが高みを目指して駆け始める。果てへ連れて行かれる。まだ見たことのない世界へと。

目を閉じて揺すぶられていると、律動に合わせて暗闇の中で星が瞬き始めた。交差し、ぶつかり合う幾つもの流星の中から、二体の竜がうねりながら生まれてくる。

二体が互いを追い始める。激しく、目まぐるしく、輪を描くほどの速さで。風の中から星雲が生まれる。ついに互いの尾に食らいつく。二体が造り出した円環の中から、新たな命が輝き始める。

その瞬間、ヴィルヘルムの命の源が迸《ほとばし》り、体の隅々に金の雫が流れ込んでくるのを、ルカは魂で感じた。

飛ばされていく。包まれていく。

金の星の大河の中へと。

もしかしたら、自分は本当に竜の神様に抱かれているのかもしれない――。

その日、二度目の熱い雫を噴き上げながら、ルカは夢見るようにそう思った。


「お前がソフィアの恩赦を願い出てくれたと聞いた。この通り、礼を言う」

衛兵から離れた門の前で、オーティスはそう言って頭を下げた。竜現祭の準備に沸く王宮内とは打って変わり、正門の外は静まり返っている。

林道の途中にはソフィアとリディアを乗せた馬車が停められていて、そちらへと目を投げてから、ヴィルヘルムはオーティスに言った。

「礼ならばルカに言ってください。ルカがいなければ恩赦以前に叔母上も無事ではなかったでしょうし、私と叔父上がこうして話していることもなかったでしょう」

　ヴィルヘルムの静かな眼差しを受けたオーティスは、ルカに向き直って頭を下げた。

「ルカ殿、ソフィアを救ってくださったこと、心から感謝申し上げる。また此度の一件、ルカ殿には真に申し訳ないことをした。謝って済むことではないが……」

「ぼくなら大丈夫なので気にしないでください。それよりもソフィア様とリディア様、お大事に……」

　オーティスは一瞬にして赤くなった目元を揉んだ。

「かたじけない……。ルカ殿、過ぎた願いだと百も承知だが、どうかソフィアのことを許してはいただけぬか。すべては私の責任なのだ。私がリディアの病を諦めずにソフィアに寄り添ってやっていたら……私が早くに気づいて止めてやっていれば、こんなことには……」

　オーティスはかぶりを振り、すぐに自らの言葉を打ち消した。

「いや、違う。私はきっと気づいていた。本当は何もかもにずっと前から気づいていた！　だが私は認めたくなかった。嘘だと思いたかった。私はどうしてもあれのことを……最後のときまで信じていたかったのだ……」

　だが、私のその無責任な期待が、もしかしたらあれを追い詰めていたのかもしれん――。

　オーティスは一度馬車を振り返り、そしてしっかりとヴィルヘルムと目を合わせた。

「ヴィル、私のことは許さずとも構わない。だが、ソフィアと父王……兄のことはどうか許してやって欲しい」

　ルカは心の中で首を捻った。ソフィアはともかくヴィルヘルムの父が何をしたというのか。

　ヴィルヘルムは何も言わず、腕を広げたオーティスと固い抱擁を交わした。僅かに痙攣したヴィルヘルムの頬から、彼の心の痛みが分かる。

「ヴィル、可愛い甥よ。お前の息災を遠くから願っている。いつなんどきでも、どこにいても」

オーティスに直接の非はなく、彼もまたソフィアの所業に打ちのめされた一人だ。そうであるのに、ただ一人の叔父のオーティスは、今まさにヴィルヘルムから離れて行こうとしている。

名残惜しげに抱擁を解き、オーティスが背中を向けて去って行く。

オーティスが馬車に乗り込むのを見ながら、ルカは言わずにいられなかった。

「国外追放だなんて……」

オーティスたちが行くのは自分たちの領土ではなく、大国ファルキニアを越えた先にある小国だ。

咎のないオーティスとリディアは行く必要がなかったが、ソフィアとリディアの精神の磨耗が激しかったため、オーティスの願いが聞き届けられ、一家揃って行くことになったのだそうだ。

「これでも母が折れてくれた結果だ。神託を偽った上にアーベルと君のことを攫ったのだからな、本来であれば極刑だったところでおかしくはない。それに、どこへ行こうとリディアが一緒なのだから、叔父上たちにとってはこれ以上の幸はあるまい」

ルカは国王との謁見の場に居合わせなかったが、国王よりも王妃の怒りの方がすさまじく、恩赦を通すのに難儀したと聞いた。

息子のアーベルを攫われた母である王妃の気持ちが分かるだけに、ヴィルヘルムの独断でよい医師を同行させたことは他言無用の秘密だそうだ。

「そういえば、ヴィルが国王陛下を許すってどういう意味ですか」

オーティスの言葉の意味を問うと、肩を抱き寄せられた。ヴィルヘルムの瞳は小さくなっていく馬車に注がれている。

「叔母上の意図には私ですら気がついていた。であるのに賢王と呼ばれている父がなぜ君の召喚をやすやすと許したのか、それがずっと分からなかったのだが」

「国王の許しがないと召喚はできないんですか？」

　ヴィルヘルムは頷いた。

「『神への生贄と言えばいい』と魔物が叔母上に入れ知恵をしたとしても、父が許さなければ君を召喚できなかったのだ。父が許したからこそ私も神託は真なのではないかと迷ってしまったのだが、今の叔父上の言葉でやっと合点がいった」

　ヴィルヘルムを見上げたまま首を傾げる。彼がどう納得したのか分からなかった。

「父は叔母上が嘘をついていると最初から見抜いていたのだと思う。そして、何が起こるかはある程度見越した上で……恐らく私の力量を試すために、君の召喚を許したのだろう」

　驚愕して瞳を揺らした。

「試すって、そんな……魔物に襲われたんですよ？　一歩間違えればヴィルだってソフィア様だって死んでたかもしれないのに……」

　ヴィルヘルムがルカを見つめてくる。その瞳に微かな悲しみと諦めとを認めて、ルカは口を噤んだ。

「叔母上の策略に気づかぬ木偶《でく》であるか、もしくはリディア可愛さから叔母上と共謀でもしようものなら、私は父の手で息の根を止められていたやもしれぬ。魔物に襲われて死ぬも同様、国を任すに足る男ではなかったというだけだ。だが、言い換えれば父は少しも神を疑わなかったということ。周りの言に振り回されている私など父から見ればまだ青二才、試したくもなるといったところか」

　馬車が上げた砂塵は既に消えている。昨夜の嵐が嘘のように晴れ上がった空を見上げて、ヴィルヘルムは目を閉じた。

「膿《うみ》を出す目的もあったのだろうが、必要であれば実の息子ですら駒《こま》にする……父王、恐ろしい人よ」

　その横顔からは諦念《ていねん》すら感じられて、ルカは切なさを胸で噛み締めながら思った。

　ヴィルヘルムはきっと誰よりも分かっているのだ。

国王がその身の内に抱える慈愛と嗜虐、徳と背徳、創造と破壊。

萌芽《ほうが》と殲滅《せんめつ》とを司《つかさど》る自然にも似た、双頭竜のようなその本性こそが、何よりもケメルマイデンの王たる者の証だということを。

己に色濃くその血が流れていることを、ヴィルヘルムは誰よりも深く、既に我が身をもって知っているのだ。

「だが、そんな父にも予想だにしていなかったことが一つある」

甘えるように鼻先をこすりつけられて見上げると、そこには穏やかに澄んだ瞳が待ち受けていた。

「まさか私が君を愛するようになるとは父も思っていなかったらしい。だが、愛とはそういうものなのだろう。誰かを愛する気持ちを謀《はか》ることなどできはしない。ルカ、私には君が必要なのだ。分かってくれるな？」

君が必要だと繰り返し言われてきたその言葉の意味が、今では悲しいほどに理解できていた。

容易に孤独に陥るであろうこの人が必要としてくれるなら、自分はこの先どこまでも彼と行こう。

固い決意を胸に秘めて、ルカはヴィルヘルムを支える腕に力を込めた。


夜。

大聖堂の湖を囲んだ篝火は赤々と燃え、集まった民たちの姿を明るく照らし出していた。

湖を挟んで大聖堂と向き合う位置に両陛下が鎮座し、ルカとヴィルヘルムはその右側に座っていた。

二人の間にはもう一人の家族、風太が前足を揃えてきちんとお座りをしている。左側には二人の王女と小さな冠を被ったアーベルが座っており、楽奏隊や翻る国旗を瞳を輝かせて見やっていた。

ヴィルヘルムの後ろにはザシャが控えている。王族と来賓の後ろで帯刀し、華やかに正装した騎士たちがずらりと並んでいるさまは圧巻というより他ない。

少し離れたところにフェリクス、ララやミーナ、ライナーの姿も見える。

ヴィルヘルムの向こうにいる国王を控えめに見ながら、ルカは王宮を出る前に彼からかけられた言葉を噛み締めるように思い出していた。

「大儀であったな」

その後、国王はこう続けた。

「ヴィルヘルムを——息子を頼む」

短い、ただそれだけの言葉であったけれど、国王の中に秘められている父としての思いを見た気がして、ルカは救われたような気持ちになった。

大聖堂の扉が開かれると、ざわめきが一瞬にして静まり、人々の目が担ぎ出されてくる供物の箱へと注がれた。

箱には宝玉や織物、農作物が入れられていて、これがこれから神官の手によって湖へと沈められるのだ。

ヴィルヘルムが手を握ってきたので、ルカは彼の方を向いた。

言葉にこそしなかったものの、ヴィルヘルムの瞳が「大丈夫だ」と言っているのが分かって、その心遣いに救われる。

大丈夫だ、自分はもう生贄ではない。心から安心してこの祭祀を楽しんでいいのだ。

緊張を解いた証拠に笑いかけると、ヴィルヘルムは力を分け与えるようにいっそう強く手を握ってくれた。

神官が湖に向かって朗々と祈禱《きとう》を捧げ始める。祈りの言葉がやみ、ケメル酒が湖に注がれた後、供物を入れた箱がゆっくりと湖に沈められていった。箱も供物もいずれは湖の滋養となるらしい。

湖面の波紋が収まり、次の瞬間完全な静寂が訪れると、唐突にルカは自分自身がその場に溶け込む感じを覚えた。

溶けて、無になり、自分と周囲との境界がなくなっていく。自然の中に溶け込み一体となり、自分が自然を形成している一片であるということがはっきりと分かる。

　このとき感じたのは、自我を手放したところにある絶対的な平安。

　この感覚はきっと、ヴィルヘルムの体が感じているものと同じなのだと思った。竜の体を持つ者が内包している、恐らくこれは、自然との共存者の感覚なのだ。

　静まっていた湖面が雨に打たれたように跳ね始める。小さかったそれは次第に大きくなり、いつしか大雨のような様相になった。

　小さな波紋の中心が盛り上がってくる。ザザザ、という音とともに、湖面から突き抜けてきたものが一斉に天に向かって飛翔していった。

　跳ね飛ぶ飛沫《しぶき》、乱舞する白い翅、撒き散らされる金の鱗粉。

「万歳、マリウス国王陛下万歳！」

「ケメルマイデンに幸あれ！」

　熱狂した民衆が歓喜の声を上げる中、孵化《ふか》したばかりのセデールが湖の中心に集まり、無数の翅を広げて巨大な何かを形づくっていく。

　セデールの一つ一つが鱗であるかのように胴体が作られていく。尾が伸び、鉤爪が光り、そして。

「アプラクサス様万歳！」

　次の瞬間、玄夜の中に浮かび上がるように、そこには輝く双頭竜が現れていた。

　極限にまで高まった歓声に煽られるように、双頭竜が翼を大きく横に広げる。足を湖面から浮かせ、翼を羽ばたかせると、双頭竜は天空に向かってゆっくり浮上していった。

　双頭の神が飛んで行く。

　大聖堂の周りを旋回し、ルカたちの頭上を通り、恵みの雨を降らせながら、遠くに向かって飛んで行く。

　ロイヒテンヴァルトへ向かって。

ヴィルヘルムの愛する青いケメルのあの場所へと。

「この日をこうして迎えられてよかった」

ヴィルヘルムの言葉には万感の思いが籠もっていた。

頷いて手を握り返したとき、ヴィルヘルムの背後のザシャが動いた。ヴィルヘルムや他の騎士が気にした様子はないので、それは予定されていた行動だったのだろう。

民衆の中に分け入ったザシャは、まっすぐフェリクスのところへ向かった。

ザシャが気恥ずかしそうに手を差し出すと、フェリクスは緊張した面持ちでその手の上に指を乗せた。はにかんだ表情の中に驚きはなく、フェリクスはザシャが来ることを知っていたのが窺える。

手を繋いだ二人が水際に歩いて行くのに続き、次々に手を取り合った人たちが出て来て湖の畔で跪いた。

双子のような女性たち、竜の頭の男性たち、みなが相手を見つめて幸せに溢れた顔をしている。

ザシャが何かを囁くと、フェリクスが幸せそうに頷いた。そして、しっかりと繋いだ手を湖の中に沈めたとき、ルカは嬉しさから少しばかり涙ぐんだ。

それは言い伝えの域を出ない可愛らしい約束かもしれない。けれど、誰もがそのささやかな約束を真剣に願っているように見えた。

ずっとこの人と一緒にいられますように。生まれ変わってもどうか、この人とまた出会えますようにと。

ヴィルヘルムは微笑ましげな顔で水辺の人々を眺めている。

動く気配のないヴィルヘルムが気になって、ルカは彼の指をついと引いた。

「どうした？」

「あの……ぼくたちは誓わないんですか？」

誓いたいとねだっているようで恥ずかしかったが、竜現祭は十年に一度だけ。剣珠の契りを交わしているとはいえ、何回でも好きな人とは永久の愛を誓いたい。

「この言い伝えは二人が来世で巡り会えるというものだからな。永劫に結ばれている我々には要がないといえばないが……。だがそうだな、こちらで誓うのもよいな」

ヴィルヘルムは微笑み、ルカの手を引いて立ち上がった。

畔について膝をつくと、ヴィルヘルムが熱の籠もった瞳で見つめてくる。

「ルカ……君の生まれは楽なものではなかった。ここに来てからも苛酷な思いをさせた。けれど、私と会うために今までの君があったのだと……そう思ってはくれぬか」

彼の顔が水面に映ったように揺れて滲んでくる。

ヴィルヘルムはルカの手を取って指を絡め、ゆっくり湖に浸していった。

「私と会うために君はここに来たのだと、私はそう思っているぞ」

想像よりも温かな水が二人の手を包んでくる。彼と水の中で手を繋いでいるとここに——いつか泳いだことのある水の中に還ってきたような気がした。

「……く、も……ぼくも、そう思います」

ヴィルヘルムが柔らかく唇を重ねてくる。

生きている熱を分け合いながら、生まれてきてよかったと、震えるような喜びを胸に抱いてルカは思った。

その日最後の、そして祝祭の始まりを知らせる大聖堂の鐘が鳴り始める。

宝剣のように空に聳《そび》える大聖堂の鐘は、真円を描く黄金の月に向かって呼応するかのように響いていった。

あとがき

はじめまして、こんにちは。戸田環紀《とだたまき》です。拙著をお読みくださりありがとうございました。また、前作を出した際に「次を待っています」と感想をくださった方々、個人的な事情により発行が遅れてしまい大変申し訳ございませんでした。他にも、インターネットを通して励ましてくださった方々、皆様のお言葉ひとつひとつがこの小説を書く原動力となりました。心より御礼申し上げます（またツイッター始めました……）。

リンクス編集部の担当M様には、今回も言い尽くせないほどお世話になりました。正直共著にしたいほどです。Mさんがいらっしゃらなかったらこの本はできませんでした。

たとえば、当初ヴィルは黒髪短髪でもっと男くさい設定だったのですが、担当さんの「銀の竜になるなら銀髪にしたらどうですか？」の一言で今のヴィルができあがりました。今となっては私も他の外見のヴィルなど考えられず、Mさんありがとう……！　とひたすら感謝するばかりです。「優しい攻め様でお願いします」も忘れられない名言です。

そして、キャラが固まってから、私の中では密かに小山田《おやまだ》先生の絵ですべてが動いていたので、小山田先生のお名前を伺ったときには本気で奇跡かと思いました。

ですので、本作は小山田先生が私の小説に絵をつけてくださったというより、私が小山田先生の絵を表現したくて、近づきたくて、近づかない……！　と悶絶しながら書いた、というのが本当のところです。

表紙を見て「神降臨」と叫んだのは私だけではないはずです。先生、素晴らしいイラストを本当にありがとうございました！

さて、ケメルマイデンの男たち、もといルカと風太《ふうた》の異世界トリップ物語は楽しんでいただけましたでしょうか？　楽しい、という言い方はもしかしたら適切ではないかもしれませんが、ルカにとってはこれが現実であり、また彼の成長のためにも、苦しさや厳しさというものを書かないわけにはいきませんでした。

私事ですが、昨年は十数年望んでいたものを諦めるという、それなりにきつい経験をしました。やるだけやって、もう悔いはない！　と諦められればよかったのですが、それすらできなかったのは苦しいとしか言えなかったし、今でも当時のことを思い出すと少々切ない気持ちになります。

ですが、だからこそ、「できなかったことはあるけど、せめてこれは書いたじゃないか、私には小説があるじゃないか」というものを、私はどこかに残しておきたかった。

その先がリンクスロマンスさんであった恩を、私は一生忘れない。

本編に「希望」という言葉が出てきますが、私自身が少なからず希望を求めてこの話を書いたことは確かです。とはいえ、うつうつと原稿に向かったのかというとそんなことはなく、執筆中は小説を書くことの楽しさと難しさにずっと夢中になっていました。

最後まで風太を活躍させられたことが嬉しかった。うちのわんこは牛乳大丈夫なので、初稿で「望月《もちづき》が牛乳を買ってくれた」と書いてしまい、慌てて「犬用粉ミルク」と書き直したのもいい思い出です。なんですか……「小説のことなんも分かってないな」と言われたらうっかり「そうですね」と言ってしまいそうなんですが、「犬のこと分かってないな」と言われたら「ちょっと待ったあ！」と手を挙げてしまいそうなので……。

お蔭様で私は今とても元気ですが、この小説が自己満足で終わることなく、皆様にも何かしら働きかけていればいいなと思います。

幸せな人はより幸せに、今苦しい状況にある人にも少しでも希望を感じてもらえたらと、心の底から願っています。

今一度、この本の発行にあたり関わってくださった皆様に深く御礼申し上げます。「私の本」ではなく「皆で作った本」という感覚を、今回強く感じることができました。

本編では出番のなかった花、ライオスを読んでくださった皆様に。

二〇二〇年三月　戸田環紀

初恋にさようなら《はつこいにさようなら》

戸田環紀
イラスト：小椋ムク

本体価格 870 円+税

研修医の恵那千尋は高校で出会った速水総一に十年間想いを寄せていたが、彼の結婚が決まり、失恋してしまう。そんな傷心の折、総一の弟の修司に出会いある悩みを打ち明けられる。高校三年生の修司は快活な総一と違い寡黙で控えめだったが、素直で優しく、有能なバレーボール選手として将来を嘱望されていた。相談に乗ったことをきっかけに毎週末修司と顔を合わせるようになったものの、総一にそっくりな容貌に恵那の心は掻き乱され、忘れなくてはいけない恋心をいつまでも燻らせることとなった。修司との時間は今だけ。そう思っていた恵那だが、修司から「貴方が好きです」と告白され…？

リンクスロマンス大好評発売中

砂漠の王は精霊使いに悠久の愛を誓う《さばくのおうはせいれいつかいにゆうきゅうのあいをちかう》

月森あき
イラスト：小禄

本体価格870円+税

水の精霊使いのリーファは王の命で友好関係にある砂漠の国・アガスティア王国の水不足を救うため海を渡った。しかし、航海の途中で嵐に遭い、八歳の子供の姿になってしまう。そんなリーファを助けてくれたのはアガスティア王国・第一王子のサラムで、リーファは子供の姿のまま精霊使いとしてサラムと共に水源を探すことになった。そんな折、リーファは一時的に本来の十八歳に戻ることに成功する。しかし、その姿でサラムに会ってしまい、思いがけず交流を持つことに。再び子供の姿に戻ったリーファが目にしたのは、大人のリーファに想いを馳せるかのようなサラムの姿で…？

この本を読んでの
ご意見・ご感想を
お寄せ下さい。

〒151-0051
東京都渋谷区千駄ヶ谷4-9-7
(株)幻冬舎コミックス　リンクス編集部
「戸《と》田《だ》環《たま》紀《き》先生」係／「小《お》山《やま》田《だ》あみ先生」係

リンクス ロマンス

竜王子の天翔ける花

2020年3月31日　第1刷発行

著者……………戸《と》田《だ》環《たま》紀《き》

発行人…………石原正康

発行元…………株式会社　幻冬舎コミックス
〒151-0051　東京都渋谷区千駄ヶ谷4-9-7
TEL 03-5411-6431（編集）

発売元…………株式会社　幻冬舎
〒151-0051　東京都渋谷区千駄ヶ谷4-9-7
TEL 03-5411-6222（営業）
振替00120-8-767643

印刷・製本所…株式会社　光邦

検印廃止

ISBN978-4-344-84633-3 C0293
Printed in Japan

幻冬舎コミックスホームページ　https://www.gentosha-comics.net